講談社文庫

緋色の囁き

〈新装改訂版〉

綾辻行人

講談社

To Mr. Dario Argento

目次

聖真寮 平面図 1F

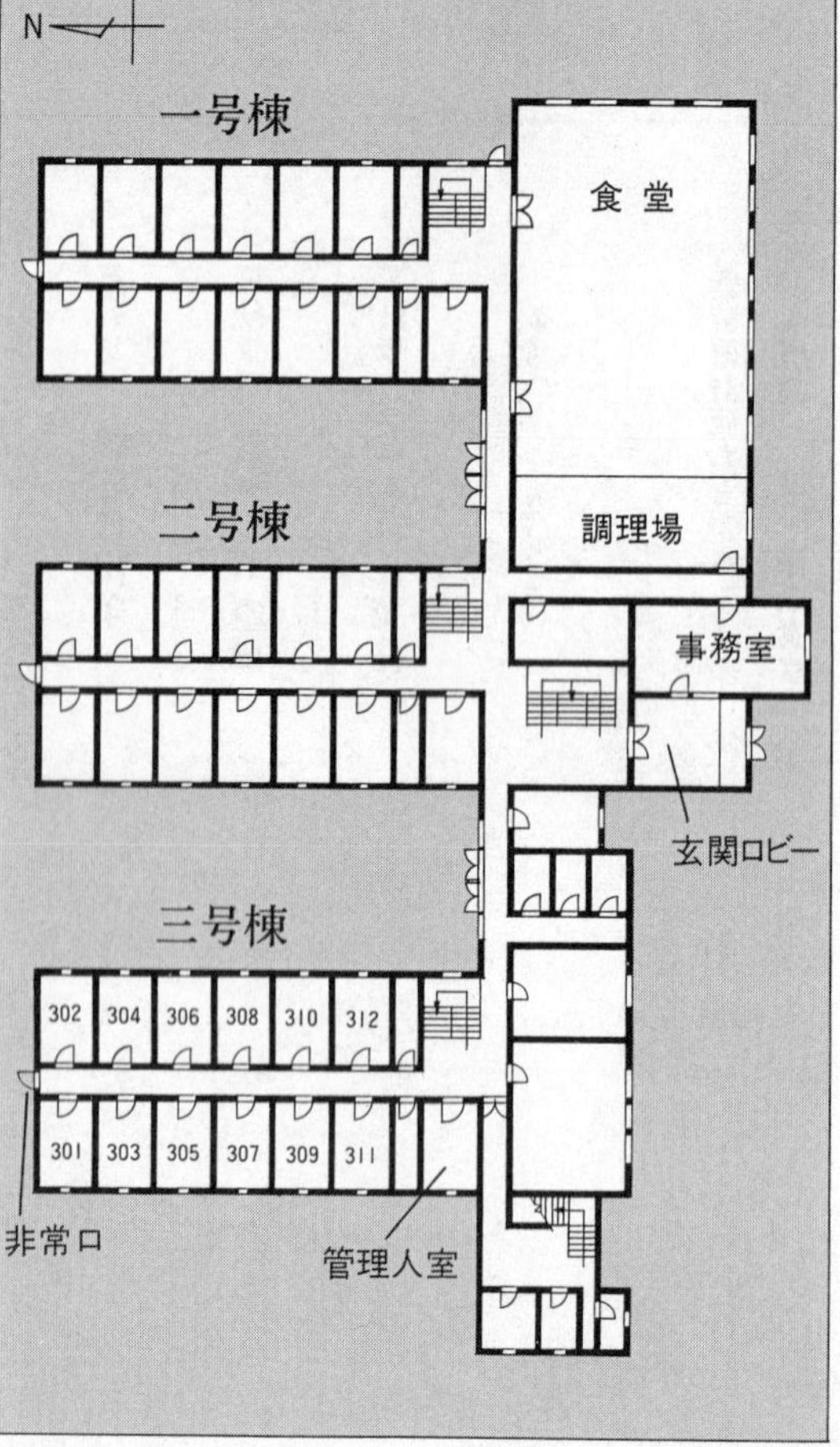
N
一号棟
食堂
二号棟
調理場
事務室
玄関ロビー
三号棟
302
304
306
308
310
312
301
303
305
307
309
311
非常口
管理人室

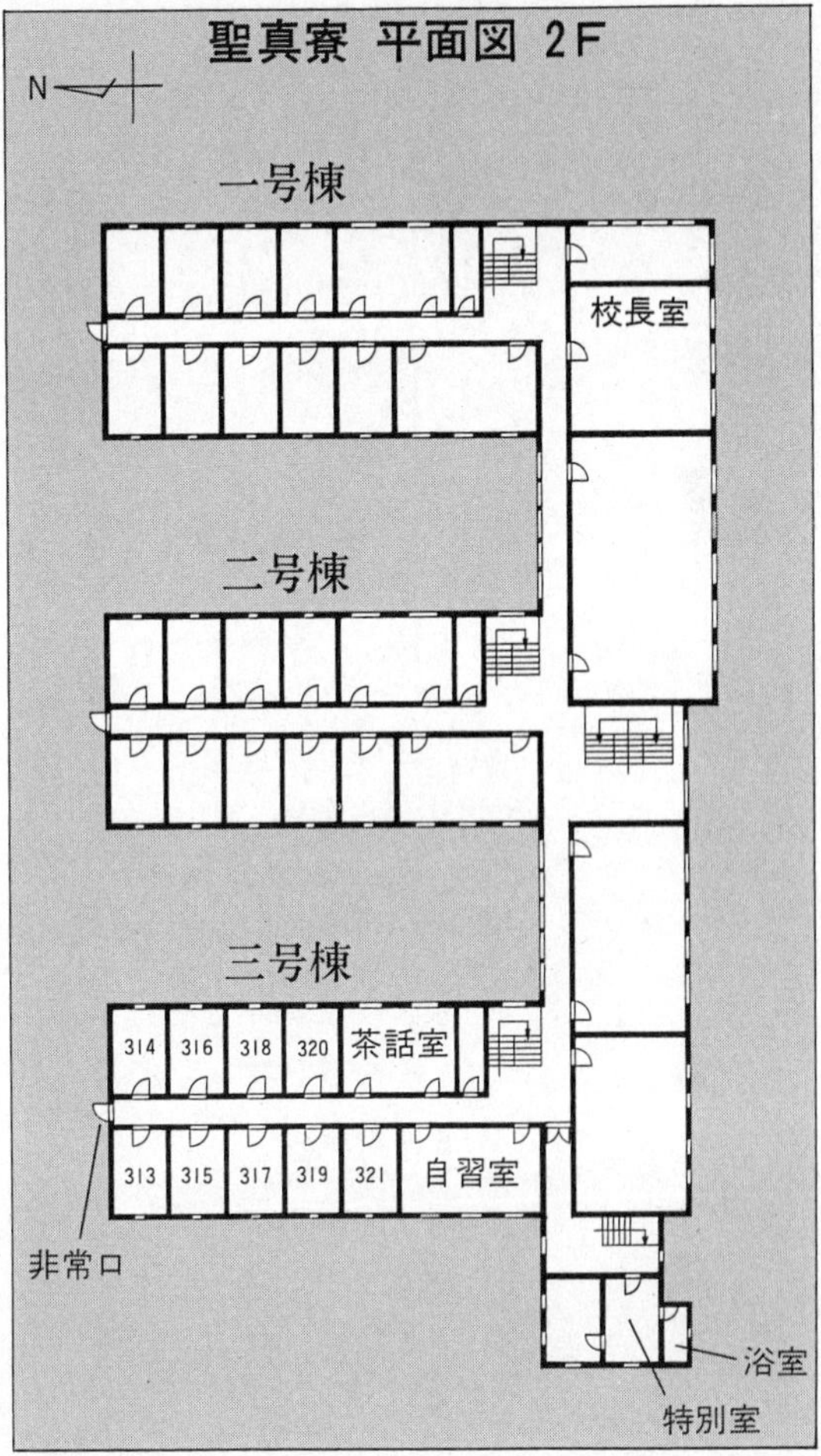
聖真寮 平面図 2F
N
一号棟
校長室
二号棟
三号棟
314
316
318
320
茶話室
313
315
317
319
321
自習室
非常口
浴室
特別室

緋色の囁き

〈新装改訂版〉

† † †

白い蝶《ちょう》が、翔《と》んだ。

春。緩い、暖かな南風。明るい陽光の降り注ぐ、うららかな午後。

蝶は風を泳ぐ。——ひらひらと。今しも宙に散った花びらのように。

広い芝生の片隅。木陰のベンチ。

少女の大きな目がきらり、輝いた。焦茶色の幼い瞳の中、まるで別世界からの使者のように蝶が舞う。

少女はベンチを立った。

危なっかしい足取りで、蝶のあとを追う。

蝶は風に乗っていったん高く上昇し、それから少女のそばへ急降下。新緑鮮やかな木の根もとにとまり、身を休めた。

少女はそっと屈《かが》み込む。

ぷるぷると震える美しい羽根に、息をひそめて目を凝らす。

——と。

小さな蝶の体が突然、何物かにさらわれた。

短く一つ、少女の悲鳴。

緑色の貪欲な意志が、蝶を捕えていた。巨大な、凶暴な怪物を、少女は見た。

蝶の動きが止まる。

肉食の昆虫の強靱《きょうじん》な鎌が、つーっと白い羽根を裂く。無表情に獲物を捉《とら》えた眼《め》。機械のように開閉を繰り返す口。……

少女の悲鳴、また一つ。

地面を探り、石ころを拾った。

夢中でそれを振り上げ、振り下ろす。一度、二度、三度……。

昆虫の体が潰《つぶ》れた。まるまると太った腹が割れて、中から真っ黒な糸のようなものが、ぐねぐねと蠢《うごめ》きながら這《は》い出した。

少女はなおも石を叩《たた》きつけた。

何度も、何度も。

そこにいた生き物が、完全にその原形を失ってしまうまで。

…………

…………

† † †

……気がつくと、少女の名を呼ぶ声。

「どうしたの。何があったの」

(おねえさん……)

生き物の残骸がへばりついた石ころがごろり、手から転がり落ちた。同時に鈍い痛み。石を握っていた指にずきん、と。

少女は手を見た。

柔らかな白い肌が破れて、緋色《ひいろ》の滴《しずく》がふつり、ふつり……。

少女は少し首を傾《かし》げる。

唇がかすかな笑みを含む。

指から手の甲へ、手首から腕へ……たらり、流れる真っ赤な血。

第1章　魔女の学園

1

いつか見たことがある、と思った。

いつだったかは分からない。――遠い昔の出来事？　それとも、つい最近の夢の記憶だろうか。

薄紅色の傘の下で細い肩をすぼめ、不思議な気持ちで冴子《さえこ》は佇《たたず》んだ。

霧のような雨が風に流れる。

薄く黒く、滲《にじ》んだような山々。暗く濡《ぬ》れそぼった林。――ここからは一軒の人家とて見当たらない。

向きを変えて、冴子は目を上げる。

異国の修道院を思わせる煉瓦《れんが》造りの古い洋館が、奥に見えた。くすんだ赤い色の壁に白い窓。覆いかぶさるように茂った、深い緑の木々。

手前には、建物と同じ赤煉瓦の門柱が。向かって右側の柱に嵌《は》め込まれた青銅板。浮き彫りにされた明朝《みんちょう》体の文字。——「聖真《せいしん》女学園高等学校　聖真寮」。

いつか見たことが（いつか……）ある。

はっきりした記憶ではない。もしかするとそんな経験はまったくなかったのかもしれないが、どうしてもそう思えてしまう。

（こんな感覚を、既視感《デジャヴュ》っていうの？）

「古めかしい建物でびっくりしたでしょう」

並んで立つ背の高い女が云《い》った。

「大正元年の、学園の創立時に建てられたものです。けれど、何度も手を入れてあるから、中の設備はわりあい近代的なのですよ」

得々と語る彼女の名は、宗像《むなかた》千代《ちよ》。

今年で五十四歳になるというが、とてもそのようには見えない。黒々と膨らませた髪。皺《しわ》の数こそ隠せぬものの、凛々《りり》しく引きしまった顔。品の良いメタルフレームの眼鏡の向こうからこちらを見つめる目の、冷たいほどに落ち着いたまなざし。

「前にも云ったように――」

そのまなざしが若干、鋭さを帯びた。

「今まで公立の高校に通っていたあなたにとって、この学園の教育方針や規則、先生がたの態度などは、ずいぶん厳しく感じられるかもしれません。窮屈に思うことも多いでしょうけれど、充分に覚悟しておいてくださいね」

「――はい」

冴子は心もとなく頷《うなず》くと、傘の柄を握る自分の指先に視線を定めた。

「あなたはいずれ、宗像家の娘として正式に迎えられるわけです。くれぐれも宗像の名に恥じぬよう、心して行動すること」

「はい。――伯母さま」

(宗像の名に恥じぬよう……)

紅《あか》い傘の影が落ちて、指先が同じ色に(何て、あかい……)染まっていた。

「私はこれから、学校のほうへ行かねばなりません。あとは、寮で待っておられる先生の指示に従ってください」

「はい、伯母さま」

「それと、冴子さん」

「はい？」

冴子は千代の顔を見上げた。

「もちろん分かっているでしょうが、学校では私のことを伯母とは呼ばないように。公私の別は、きちんとわきまえておかねばなりませんから」

「はい」

千代の目からそらした視線を、ふたたび自分の指先に落とした。

「分かりました、校長先生」

「では、頑張ってください。何か連絡や相談ごとがあれば、私の部屋に来るなり、夜なら家のほうに電話するなりすればよろしい。いま訊《き》いておきたいことは？」

「いえ……」

宗像千代はわずかに微笑らしき表情を浮かべると、ひらりと背を向けて、ドアを開けたまま待っていた黒塗りの高級セダンに乗り込んだ。

静かなエンジン音とともに車が走り去る。なだらかな坂道を二百メートルばかり登っていったところで車が左へ折れ、学校の敷地《しきち》内に入っていくのを見送ってから、冴子は軽く溜息《ためいき》をつき、スーツケースを持ち直した。

聖真女学園高等学校　聖真寮

門柱の青銅板に刻まれた文字を、もう一度まじまじと見る。

関東平野の外れ。東京から何本か列車を乗り継いで二時間余り。遠くに三国《みくに》山脈を望む、人口五万の小都市・相里《あいざと》市。その郊外からさらにいくらか山手へ入った場所に、この学校はある。

「聖真」といえば、相当に名の知れた女子高校だ。

この夏、宗像千代の訪問を受ける前にも、冴子はその校名を聞いたことがあった。厳格な教育理念を掲げた小人数・全寮制の高校で、かつては関東一円の良家の令嬢ばかりが集まる名門だったらしい。現在も、その実情はさておき、「聖真」の名には「名門のお嬢さま学校」といった響きがある。

立ち止まったまま、また溜息をついた。どうしようもなく気が重かった。

門から延びた石敷きの小道。――突き当たりに建物の玄関が見える。

冴子はゆっくりと足を踏み出した。どれほど気が重くても、もう引き返すわけにはいかないのだ。

今の自分が幸せなのか不幸なのか、よく分からない。自分が何を望み、何を恐れているのかもよく分からない。はっきりしているのはただ、彼女にとっての最大の謎がほかならぬ彼女自身であるということだけ、だった。

2

恐る恐る寮の玄関扉を開けるなり、いやに甲高い女の声が聞こえてきた。冴子はびくり、と足を止めた。

玄関は暗く、その静けさは寂れた教会堂を思わせた。扉の両脇を飾ったステンドグラスから射《さ》し込む光を頼りに、冴子はきょろきょろとあたりを見まわした。

入ったところは、ちょっとしたロビーになっているようだった。薄暗がりの中、ソファから立ち上がる人影が見えた。

「和泉《いずみ》冴子さんね」

「和泉冴子さんね。違うの？」

「はい、あの……」

相手の顔は見えない。冷たい声だけが、つけつけと響く。

「校長先生はご一緒じゃなかったのかしら」

「あの……学校のほうへ」

「あら、そうなの」

声の主は冴子に歩み寄りながら、

「靴はそこで脱いで。スリッパに履き替えてちょうだい。下駄箱はそっち。左側のいちばん下のを使って」

頭ごなしの命令口調。

冴子は云われるままに靴を履き替え、指定された下駄箱に脱いだ靴を収めた。

「こっちへいらっしゃい」

と、声が命じた。

ロビーに上がって初めて、薄暗さに慣れてきた冴子の目が、相手の姿をはっきりと捉えた。

小太りで、ひどく背の低い女だ。身長百五十五センチの小柄な冴子よりも、さらにひとまわり以上も低い。化粧っけのない、猿みたいな顔。短く刈った髪。——小さな金壺眼《かなつぼまなこ》が、値踏みをするように冴子を見すえて、

「生活指導の原《はら》です。担当教科は数学。よろしく」

暖かみのない、金属質の声。

冴子は何となく怯《おび》えてしまい、黙って頭を下げた。

「あまり社交的な性格ではないようね」

女教師は、啜《すす》り上げるように軽く鼻を鳴らした。

「まあ、いいでしょう。とにかくおかけなさい」

示されたソファに、冴子はおずおずと腰を下ろした。

そのときになって初めて、ソファが豪華な織物張りであることに気がついた。それから、白塗りの壁に飾られたレンブラント風の色調の絵。高い天井から吊《つ》り下がった大きなシャンデリア。——どれもが、学寮の一角に置くには何だかそぐわないものに思える。

突然、原教師の手が冴子のほうへ伸びてきた。何だろう、と思うまもなく、その手は冴子の、長い栗色の髪を鷲掴《わしづか》みにした。

「あっ……」

(何なの?)

原は無遠慮に髪をひっぱり、冴子の鼻先へ持っていった。

「このウェーヴはパーマ?」

「違いますっ」

痛かった。冴子は思わず叫んでいた。

「はぁん」

原は摑んだ髪をしげしげと見て、やがてぽいと手を離した。

「パーマは厳禁よ。天然パーマの人は証明書が必要だから、そのつもりで。毛染めも禁止です。あなたの髪、ちょっと赤みがかってるようだけど？」

「これは、生まれつきです」

冴子は弱々しく答えた。

「それについても証明が必要ね」

そして原は、潰れたような低い鼻をこすりながらソファにもたれこみ、前のテーブルを目で示した。黒い革張りの手帳と紫色の表紙の小冊子が、そこには一冊ずつ置かれていた。

「生徒手帳と校則集です。よく読んでおきなさい。聖真女学園といえば、かつてはやんごとなきお方をお預かりしたこともある、由緒正しい名門校ですからね。前の学校と同じようなつもりでいてもらっては困ります。当学園の生徒として、自覚をもって行動するように。よろしい？」

「――はい」

「制服はもうできています。あなたの部屋に、先に着いた荷物と一緒に入れてあります。学校へ行くときは必ず着用するように。外出するときもです。それから、校則集を読めば分かることだけど、外出は原則として週末だけ。担任の許可が必要です。勝手に外出すると脱走と見なされますからね」

（脱走……）

「手荷物はそれだけ？」

原はスーツケースに目を向けた。

「はい」

「開けて」

「えっ」

冴子は一瞬、言葉を失った。この人は今、何を云ったんだろうか。

「聞こえなかった？」

「いえ……あの、スーツケースを開けるんでしょうか」

「ほかに開けるものがある？」

原は小さな目をぎろりと剝《む》いた。

「寮には持ち込めないものがあるのです。もたもたしてないで、開けなさい」

冴子はケースを持ち上げると、テーブルに置いて開いた。原は荒々しい手つきで中身を探り、やがてブルージーンを一本ひっぱりだした。

「ジーパンは持ち込み禁止です。ああ、これもだめね。これも、これも……」

ジョギングパンツとジャージが放り出される。続いて、去年の冬に苦労して編んだ黄色いセーターや、この春の誕生日に友だちからもらった仔猫のぬいぐるみまで。

「ほかには……ないようね。化粧品や派手な装身具はもちろん禁止。ラジオやテープレコーダーも持ち込み禁止です。漫画もだめ。漫画以外の本や雑誌類については、学校で許可しているものだけ。週に一度は必ず、学校および寮で所持品検査があるから、そのつもりで」

取り出した品々を脇へ寄せて、原はぱたんとケースを閉めた。

「これは家のほうへ送り返します。いいですね。――部屋へ案内しましょう」

云うなり、原は立ち上がった。

ロビーの奥の、古びた木製のドアを開ける。その向こうに続く、さらに薄暗い廊下へと冴子を導く。

「寮の部屋はぜんぶ二人部屋です。同室の生徒とは、授業で会えるでしょう。すぐに制服に着替えておきなさい。担任の先生が迎えにみえますから」

建物にはまったく人の気配がなかった。

生徒たちは学校へ行っている時間だから、ひとけがないのは当然だったが、それにしてもこの妙に冷ややかな、澱《よど》んだ空気はどうだろう。この、何だか幽霊屋敷めいた暗さは？

幅広の階段を昇り、二階へ向かう。

監獄に収容される囚人の気分で、冴子は原のあとに従った。ずんぐりとした肩を揺すってせかせかと歩く数学教師の後ろ姿は、さながら醜い牢番《ろうばん》を思わせた。

臙脂《えんじ》色の絨毯《じゅうたん》が敷きつめられた長い廊下を進み、突き当たりを右へ折れる。すると両側に、何枚もの黒いドアが……。

「ここです」

やがて原が立ち止まり、ドアの一枚を示した。

建物のいちばん奥まったあたりだった。「315号室」とある。

「私は次の授業があるので、もう行きます。早く用意を済ませるように」

「あ、はい」

冴子はほっとして答えた。踵《きびす》を返しかけたところで、原はくるりと振り返り、

「部屋に届いていた荷物は全部、検査済みですから」

何気なく云い置いて、歩み去った。

背筋にぞっ、と寒いものを感じた。

原の気配から逃げるように部屋へ飛び込むと、冴子はドアを閉めた。全身の皮膚が粟《あわ》立っていた。自分でも驚いたことに、目にうっすらと涙がたまっていた。

（ここの先生はみんな、ああなの？）

ドアにもたれ、目をこすった。

（まるで、憎まれてるみたい）

厳しい学校だとは聞いていた。前の高校の友だちに転校先を告げたとき、口々に云われた言葉を（聖真女学園？　またキビシいとこへ）（ごしゅうしょうさまぁ……）思い出す。宗像千代に釘を刺されるまでもなく、ある程度は覚悟してきたつもりだったのだ。けれども——。

異常だ、と思った。

少なくとも、冴子が知っている正常な世界の形からは外れている。

気を静めるのに時間がかかった。何度も深い呼吸を繰り返しながら、室内を見まわした。

古い、広々とした部屋だった。

正面には白い枠の両開き窓が。向かって左手には、外国の映画にでも出てきそうなアンティークなベッドが二台、並んでいる。

手前のベッドの上に、いくつかの紙箱が置いてあった。冴子はベッドの端に腰かけて、それらを開けてみた。

制服が入っていた。

夏用のブラウスとスカート、冬用のスーツ、合服《あいふく》用のジャンパースカート（……今はどれを着ればいいんだろう？）。ブラウスは白、ほかはどれも落ち着いたダークブラウン。

中身はそれだけではなかった。

カーディガン。コート。体操着。帽子。鞄《かばん》。靴。ソックス。……宗像千代が厚意で揃《そろ》えてくれたのか。あるいは、これらのすべてが学校指定の品なのだろうか。

上質の素材で作られた品々から、冴子ははっと手を離した。

いま自分を取り巻くもののすべてが、無性に恐ろしく思えてきたのだ。あの教師、この建物……この部屋もそうだ。きれいに整えてはあるけれど、ひどく陰鬱で、不気味に感じられる。

高すぎる天井。すり減った床材。窓の右横には洗面台があったが、その陶器のなめらかな白ささえもが、どこか翳《かげ》りを帯びて不吉に見える。

簞笥《たんす》も机も、家具はどれも古くて高級そうなものだった。女の子なら誰もがうっとりしそうな造り。制服にしてもそうだ。上品で、とても洒落《しゃれ》ている。――だが、冴子はどうしても喜ぶ気になれなかった。

ふいにノックの音がした。

「は、はい」

ぴくんと身をこわばらせ、冴子はドアのほうを窺《うかが》った。

原が引き返してきたのか。それとも、担任の教師がもう？

「開けてもいいですか」

聞こえてきたのは、原の声ではなかった。もっと柔らかな、丸みのある声だ。

冴子はいくらか安心したが、それでも緊張が解けぬままにドアへ向かい、ノブを引いた。

ベージュのブラウスとグレイのスカートの、小柄な女性が立っていた。

年のころは五十代の前半か。白髪まじりの髪を後ろで束ねている。整った目鼻立ちが若いころの美貌を感じさせるものの、小皺の目立つ顔には、人生に疲れたというような色が拭《ぬぐ》いがたくあった。

「原先生に云われて、ご挨拶にきました」

弱々しいまなざしで、女は冴子を見た。

「三号棟の管理人の、山村《やまむら》トヨ子です。お名前は何ておっしゃるのかしら」

「和泉です。和泉冴子」

「そう。冴子さん……」

管理人は冴子の名を、咀嚼《そしやく》するように口の中で繰り返した。

「いろいろと大変でしょうけど、頑張ってね。管理人室は階段を降りた正面だから、何か分からないことがあれば、いつでも訊きにきてくださいな」

ゆっくりとしたテンポの、穏やかな口調だった。

「はい。あの……」

「何か」

「『三号棟』っていうのは？」

「ああ、はい。この寮はね、正面の入口がある建物から三つの棟が分かれてるの。いちばん西側にあるこの棟が三号棟で、二年生の部屋に当てられています。各棟に一人ずつ、管理人がいるんですよ」

最初はどこかしら虚《うつ》ろに見えたトヨ子の目にふと、何か不思議な光が宿っているような気がした。丸い、大きな目。見つめていると中へ吸い込まれてしまいそうな……その目を彼女は、冴子の顔から少しもそらそうとしない。

「どうかしましたか」

「いえ、何でも」

「疲れてるみたいですね」

トヨ子は一歩、近づいて冴子の顔を覗《のぞ》き込むようにした。生暖かな息が直接、頰《ほお》にかかった。

「あまり顔色が良くないわ。気分は？」

「――大丈夫です」

ちょっと気味が悪くなって、冴子は思わず一歩、身をひいた。トヨ子は軽く眉《まゆ》をひそめたが、すぐに口もとを緩め、にっこりと微笑《ほほえ》んだ。

「ごめんなさい。おせっかいだったかしら」

「いえ、そんなつもりじゃあ」

「そうそう。左の奥のそのドアがトイレとお風呂ですけど、シャワーのお湯は夕方以降しか出ませんから。――身体《からだ》には気をつけてね。あまり無理をしないように。調子が悪かったら遠慮なく、私なり先生なりに云うんですよ」

「はい。——ありがとうございます」

応《こた》えながら、冴子はぎごちない笑顔を作った。

3

それほど陰気な教室を、冴子は見たことがなかった。

そこにいる生徒たちは、必ずしもそのようには感じていないのかもしれない。だが、そこには確かに、学校の教室という場所にはつきもののある種の活気が欠けていた。

だだっ広い部屋だ。

天井で何本もの蛍光灯が光っている、それでいてなお薄暗い空間。広すぎる間隔で並んだ四十足らずの机と椅子に、同じ白いブラウスを着た少女たち。ぴんと背筋を伸ばし、口を一文字に結び、無感動とも見える静かな目をこちらに向けている。

教壇の横に立った冴子は、身を縮めながら力なく視線を落とした。心なしか膝が震えていた。

「転入生の和泉冴子さんです」

古山《こやま》という担任教師が、冴子を皆に紹介した。

年齢は三十過ぎくらいだろうか。色白の、能面然とした顔。痩《や》せ気味で背が高い。体型は正反対だが、その喋《しゃべ》り方や態度にはどことなく、先ほど寮で会った原教師と同様のぎすぎすしさが感じられる。

「……寮では、高取恵《たかとりけい》さんと同じ部屋ですから。高取さん？ ――おや。高取さんはどうしました」

昼休みのあとの五限目、英語の時間だった。高取というその生徒が教室にいないことに、古山はこのときやっと気づいたようだった。

「欠席の届けは出ていませんね。午前中は来ていましたか。――委員長？」

「はい」と、右手の最前列に坐《すわ》っている生徒が答えた。

瞬間、薄暗い教室の中で、ぱっとそこだけに光が当たったような気がした。黒い艶《つや》やかな髪を目の上でまっすぐに切り揃えた、思わず息を呑《の》むほどの美少女だった。

「前の時間まではおられましたけれども」

鈴のように高く澄んだ声で、「委員長」と呼ばれた少女は答えた。

「そう」

古山は細い眉を鋭角に吊り上げて、

「困ったものね」

がらっ……と、このとき教室の後ろの戸が開いた。冷ややかな注目が、いっせいにそちらへ集まった。

「遅れてすみません」

そう云って入ってきたのは、ショートヘアの小柄な少女だった。これが高取恵という生徒らしい。

「遅刻の理由は？　高取さん」

古山が険しい声で尋ねた。

「はい、あの……」

少女はほんの少し口ごもったが、すぐに教師の顔を見返して、

「体調がすぐれなくて、保健室に」

「あとで確認を取りますからね。もう大丈夫なのかしら」

「はい、もう」

「よろしい。席に着いて」

そして古山は、改めて冴子のほうを示した。

「高取さん。きょうからあなたと同室になる、和泉冴子さんです。いろいろと勝手の

違うこともあるでしょうから、教えてあげてください」

冴子は軽く頭を下げた。後方の一席に坐った相手の少女は、ちょっと首を傾げるようにしながら冴子を見つめた。——そのとき、ふと。

それまで存在していなかった何かが教室内に流れ出すのを、冴子は感じた。何か、音には聞こえない(ざわめき?)ざわめき。しかもどこか、うそ寒いような。

整然と並んだ生徒たちの顔を、上目づかいに見渡した。物静かな彼女らの様子に、表立った変化はない。けれど……。

(気のせいだ)

冴子は緩く瞼《まぶた》を閉じた。

(神経質になりすぎてるんだ、わたし)

「和泉さん」

古山の声が聞こえた。

「どうかしましたか」

「いえ。——すみません」

「あなたの席はそこ、いちばん前の、委員長——城崎綾《じょうざきあや》さんのとなりにしますから。教科書が手に入るまでは、彼女に見せてもらいなさい。

かまいませんね、委員長」

黒髪の美少女は、無言で頷いた。端整な、日本人形のようにたおやかで気品に満ちたその顔が、冴子に向かって微笑みかける。

会釈を返しながら冴子は、また瞼を（……ざわめきが、やんでる）閉じた。

かたわらに立つ古山のほうを、ちらりと窺った。それからもう一度、上目で教室中を見渡す。

（何だったんだろう）

古山に促されて席に着きながら、冴子はせいいっぱい神経を尖《とが》らせ、今さっきの奇妙な感触を探り出そうとした。――が、もう何の気配もない。ひたすらに静かな、凍りついたような空気。

（やっぱり、気のせいだったのかな）

あの中に含まれていたのは、決して良い感情ではなかったように思う。何だか寒々とした、いやな感じ（敵意？）（憎悪？）……だとしたら、なぜ？

冴子は額《ひたい》にかかった前髪をすくいあげた。うっすらと汗をかいている。心臓の鼓動がとくとくと聞こえてくる。

「気分でもお悪いのかしら。お顔の色がすぐれませんことよ」

となりの少女――城崎綾が、冴子の顔を覗き込んだ。

「あ、いえ……」

（なに？　この人の言葉づかい）

「大丈夫。何でもありませんから」

まもなく授業の開始を宣言し、古山がテキストのリーディングを始めた。巧みな発音で、澱みなく英文を読み進めていく。

（LL教室のテープみたい。――ゲンちゃんは、こんなに上手じゃなかった）

冴子は前の高校の英語教師を思い出した。教鞭《きょうべん》をタクトのように振って、濁声《だみごえ》を張り上げていたっけ。怒るとすぐにチョークを投げた。生徒はいくらチョークを投げられても内緒話をやめなかった。色とりどりのサインペンで書かれた秘密の手紙が、ときどき机のあいだを行き来していた。

やるせない気分で、冴子は耳を澄ます。

こそ、とも物音のない教室に、古山の硬質な声だけが流れていく。ほかには何の気配も（静か……）感じられない。――静かだ。静かすぎる。まるでそう、ここにいる生徒のすべてが、生命を持たない人形ででもあるかのように。

（わたしの知っている教室は、こんなのじゃない）

（こんなじゃない……）

目の前がぼやけてくるのを感じた。教室に響く古山の声が、耳鳴りのようなものに掻《か》き消されそうになる。

冴子は乾いた唇をきつく噛《か》みしめた。

4

終業のチャイムが鳴り、古山が教室を出ていくと、教室のあちこちで低いざわめきが起こった。三々五々、席を離れる生徒たち……。

幾人かの生徒がやがて、城崎綾の机のまわりに集まってきた。

「和泉さんは、どちらからいらっしゃったのかしら」

と、城崎綾が声をかけてきた。それを待っていたように、集まった少女たちの視線が冴子に向けられた。

「東京から……」

おずおずと冴子は答えた。

「じゃあ、前は都内の高校に行ってらしたの？」

「ええ、荻窪《おぎくぼ》のあたりの」

「私の実家は成城《せいじょう》のほうですのよ」

と云って、美少女は華《はな》のように笑った。

「懐かしいわ。ほら、ここは長い休みにしか家に帰れませんでしょう？」

冴子は緩く笑みを返した。同じ年ごろの少女と話をするのはずいぶん久しぶりだったので、いくらかほっとした気分ではあった。しかし——。

城崎綾。

彼女の話しぶりにはやはり、強い違和感を覚えた。自分と同時代の少女の言葉とは思えないからだ。加えて、彼女のまわりに集まった少女たちの沈黙（どうして何も話しかけてこないんだろう）。綾と冴子の会話をじっと聞きながら、品定めでもするようなまなざしで冴子を見ている。

さらに二言三言、当たりさわりのない言葉を綾と交わしたとき、廊下から教室に入ってきた生徒が、

「先生がいらしたわ」

そう告げて、小走りに席へ戻った。

（もう？）

冴子は首を傾げた。六限目の始まりまでには、まだ何分かある。

城崎綾が冴子に顔を寄せて、

「あの先生はいつも、五分前にはいらっしゃるのよ」

と囁《ささや》いた。冴子は教室の入口へ目をやった。そこには寮で会った数学の原教師が、肩をいからすようにして立っていた。

「休み時間は遊ぶための時間ではない。そう云ってるでしょう」

甲高い声で云うと原は、手にしていた長い教鞭で黒板を叩いた。

「用のない人は静かに席に着いて、次の時間の準備をする。いつまで夏休みの気分でいるのです」

がたがたと椅子が鳴り、静まったところで始業のチャイムが鳴り響いた。

教壇に立った原は、鋭く生徒たちを見渡した。——と、その目が冴子の顔を捉えて止まった。

「和泉さん」

冴子はぎくりと身を震わせた。原はつかつかと冴子のそばまで歩み寄り、

「なぜ髪を束ねていないのです」

（えっ……）

教室中の視線が冴子に集まる。

「名前を呼ばれたら、お立ちなさい。目上の人間と坐ったまま話すつもり？」

冴子は慌《あわ》てて立ち上がった。

「校内では、肩より長い髪は結ぶか編むかする規則ですよ」

「あ、すみません。知らなかったので……」

「知らない？」

太く短い眉を露骨にひそめ、原は冴子をねめつけた。

「それはどういうことですか。あなたに渡した校則集の中に、ちゃあんと書いてあったでしょう」

「すみません」

有無を云わせぬ叱責に、冴子は項垂《うなだ》れるしかなかった。

「まだ読んでません」

「云いわけにならないわね。手をお出しなさい」

「はい？」

「手を前に出すのです。掌《てのひら》を上にして、こう」

原の手が冴子の細い手首を掴み、前方に差し出させた。

「あの、いったい」

問ういとまもなく、ひゅん、と空気を切る音。

原の振り上げた教鞭が、ぴしゃりと冴子の掌を打った。鋭い痛みが走った。冴子は悲鳴を上げ、手をひっこめた。

原は冴子を睨《にら》みつけたまま、

「きょう部屋に戻ったら、すぐ目を通しておきなさい。いちいち私が教えてあげなければならない年齢でもないでしょう」

(……ひどい)

冴子は掌を見た。打たれた部分が見る見る赤くなってくる。

「返事は？　和泉さん」

「――はい」

「何か不満でも？」

冴子は小さくかぶりを振った。

「よろしい。いいですか。次に同じようなことがあれば、髪を切られると思っていなさい」

そう云い捨てて、原は教壇に戻った。冴子はしおしおと腰を下ろし、溜息を呑み込んだ。

原が前にいるというだけで、恐ろしい、長い時間だった。いつまた彼女の甲高い声が飛んできはしないかと、冴子は怯えどおしだった。授業が終わって教師が出ていったあとも、しばらくは痛いほどに心がこわばっていた。

5

やがてまた、さっきの少女たちが城崎綾のまわりに集まってきて――。

「ご一緒に寮へ戻りません？」

綾に声をかけられてやっと、冴子は席を立つ気力を奮《ふる》い起こした。

連れ立って、教室を出た。

高い時計台のある「本部棟」に隣接して、この「教室棟」があった。一学年一クラスという極端に小人数の学校なので、校舎は二階建てのこぢんまりとしたものだ。寮の建物と同じ意匠の、古い赤煉瓦造り。校舎には土足のまま出入りできたが、そのため板張りの床は、コールタールでも流したように、長い年月のあいだ塗り込まれてきた油で真っ黒だった。

雨は上がっていた。

西向きの廊下の窓から、夏の終わりを感じさせる涼しい風とともに薄陽《うすび》が射し込んでくる。外では少女たちの、軽やかな話し声や笑い声。ようやくこの学園の中に、多少なりとも学校らしい活気を見つけたような気がしたが、それでもなお、何とも云えず陰鬱な澱みをそこかしこの空間に感じてしまう。

二階から下りる階段の手前で、城崎綾が立ち止まった。

「皆さんをご紹介しておかなくてはね」

そう云って彼女は、あとについてきた少女たちを振り返った。

「桑原加乃《くわばらかの》さん」

中背でほっそりとした身体つきの少女だ。おっとりした感じの古風な容貌。長く伸ばした柔らかそうな髪を黒いリボンで束ね、肩口から前に垂らしている。

「関《せき》みどりさん」

痩せぎすで、そばかすの目立つ少女。小造りでキュートな、少年のような顔。赤茶けた髪はきつい巻き毛で、銀縁の円い眼鏡をかけている。

「中里君江《なかざときみえ》さん」

関みどりとは対照的に、大柄でぽってりとした体格。血色の良い丸顔に小さな細い目、厚い唇。どことなく気が強そうに見える。

「それから、堀江千秋《ほりえちあき》さん」

細身で、いちばん背の高い少女。肩の高さで切り揃えた黒い髪。切れ長の目に大きめの口、尖った顎《あご》。ほかの少女たちと比べて、大人びた雰囲気が強い。

四人の紹介を終えると、綾は冴子に向き直った。

「私は城崎綾です。改めて、はじめまして」

彼女の上背は、冴子よりもやや高いくらいだった。

「よろしく」と応えて、冴子は丁寧に頭を下げた。綾は優雅な微笑でそれを受けると、先頭に立って階段に歩を進めた。

(くわばら・かの)

(せき・みどり)

(なかざと・きみえ)

(ほりえ・ちあき)

四人の氏名を心の中で復唱しながら——。

何かしらとても不自然なものを、冴子は感じていた。いま紹介を受けた彼女たちの表情や仕草、「はじめまして」とだけ云った彼女たちの言葉……どれもが妙に似通っている、似通いすぎているように思えたからだ。

四人はそれぞれ、顔立ちも身体つきも声もまるで違っている。なのに（どうしてだろう）、口もとの微笑といい、静かな物腰といい（……似てる）……似ているのだ。みんな同じような。まるで〝お嬢さま〟のような……。

綾に似ているんだ、と思った。

気のせいだろうか。その美貌、その言葉づかい……城崎綾に対する印象が強すぎるから、そんなふうに感じてしまうのだろうか。

冴子たちは外へ出た。

雨上がりの空を、灰色の雲が流れていく。振り返ると、古い校舎の館《やかた》めいた影が見えた。手前には、伸びやかに立ち並ぶ樹木や手入れの行き届いた植え込みが。目を転ずれば、薄墨《うすずみ》色の山々と学校を取り巻く深い緑の林が……。

「驚かれたでしょう、和泉さん。すごく規則が厳しいから」

痩せっぽっちの関みどりが、話しかけてきた。

「前の学校とはだいぶ違うので、やっぱり」

「原先生はね、特に厳しいのよ。誰に対してもあんなふうだから、あまり気になさらないほうがよろしいわ。すぐにぶたれるのはたまらないけど。宿題を忘れたり、試験の点数が悪かったりしただけでもああなのよ。だいたいあの先生は」

「みどりさん。先生の陰口はおやめなさい」

と、綾がたしなめた。みどりははっと口に手を当てて、

「あ、はい。すみません、綾さま」

(綾さま、、……)

冴子はちょっとびっくりして、綾のほうを見た。綾は、透けるように白くなめらかな頬に微笑を浮かべたまま、

「いくら厳しくても、規則で決められている以上は守らなくてはなりませんものね。それを破ったときに叱られるのは当然でしょう。先生がたにしても、私たちが憎くてお叱りになるんじゃないのですから。

加乃さんは、どう思われまして?」

「ええ」と答えて、桑原加乃は束ねた長い髪を静かに撫《な》で下ろした。

「綾さまのおっしゃるとおり」

(みんな、同じ喋り方だ)

「君江さんは、いかがかしら」

「おっしゃるとおりですわ」

（同じ喋り方……）

学園から寮へ通じる小道は、薄闇をたくわえた山毛欅《ぶな》の林を抜け、ゆるゆると坂を下っていく。途中、勾配《こうばい》が急になっているあたりには、しっかりとした石段が設けてあった。

やがて道が二手に分かれているところで、綾が立ち止まり、云った。

「これを右へ行くと、先生がたの宿舎がありますのよ」

ここからはだいぶ離れているようで、それらしき建物の影は見えない。

「高取さんって、どういう人なんですか」

ふと思いついて、冴子は訊いてみた。五人の少女たちの足が、すると一様にぴたりと止まった。微妙な沈黙が何秒か、場に流れた。

「少し変わった方」

綾が答えた。奥歯に何かものが挟まったような口ぶり、だった。

「すぐにお分かりになるわ。それより和泉さん、これから私の部屋へお茶を飲みにいらっしゃらない？」

「ありがとう。——でもわたし、校則集を読まなくちゃ。でないと、すぐにでもまた失敗してしまいそうで」

「そうね」

綾は、あるいはそっけないとも取れる調子で、

「じゃあ、またの機会に」

と云った。

＊

綾たちとは、ひととおり寮の中を案内してもらってから別れた。何だか違和感はあるけれど、とにかく自分を受け入れてくれる仲間に出会えて、いくぶん救われた気持ちだった。

同室の少女——高取恵は、まだ部屋に帰っていなかった。

冴子は荷物の片づけをあとまわしにして、せきたてられるような気分で校則集に取りかかった。

読み進めば読み進むほど、溜息ばかりが出た。それは恐ろしいくらいの分量で、校内および寮内における生活全般と外出時の行動に関しての、さまざまな規則が事細かに記されていた。制服と一緒に置いてあった品々もすべて「学校指定」のもの、と分かった。

「こんなの、とてもぜんぶ憶《おぼ》えきれない」

吐息まじりに呟《つぶや》いて、冊子を机に伏せる。疲れた身体をベッドに投げ出し、ゆっくりと目を閉じた。

(宗像の名に恥じぬよう……)

この学校の校長であり伯母である宗像千代の言葉が、云いようもなく重荷だった。そっとしておいてほしかった。何も知りたくはなかった（知りたくなんてなかったのに……）。

住み慣れた荻窪の家。冴《さ》えない中学校教師の父。いつも優しくしてくれた母。――何もかもがもう、遠い昔の話に思える。結局あれは、幻のようなものだったのだろうか。かりそめの過去、偽りの現実……。

涙が少し、頬を濡らして落ちた。

6

冴子が高取恵と顔を合わせたのは、食堂で夕食を済ませ、部屋に帰ってきてからのことだった。

食堂は建物の一階、玄関を入って本棟の廊下を右へ折れた奥にある。寮の生徒全員を一度に収容できる広いホールで、煌《きら》びやかなシャンデリアや重厚なマホガニーの大テーブルなどの調度類といい、使われている食器類といい、冴子の抱く〝学食〟のイメージとはまったく懸け離れたものだった。

大勢の生徒たちに交じって、教師らしき女性の姿がいくつか見られた。別々のテーブルから鋭い目つきで、食事中の生徒たちの動きを見渡している。――監視している、のだ。

テーブルの端にぽつんと坐り、おどおどとまわりの様子を窺いながら、ほとんど料理の味など分からないままに食事を終えた。ほかの生徒たちは食堂に残ってお茶を飲んだりしていたが、そんな気にはとてもなれなかった。

逃げるように食堂を出た。

薄暗い廊下を速足で抜けて部屋に帰ると、一人の少女がベッドに寝そべって本を読んでいた。

「こんばんは」

黙ってこちらを見上げる少女の顔に出遇《であ》って、冴子は気の利《き》かない挨拶をした。高取恵は、長い睫毛《まつげ》に縁取られた真っ黒な瞳で、じっと冴子を見た。

「和泉冴子です。あの……きょうから、どうぞよろしく」

深い湖のような瞳だ——と、冴子は思った。どことなく神秘的にさえ思えた。

恵はなおも口を開こうとしない。ただじっと、冴子の顔を見つめている。

何か云ってくれないと身動きが取れなかった。部屋から逃げ出そうか、と真剣に考えはじめたころ、ようやく相手の唇が動いた。

「すごく大きな目……ミステリアスな顔立ちね。そう云われない？」

冴子がきょとんとするのを、恵は愉快そうに眺めながら、

「いつまでドアに貼り付いてるつもり？」

からかうように云って、ベッドから降りた。

「紅茶でも飲む？　フォーションがあるの」

「——はい。あの、いただきます」

「カップは？　持ってきた？」

「ええ」

冴子はドアから離れ、ベッドの荷物に向かった。

「ああ、いいよ。あたしのを使うから。でも、荷物は早めにほどいたほうがいいと思うな。あしたにでも、原のオバサンが見にくるんじゃない？」

「あ……」

原という名を聞いて、冴子は身震いした。慌てて段ボール箱に手をかける。

「あなたの箪笥は右側ね。整理箪笥は下の二段を使って。洗面用具とかは、ここ」

恵は洗面台にもたれかかって冴子を見たまま、頭上の戸棚を指さした。かたわらの小テーブルでは、電気ポットが気持ちのいい音を立てはじめている。

「あなた、どうして今ごろこんなところに転校してきたわけ？」

お茶の用意をしながら、恵が訊いてきた。荷ほどきの手を止めて、冴子は身を硬くした。

「それは――」

そのうち誰かに訊かれるだろうとは、もちろん覚悟していた。

「今度こちらの親戚に引き取られることになって、それで」

恵は少し目を丸くして、

「ご両親が亡くなったの？」

「いえ、そういうわけじゃなくて……」

あれは二ヵ月前。七月に入って、もうすぐ期末試験が始まるというころだった。学校から帰ってみると、家の前に見慣れない車が一台、駐《と》まっていた。そして、玄関から中へ入るなり出遭った、母の悲しげな目……。

そのときの訪問者が、宗像千代だった。「あなたの伯母さまよ」と母に紹介されて、冴子は当惑した。彼女の名を聞くのも彼女と会うのも、記憶にある限りそれが初めてだったからだ。

千代は冴子の顔を射るように見すえた。

「迎えにきたのですよ、あなたを」

と、彼女は云った。

「和泉さんの承諾は、もう取ってありますから」

千代と向かい合って、父親がいた。背を丸め、顔を伏せていた。父の姿があれほど小さく見えたことはなかった。

首を傾げて、しばらく莫迦《ばか》のように突っ立っていたのを憶えている。わけが分からなかった。何と応じたらいいのか、知るはずもなかった。

「ごめんなさいね、冴子さん」

母は涙声だった。

「もっと早くに話しておくつもりだった。でも、どうしても切り出せなくて」

父は黙って下を向いたままだった。

「やむをえぬ事情があったのです」

宗像千代が云った。

「和泉さんには、ここまで冴子さんを育ててくださったこと、大変に感謝しております。手放したくないと思われて当然でしょう。勝手を云って本当に申しわけないとは思いますが、冴子さんの血はやはり、宗像のものなのです」

（わたしの血は、宗像のもの？）

その言葉でやっと、冴子は悟ったのだった。

（わたしの居場所は、ここじゃなかった）

驚き。疑問。狼狽《ろうばい》。悲しみ。……多くの感情に混じって、「やっぱり」という想いがあったのはなぜだろう（なぜだろう？）。

それまで実の親だと信じてきた和泉の両親。学校。友だち。慣れ親しんだ街。――愛していると声高に告げるのは苦手だったけれど、それらのすべてが冴子は好きだった。なのに……。

「お茶、入ったよ。砂糖はいくつ？」

恵の声でわれに返った。知らぬまに涙が目にたまっていた。

「何か事情があるみたいね」

カップを差し出しながら、恵は云った。

「話したくないのなら訊かないけど……この学校に来てる連中って、たいていね、多かれ少なかれそんな事情の持ち主なの。学費がべらぼうに高いからさ、その意味でお嬢さまの集まりには違いないんだけど、世間で思われてるようなのとはだいぶ違うんだな」

「そうなんですか？」

「体《てい》のいい監獄ってとこ。少なくとも、あたしにとってはね」

恵の唇は、ルージュを塗っているのかと見間違うほど、赤く艶やかだった。冴子よりも小柄で、人形のように華奢《きゃしゃ》な首をしている。小悪魔とでもいった言葉がぴったりきそうだ。

少し変わった方――と、城崎綾は云っていた。

確かに恵の雰囲気は、綾やそのまわりの少女たちとはかなり異質だ。妙に醒《さ》めた、斜に構えたような口調。どこか翳りのある表情。――けれども悪い人じゃない、と冴子は感じた。

「あなたの鼻、ヘップバーンに似てる」

ふと思いついたことを、冴子は口にした。

「ん？　誰にって？」

「ヘップバーン。オードリー・ヘップバーン」

「ずいぶんまた、古い名前を出してくるんだ」

肩をすくめながらも、恵の表情は目に見えてほころんだ。

「だけど、実はね、兄さんもそう云うんだ」

「お兄さん？」

「今年の春に大学を卒業して、今は司法試験の浪人中」

「じゃあ、将来は弁護士に？」

「ううん。検事になりたいらしい。そしてね、親父みたいな悪徳代議士をとっちめてやるんだって。いい年して、ロマンティストなんだ」

恵は熱いカップにちょっとだけ口をつけ、

「わたしたち兄妹《きょうだい》って、変なのかな。二人ともね、父親のことを憎んでるの」

「憎んでる？」

思いがけない言葉を聞いて、冴子はうろたえた。恵は何でもないふうに、

「母親は早くに死んだの。父はけっこう力のある代議士でさ、外に何人も愛人を囲ってて、めったに家へ帰ってこない人で。早い話が、あたしと兄さんはあの人にとって

邪魔者。だから、全寮制のこんな高校に入れられちゃったわけ。もちろん表向きは、娘を厳しく教育するためって話になってるけど。

ちょっと喋りすぎたかな。いきなりこんな愚痴を聞かされて、びっくりした？」

「ええ。――少し」

「あの人たち、何か云ってたんじゃないの？　あたしについて」

「えっ」

「きょう話をしてたじゃない。うちのクラスの、城崎さんたちと」

「ああ……」

（少し変わった方）

（そうだろうか、本当に）

「でも、べつに何とも」

と、冴子は答えていた。

「気を遣ってくれなくてもいい」

恵はじっとまた冴子の顔を見つめた。そうしながらやがて、

「この学校はね、狂ってるの」

重々しい口調で云った。

「そのうち分かってくると思うけど……そうね、あなた、少なくともしばらくは、あたしと親しくならないほうがいいな」

「ええっ？」

わけが分からず、冴子は訊いた。

「どうして、そんな」

「だから、そのうち分かってくる」

「そのうちって、でも……」

「これは忠告なんだから、素直に従いなさい。でないと、きっと後悔するから」

恵はカップを枕もとのスタンドの下に置いて、ふたたびベッドに寝そべった。そして読みかけの本を取り上げながら、低く、呟くように云った。

「あたしはね、魔女なの」

7

恵に勧められて、シャワーを浴びた。

部屋のトイレとバスは、近年になって増設されたものらしい。この古い洋館にはふさわしくないような、ありふれたユニット式の造りだったが、冴子にはかえってそれがありがたく思えた。

熱い湯を浴びながら、思いきり身体を伸ばした。あちこちが、痛いほどにこわばっている。

（今ごろお母さんたち、どうしてるだろう……）

普段、両親と話をすることはあまりなかった。父は、家ではほとんど口を利かない人だった。母はいつも優しく話しかけてきてくれたが、それを嬉しく思いながらも、その嬉しさを表に出すのが、冴子は下手な娘だった。

このことは、学校の教師や友人たちに対しても同様だった。彼らのみんなが冴子は好きだったが、うまくそれを表現するすべを知らなかった。

だから冴子は、どちらかといえば孤独な少女だった。孤独ではあったがしかし、それは彼女にとって、とても居心地の良い孤独でもあった。ただ――。

そんなひっそりとした、平和な日々の中で、ときおり心に去来する何か（……不安？）があった。――そう。それは不安だ。どこか不穏な気配を帯びた、形のはっきりしない何かしらの予感。

とつぜん聞かされたおのれの本当の素性に、やっぱり――という思いがわずかにせよあったのは、そのためだろうか。

「宗像さんには、ひとかたならぬ恩義があった」

あの日――宗像千代との最初の対面のあと、父はうつむきがちに、訥々《とつとつ》と語った。

「もう十二年も前のことになるかな。冴子、おまえの本当のご両親、それから二つ上にいたおまえのお姉さんが、ある事故で亡くなったんだ。亡くなったおまえのお母さんが、加代《かよ》さんといって、きょう訪ねてこられた千代先生の妹に当たる人でな、当時のあちらの家の事情でおまえを引き取ることができず、それで私たち夫婦に頼んでこられた。養女に取ってくれないか、と」

十二年前。――冴子がまだ小学校に入る前の話だ。

そのころ、それ以前――いや、もっと云えば小学校の中学年ごろまでの自分の記憶が異様に曖昧《あいまい》であることに、冴子は前々から気づいていた。曖昧というよりも、空白に近い感じですらあった。が、それをとりたてて不審に感じはしなかった。幼いころの記憶なんて誰でも、そんなものなのだろうと思っていたのだ。しかし……。

父母と姉が死んだその事故とは、どんな事故だったのか。――尋ねてみたが、答えは得られなかった。

和泉の父は、黙ってかぶりを振っていた。知っていて云わないのか、あるいはその件については何も聞かされていないのか、どちらともつかなかった。

（何で憶えていないんだろう）

一度に家族を失った、そんな「事故」の記憶を、いくら幼かったとはいえ、どうして……（どうして？）。

そして、冴子は宗像に帰ることになった。

千代が訪ねてきたあの日以来、ずっと夢の中を彷徨《ほうこう》しつづけているような気もする。捉えどころのない世界の中で、捉えどころのない自分が、行く先も分からず流されていく。そんな気が……。

火照《ほて》った身体をタオルで拭きながら、湯気で曇った壁の鏡を眺める。そっと手を伸ばし、曇りを拭った。

首筋から細い肩へ、濡れた長い髪が白い肌を伝い、小さな胸の上で揺れている。細い腕。細い脚。あまり女っぽいとは云えない、華奢で中性的な体型。小造りな顔の中で、それだけ妙に大きすぎる二重瞼《ふたえまぶた》の目。おのれの分身と対峙《たいじ》しながらもなお、おどおどと落ち着きなく視線を彷徨《さまよ》わせている目……。

ふいに、じんわりと粘り着くような痛みを下腹部に感じた。

（いやだ。まだそんな時期じゃないのに）

中一の春以来、もう何年もおなじみの感覚だった。おなかの中心に鉛を入れられたような、重く鈍い痛み。生理の始まりを予告する、あの痛みだ。

（……めりー……くりす……ます）

思わず長い溜息がこぼれてしまう。

生理の、始まり（……ああ）。赤い（緋《あか》い……）、

胸騒ぎの時が、また。

鏡に目を戻した。ふたたびその表面を覆いはじめた曇りの向こうで、ぼんやりと揺れる白い影。

（これは誰？　これは何？）

そうしてまた、冴子の心を謎が支配しはじめる。

8

「この学校のこと、どう思う？」

十一時の消灯時間。ベッドに潜り込むとやがて、恵がちょっと改まった調子で話し

かけてきた。

「どう、って云われても」

カーテン越しに射し込む外灯の光で、仄白《ほのじろ》く天井が見える。じっとそれを見上げたまま、冴子は返事を探した。

「きょう来たばかりだから、何とも。でも、やっぱり前の高校に比べたらすごく厳しいところだなって」

「厳しいなんてもんじゃない」

恵は吐き出すように云った。

「校則集、読まされたでしょ」

「ええ」

「あそこには書いてないけど、規則を破った場合には、ささいなことにもいちいちペナルティがあるの」

「ペナルティ？」

「授業中に立たされるとか、正座させられるとかはましなほう。きょうあなたがされたみたいに教鞭でぶたれるなんていうのは、しょっちゅう。本当に髪を切られちゃうこともあるし、バケツの水を頭からかけられることもある。この寮にはさ、謹慎室まであるんだから」

「謹慎室って？」

「ここの裏手に、昔の土蔵みたいな建物があって、謹慎処分になるとそこに何日も閉じ込められるの。生徒たちは『独房』って呼んでる」

「独房……」

冴子は布団の下で身を震わせた。恵は続けて、

「ところでね、規則とか先生のことだけじゃなくて、彼女たち——うちのクラスの女の子たちの喋り方、びっくりしなかった？」

「ええ。——ここの人は、みんなあんなふうに？」

「まさか」

醒めた笑い声が、低く洩《も》れた。

「あたしは違うでしょ」

「そうね」

「いくらお金持ちの娘といっても、今どきあんな、絵に描いたような〝お嬢さま〟がそうそういるもんじゃない。ところがね、一人や二人ならともかく、うちのクラスの子たちはほとんどが、あの調子」

「じゃあ、やっぱり……」

「そうじゃなくって、あれはね、思うんだけど、みんなで〝ごっこ〟をしてるのね」

「ごっ、こ？」

「そ。〝お嬢さまごっこ〟。何て云うか、みんなね、〝お嬢さまの仮面〟をつけてるんだ」

（仮面？）

（みんな、同じような……）

「でもどうして、そんな」

「さあね。――みんな、この学校に入学したころはあんなじゃなかった。それらしくなってきたのは、去年の秋に城崎さんが転校してきて、そのあとの冬くらいからだったかな」

「城崎さんが？」

「そう。彼女は……」

云いかけて、恵は言葉を切った。

「まあ、それもそのうち分かるから。あんまり気にしないほうがいい」

「でも……」

「ここは狂ってるって、さっき云ったでしょ。そもそもの原因はきっと、この異常なほどの厳しさなんだと思う。無理もないのかもしれない」

恵の云わんとするところが、冴子にはよく分からなかった。といって、うまく疑問を口にすることもできずにいると、

「セイマジョガクエン。——分かる？」

唐突に恵が、声のトーンを上げて訊いた。

「せいまじょ……？」

「この学校の名前」

と云って、恵は低く笑った。

「聖真女学園。『聖』で切って、『真』を『ま』と読む。その『ま』に悪魔の『魔』を当てると……ね？　そうなるでしょ。『聖・魔女学園』」

「魔女……」

「自分たちの学校をそんなふうに呼ぶ生徒もいるみたい。うまく云ったものね」

「どうして『魔女』なんて？」

そういえば恵はさっき、自分のことを「魔女」だとか云っていた。あれはいったい何だったのだろう。

「何となく、ぴったりくると思わない？　この建物、あの教師たち……ほら、『サスペリア』に出てきたバレエ学校みたいな雰囲気」

（さすぺりあ？）

有名なイタリアのホラー映画のタイトルだったが、冴子にはその方面の知識があまりなかった。

「この学校にはね、その種のいわくもあるの。魔女の伝説、とでもいうふうな」

「いやだ。苦手なんです、そういうの」

「そう？」

恵はごそり、と寝返りを打った。

「だったら、無理には聞かせないけど。でも、そのうち誰かが面白半分に話題に出してくるよ。まあ、そうね、どこの学校にもある怪談みたいなものだと思って、聞き流しとけばいい。だけど――」

「何ですか」

「やっぱりね、魔女って、いるものなの。だから、気をつけたほうがいい」

恵は何を云っているのだろう。何が云いたいのだろう。

魔女。――魔女の学園。

その不吉な、謎めいた言葉の響きに、冴子の中の胸騒ぎが共鳴する。何かが（おかしい）変だ。（おかしい）普通じゃない。

「変ね、あたし」

自嘲のような笑いを含んだ声で、恵が云った。

「親しくならないほうがいいって云っといて、こっちから話しかけてばっかり。ごめんね、疲れてるのに。もう眠いでしょう」

「いえ、そんな……」

「変ね。あたし、あなたのこと気に入っちゃったみたい」

そして恵は、小さなあくびをした。

「おやすみ。目覚ましはセットしてあるから。寝坊したら大ごとよ」

「おやすみなさい」

静かな夜。――静かすぎるほどの闇に満たされ、夜は更けていく。

ベッドの中でことさらのように強く目を閉じながら、冴子はひたすら、安らかな夢を夢見た。

†　　　†　　　†

とっ、とっ、とっ……

広すぎる一人の部屋。

白いレースのカーテンが風にひるがえり、射し込む夕陽はどこまでも、赤。

とっ、とっ、とっ、とっ……

窓のそばの机に向かい、高すぎる椅子に坐って足をぶらぶらさせながら、少女は耳を澄ます。

とっ、とっ、とっ、とっ……

小さく軽く、伝わってくる鼓動。身体の中で、胸の奥で、いつも聞こえる不思議な音。

何かがいる。

何かがそこに——中にいて、その音を出している。白い蝶を捕えた怪物の、太った腹から蠢《うごめ》き出てきたあの黒いものが、この胸の中にも……。

（ちがう。ちがうよ）

†　†　†

そうだ。姉が云っていた。

胸の中には「しんぞう」というものがあって、それが動いているのよ、と。そのおかげで、身体に血が流れるの。血が流れるから、人は生きているのよ。

鉛筆削りが、机の上に。小さなナイフの刃が、夕陽を受けて赤く光る。

少女は神妙にそれを取り上げた。つたない手つきで。そのくせ、どこか儀式めいた動きで。

ちくり、掌に走る痛み。

ぷつっ、と噴き出る血。——赤い、緋《あか》い、夕陽と同じ色をした血。

とっ、とっ、とっ、とっ……

変わることなく音は続く。

少女はじっと、掌で震える緋色の滴に目を凝らす。

第2章　開かずの扉

1

翌朝。

電話のベルのような、けたたましい目覚まし時計の音——。

「おはよう。よく眠れた？」

恵はすでに起きて、身支度を済ませていた。

「ええ……」

のろりと上体を起こしながら、冴子は頷いた。カーテンが開いている。部屋は朝の光で明るい。

意外なくらい満ち足りた眠りではあった。が、いま一つ気分は冴えない。下腹部の奥に棲《す》みついた例の痛みが、ずしんと重かった。

「朝食は七時から食堂で食べられる。学校の予鈴は八時五十分」

「いま何時？」

「七時半」

恵は電気ポットに水を入れながら、

「そろそろ起きて、下へ行ってきたら？　八時ごろになると混むから」

「あなたは？」

「あたしは、いつも朝は食べないんだ。ここでお茶を飲むだけ。本当はちゃんと食べないと、規則違反になるんだけどね」

「じゃあ、わたしも。それから、一緒に学校へ」

「だめだよ。あなた、見るからに線が細いんだから、食事くらいしっかり取らなきゃだめ。それにさ、ゆうべ云ったでしょ」

恵は真っ黒な瞳で、きりっと冴子を見すえた。

「あたしと親しくしちゃ……少なくとも、そう見えるようなふるまいをしちゃいけないって」

「でも……」

「いいから、とにかく着替えて食堂へ行きなさい。まだ慣れてないんだし、きょうも一日、きっと大変だよ」

＊

恵の云ったとおり、朝の食堂は八時を過ぎるとにわかに混みはじめた。次々に入ってくる、同じ制服を着た見知らぬ少女たち。その中にきのう憶えた顔を探そうとしたが、すぐにやめた。見つけても、自分から声をかける自信がなかったからだ。

恵と別れて部屋を出てから、加速度的に気が滅入《めい》りはじめていた。新しい級友たちとうまく話をすることなど、とてもできそうにないと思った。

(なぜ？)

問うまでもない。わけは分かっている。

鈍い、断続的な痛み。その奥で揺れる、忌まわしい影。滲《にじ》み広がる鮮やかな色が、それだ。赤い影。赤い予感。赤い囁き。赤い、緋い (あかい……) ……。

(……怯えてるんだ)

窓ぎわの大テーブルの隅に一人、冴子は坐っていた。

食事はトーストを少しかじっただけ。オレンジジュースのストローを噛みながら、ぼんやりと窓の外に目を馳《は》せる。

見事な庭園が広がっていた。

きれいに刈り込まれた低い緑の木々が、整然と幾筋もの列を作っている。そのあいだを埋めた花壇に咲き盛る、白い薔薇《ばら》の花々。

良い天気だ。朝の陽光が、燦々《さんさん》と庭園を照らしている。だが、冴子の沈みがちの心には、その風景はあまりにも明るすぎ、眩《まぶ》しすぎた。

「ここ、よろしいかしら」

柔らかな声に振り向くと、見憶えのある顔に出遇った。

「ええ。あの……桑原さん、でしたっけ」

「加乃と呼んでくださいな」

桑原加乃は朝食のトレイを静かにテーブルに置いて、冴子のとなりに坐った。白くなめらかな細面《ほそおもて》に糸のような眉。涼やかなまなざしで冴子を見すえながら、彼女は云った。

「何を考えていらしたの。何だか物悩ましげなお顔」

冴子は曖昧に首を振った。

「校則集は全部、読めまして？」

「ええ、いちおう」

編んだ髪に手をやりながら、冴子は答えた。

「でも、大変そう」

「初めのうちは特にそうでしょうね」

加乃はいたわるように微笑んで、

「私も、入学してしばらくはずいぶん憂鬱になったものでしたわ。いくら厳格さがモットーの学校でも、あまりに厳しすぎると思って。どうすれば逃げ出せるか、毎日そんなことばかり考えたり」

「そうなんですか」

「皆さん、そうでしたわ。きのうお話しになったみどりさんや君江さん、千秋さんたちも。ノイローゼになって出ていった方も、クラスには何人か」

「城崎さんも、ですか？」

「綾さまは……そうね、表には出されないけれど、やっぱり。でも、彼女は強い人」

「強い？」

「そう。変な云い方ですかしら」

そして加乃は、窓のほうへすっと視線を流して、

「薔薇はお好き？」

「ええ。立派な庭園」

「危険なものほど美しいって云いますでしょう。もしもあの花の棘《とげ》に毒があったならば、きっとあの何倍も美しいんでしょうね」

加乃はゆっくりと目を閉じて開け、それからやや唐突な感じで、

「ゆうべはよく休めまして？」

と訊いた。

「ええ、わりと」

「同室の方とはお話しになった？」

「高取さん……」

冴子は加乃の小ぶりな唇を横目で見ながら、

「きのう高取さんのこと、城崎さんが変わった人だって云ってましたよね。確かに、ちょっと変わってはいるけど」

「どんなふうに？」

「たとえば彼女、自分は『魔女』だなんて云うんです」

バターナイフを握っていた加乃の手が、ひくっと止まった。

「まあ、そんなことを」

「どういう意味なのか、訊いても教えてくれなくて。加乃さんは、何か心当たりがありますか」

「さあ」

加乃はまた窓のほうへ視線を流しながら、

「私、あの方は苦手なんですの」

「どうしてですか」

「高取さんは、綾さまとはまた違った意味で強い方ですけれど、何となく……そう、怖い感じでしょう？」

「でも、わたしは悪い人じゃないと思います」

冴子は思わず語気を強めた。

「確かによく分からないところはあるけど、仲良くやっていけそう」

云ってしまってから、昨夜から幾度か聞かされた恵の言葉（あたしと親しくしちゃだめ……）が、頭を掠《かす》めた。

（どうして、なの？）

（あなたが「魔女」だから？）

冴子はちらりと加乃の反応を窺った。加乃は少し首を斜めにして、当惑を隠すように淡い笑みを見せた。

2

黒板の右端に記された日付を見ながら、

昭和六十一年　九月十二日（金）

冴子は物思いに沈み込む。下腹部の痛みは相変わらず、じっとりと鈍く、怠《だる》く、重い。

（この先、わたしはどうなってしまうんだろう）

あと一年半余りをこの学園で、あの寮で、息の詰まりそうな規則と罰則に縛られて過ごし、卒業後は、宗像の息のかかった女子大にでも入れられるんだろうか。そのころにはたぶん、わたしはもう「和泉冴子」ではなくなっている（「宗像冴子」に……）。やがて、宗像の娘にふさわしい結婚相手が用意され、その男を婿に取り……

いずれはこの学園を、わたしが切りまわすことになるんだろうか。

一昨日の出来事を思い出す。

相里市の一等地に構えられた宗像家の広大な屋敷を、冴子は千代に連れられて訪れた。

学校のグラウンドほどもありそうな庭を抜け、畳三枚ぶんほどもありそうな大きなドアを開け、そうして通された広い豪華な部屋で、彼女は一人の老人と会った。

宗像倫太郎《りんたろう》。――千代の父親。冴子の祖父に当たる人物。聖真女学園の理事長であり、この町の前市長でもあったという男。

長年、この地方都市における権力をほしいままにしてきたというその老人は、皺《ひび》だらけの顔に穿《うが》たれた小さな目で、冴子の全身を舐《な》めるように見たのち、低い、罅割れた声で云った。

「加代の娘か。母親に似て、不思議な目をしておるわ」

短い会見のあいだに老人の発した言葉は、結局それだけ。そのあとは千代から二、三の事務的な報告を受け、無言で頷いていた。

「お母さまが亡くなって以来、ここ一年ほどはお身体がすぐれなくて。めったに人とはお会いにならないのですよ」

千代はそう云っていた。

「気むずかしい方ですけれど、怖がらなくても大丈夫。あなたは血を分けた孫なのですから」

では、どうしてその孫を十二年前、和泉家へ養女に出したりしたのか。

訊きたいと思ったが、どうしても訊けなかった。訊いても、どうせ答えは得られない。そんな気が強くしたからだ。

千代の夫・宗像庄司《しょうじ》とも、その日に会った。

倫太郎の力を背景に市議会の実力者であり、次期市長候補とも云われる庄司は、ロマンスグレイの温厚そうな紳士だった。これからは自分を父親だと思って甘えたらい い、と優しく云ってくれたが、冴子はやはり、その言葉を素直に受け取って喜ぶ気にはなれなかった。

千代と庄司のあいだには子供がいない。冴子が宗像家に引き取られることになった理由は、要するにその一点なのだ。宗像の血を絶やさぬため。そのためだけに、彼らはいったん外へ放り出しておいた孫娘を、今になって強引に呼び戻したのだ。

だからといって、彼らを怨《うら》んだりするつもりはない。あっさり自分を手放した和泉の両親をなじるつもりも、さらさらない。だがしかし、それまでフィクションの中でしか知らなかったような、あまりにも突然な環境の変化を、十七歳の少女の心が抵抗なく受け止められるはずもなかった。

巨大な邸宅。一都市の首領《ドン》的存在である祖父。冷徹な伯母。その夫。出会うもののすべてが冴子を困惑させ、怯えさせた。そして、それらの何よりも彼女の心を惑わせてやまないのは、この異世界の住人たちと同じ血が自分の中にも流れているのだ、という不思議な事実そのもの……。

「和泉さん。何をぼんやりしているのです」

甲高い声が頭上で響いた。

しまった、と思って目を上げた。原教師の険しい顔が、そこにはあった。——三限目。連日の数学の授業。

「はい。いえ、何でも……」

「何でもない？　じゃあ、この次の問題、前に出て解いてみなさい」

「は、はい」

返事をしたものの、どの問題なのか分からない。おろおろする冴子に、寄せた机のあいだで開いていた教科書を指さして、城崎綾が問題番号を教えてくれた。

教科書を取り上げ、冴子は黒板に向かった。

ずん、と身体を下方へ引き落とそうとするような鈍痛。こんなときに限って、痛みが強くなってくる。

幸いにも、問題は見憶えのあるものだった。これなら何とかなりそうだ、と思いながらチョークを握った。——ところが。

問題を解き進めるうち、だんだん痛みが激しくなってきた。今にも始まりそうだ。そう気にしはじめると、痛みはさらに。——滲み出る脂汗《あぶらあせ》。震える足。朦朧《もうろう》と目が霞《かす》み、耳鳴りまでしてくる。

耐えきれず、冴子は膝をついた。

「どうしたのです」

と、原が訊いた。

「あの……気分が、悪くて」

ふん、と原は鼻を鳴らし、

「できないのならできませんと、どうしてはっきり云わないのです」

「そんな」

「授業をうわの空で聞いていた、だから分からない。素直にそう云って、あやまればいいのです。それを、体調のせいにして云い逃れるつもり？」

教鞭がぴしっ、と教卓を打った。

「小学生じゃあるまいし、仮病など使って、恥と思いなさい」

さすがに冴子は怒りを覚えた。原の目を見返し、何とか反論しようとした。けれども、痛みがその気力さえも奪い取ってしまう。

「何です。このうえ、まだ何か云いたいの？」

原はまた教卓を叩いた。

「和泉さん。このさいだから云っておきますけれども、自分が校長先生の姪《めい》だからといって特別扱いされると思ったら大間違いですよ。きのうからのあなたの態度、私には甘えているとしか見えません。もっと気を引きしめてもらわないとね」

（あんまりな云い方だ）

片膝を折り、黒い床に目を伏せ、冴子は唇を噛みしめた。口惜《くちお》しさに涙が溢《あふ》れる。それがまた痛みに拍車をかけ、くらくらとひどい眩暈《めまい》が起こった。

「何を黙りこくってるの。悪いと思うなら、謝罪しなさい」

答えようにも、喉《のど》が詰まって声が出ない。

「素直じゃない子ね」

吐きつけるように云うと、原は冴子に近づいた。チョークで汚れた右手をうずくまった冴子の頭に伸ばし、髪を摑んで強引に顔を上げさせる。

「何とか云ったらどう？　おやおや。泣いてみたって許される問題じゃないのよ」

（ひどい……）

「さあ、あやまりなさい。今あやまれば、それで勘弁してあげるから。さもないと」

「先生っ」

叫ぶような声を発して、そのとき席から立ち上がった生徒がいた。原は冴子の髪から手を離して、

「何ですか、高取さん」

「いいかげん、見当外れの非難はおやめになったらどうですか」

教室の誰もがはっとするような厳しい調子で、恵は云った。原は一瞬、呆気《あっけ》に取られた様子だった。

恵はすると、席を離れてつかつかと前へ進み出てきた。原の鼻先を通り過ぎ、冴子のそばに歩み寄って、

「大丈夫？　和泉さん」

腹部を押さえてうずくまった冴子の顔を、恵は覗き込んだ。

「ひどい汗」

「──大丈夫」

「何を云ってるの。真っ青な顔して」

恵は挑むように原を振り返った。

「仮病だなんて、先生にはこの顔色が見えないんですか。早く保健室へ連れていかないと。もしものことがあれば、先生、責任問題ですよ」

「あ……ああ、そ、そうね」

原は目に見えてうろたえていた。

「あたしが連れていきます。あとで保健室の確認を取るなり何なり、してください」

教師の返事を待たず、恵は冴子の腕を取って立ち上がらせた。静まり返っていた教室に、低いざわめきが広がる。

教室中の目が見守る中、冴子は恵に助けられながら部屋を出た。

3

岡田《おかだ》という名の養護教諭は、予想に反してしごく穏やかな物腰の女性だった。子供をあやすような口調で冴子に容態を訊き、鎮痛剤と栄養剤を与えてくれた。生理痛とストレスが原因で、貧血を起こしたものらしい。

それから岡田は「健康管理の参考に」と云って、冴子の月経周期と月々のだいたいの予定日を尋ねた。何気なく答えたその数字を、彼女はノートに書き留めていた。

その後、岡田が部屋を空けたのを機会に、冴子はちょっと気になって、デスクの上に置きっぱなしにされていたそのノートを覗《のぞ》いてみたのだが——。

(なに？　これ)

学園の生徒名簿が、ノートには貼り付けられていた。各生徒の氏名の横には、赤いインクでぎっしりと数字が書き込まれている。

(健康管理の参考……これが？)

生徒全員の生理の日付を、こうやって把握しているのか。

冴子はなかば呆《あき》れ返った。同時に、何とも云えない、恐怖にも似た不快感が頭をもたげる。

(完全に監視しようとしてるんだ)

(ずる休みの防止？　男の人との不祥事の早期発見？　ここまでしなくても良さそうなものなのに……)

昼休みになると、冴子は重い足取りで保健室を出た。

四限目の日本史の授業は、岡田の許可を得て欠席した。昼休みいっぱいはベッドで休んでいたほうがいい、とも云われたのだが、「もう大丈夫です」と云って出てきたのだった。

薬のおかげで痛みはだいぶ和らいだものの、身体は相変わらず怠くて重い。気分も重い。出血はまだ始まっていないが、それだけに、全身の汚れた血液がすべておなかの底に沈澱《ちんでん》しているようで、気持ちが悪かった。

廊下で教師たちとすれちがうたび、何か云われはしないかと怯えていた。原の姿を認めたら、身をひるがえして逃げ出してしまうかもしれない。

先ほどのあの、原の仕打ち。

思い出しただけで、涙が込み上げてきそうになる。

原先生は特に厳しいのだ——と、きのう関みどりが云っていたけれど、彼女があんなふうに生徒を扱うのは、それなりの教育的な信念があってのことなのだろうか。

生徒をいじめて喜んでいる、としか見えない。加えて、冴子にはどうしても、自分がことさら目の仇《かたき》にされているように思えてならなかった。

(わたしが校長の姪だから?)

それでも決してえこひいきはしない。そう示すため、必要以上につらく当たるのだろうか。

（あのとき、もしも高取さんが助けてくれなかったら……）

きっと冴子は、あの場でみじめに泣き崩れ、倒れ伏してしまったに違いない。

恵はすごい、と思った。

原のような教師を相手に、あんなに敢然とした態度を取る勇気を、冴子はとうてい持てない。あれが、けさ桑原加乃の云っていた、恵の「強さ」だろうか。

感謝すると同時に、恵が心配でもあった。いくら彼女の行動が正しくても、ああいった言動が原の反感を買わないはずがない。

そしてまた、この次に自分が原と顔を合わせるときのことを思うと、冴子はほとんど絶望的な気分に囚《とら》われる。今度はいったい、何を理由にどんな非難を浴びせられるだろうか。

保健室のある本部棟から教室棟へ向かう渡り廊下で、同じクラスの生徒たちの一団と出会った。

「あら、和泉さん」

痩せた癖毛《くせげ》の少女が、こちらを指さした。関みどりだ。冴子が黙って会釈すると、彼女はよく響く高い声で、

「本当にもう！　あのあと大変だったんだから」

「えっ」

「三限目にあなたが出ていったあとよ。原先生、ひどい癇癪《かんしゃく》を起こしちゃって、宿題を山ほど。おまけに来週早々、テストをするって。八十点以下の者は一ヵ月間、週末も外出禁止」

「とばっちりを受けた、こちらがたまりませんわ」

糸を引くような声で云ったのは、中里君江。しんねりと冴子をねめつけながら、

「だいたいね、あなたと高取さんが」

「おやめなさいな、二人とも」

と云って、城崎綾が進み出た。堀江千秋が、その後ろに寄り添うように立って薄い笑みを浮かべている。ほかの少女たちは、綾を引き立てるように一歩、退いた。

「おかげんはいかがかしら、和泉さん」

「ええ、もう」

冴子は目を伏せた。

「あの、何だか皆さんに迷惑をかけてしまったみたいで、あの……」

「仕方ありませんものね」

わずかの乱れもない微笑をたたえたまま、綾は云った。

「ですが、先生に対して先ほどの高取さんのような態度を取るのは、やはり生徒としてはあるまじきこと。そう思いません？」

「でも、あのとき彼女が」

「もうよろしいわ」

突き放すような綾の言葉に、冴子はたじろいだ。

「私たち、これからお食事に行くところですの。あなたは、そうね、気分が悪いのなら、およしになったほうが良くってね」

食欲などまるでなかった。だが、無理をしてでも食べなければいけない、と岡田から云われたばかりだった。

「あの……」

どう応えようかと迷っているあいだに、綾はすいっと背を向け、

「お大事に、和泉さん」

云い残して、冴子の前を立ち去った。無言でそのあとを追う、〝仮面〟の（みんな、同じ……）少女たち。

独り取り残されて、冴子はしばしその場に立ち尽くした。

4

昼休みの一件以来、冴子には綾たちの態度がことさらにそっけなく感じられた。それだけではない。クラスのほかの生徒たちも、何だか自分に対して冷たい壁を作っているように思える。

（わたしのせいで、原先生が癇癪を起こしたから？）

だからみんな、怒っているのだろうか。それとも……（それとも？）。

五限目のあとの休憩時間、冴子はよほど隣席の綾に話しかけようかと思ったのだが――。

綾は席に着いたまま、瀟洒《しょうしゃ》な布製のブックカバーを付けた文庫本を開き、読みはじめていた。取り澄ましたその横顔は、暗に冴子との会話を拒否しているかに見えた。いたたまれなくなって、恵の姿を探した。だが、そのときにはもう、恵は席を立って教室を出ていってしまっていた。

六限目の授業がようやく終わると、寄せていた机をもとに戻して、冴子は綾に礼を述べた。そしてすぐさま鞄を持ち、立ち上がる。恵をつかまえて一緒に帰ろう、と思ったのだ。

「お待ちになって、和泉さん」

と、そのとき綾が口を開いた。

「――はい？」

冴子は身を硬くした。何となく綾に対して、強い畏怖のような感情を抱きはじめていたからだ。

「もうお身体のぐあいはよろしいのかしら」

冴子は頷いた。痛みはほぼ治まっていた。綾は微笑を広げて、

「じゃあ、これから図書室を見にいかれてはどうかしら。場所も利用法もまだ、ご存じじゃありませんでしょう」

「ええ、それは……」

冴子が答えおわらないうちに、綾は静かに後ろを振り向いて、「守口《もりぐち》さん」と名を呼んだ。

「はぁい」

すぐに返事があって、一人の少女が駆けてきた。大柄で、ちょっと太り気味だけれど、くりんと丸い、愛らしい目をしている。

「守口委津子《いつこ》さん」

と、綾は少女を紹介した。

「彼女、図書委員ですの。案内していただくとよろしいわ」

「よろしく」

愛嬌《あいきょう》たっぷりの笑顔で、ぺこりとお辞儀をする少女。

「それじゃあ守口さん、お願いしますわね」

「かしこまりました、綾サマ」

委津子は道化た調子で、仰々しく敬礼してみせた。

＊

本部棟の二階にある図書室へ向かう道すがら、守口委津子は表情豊かにくりくりと目を動かしながら、人なつっこく冴子に話しかけてきた。

「ここじゃ、なかなか本も買えないでしょ。だから、図書室をじゃんじゃん使わない手はない！　おカタい本が多いのは多いけど、けっこうね、推理小説とかＳＦとかも揃ってるのよ。――開室時間は昼休みと放課後五時まで。土曜は三時までね。日曜日も、毎月第二日曜は午後一時から五時まで開けております。蔵書は豊富。貸し出し日数は一週間。皆さまのお越しをお待ちしていまぁす」

「図書委員って、いろいろ仕事があって大変なんでしょうね」

「ううん。仕事っていっても、ときどき本の整理に駆り出されるくらい。でも、あたしはしょっちゅう通ってるなぁ。日曜開館のときには必ず行くし。寮にいてもつまんないでしょ。それにね、図書室の司書の先生がすっごい、いい人なの。

ここの先生って、原のオバサンとかさ、みんなオニみたいなのばっかりじゃない。口うるさくて、いつもぴりぴりしてるし、生徒を叱りつけるのが生き甲斐《がい》みたいな感じ。担任の古山センセが、あれでいちばんましなほう。なのに図書室の川島《かわしま》さん、ウソみたいに優しい人なのよぉ。ちょっとくらいハメを外しても何も云わないし、面倒見が良くて、いろいろと親身になって相談に乗ってくれるし、美人でインテリジェントで……旦那さんは地元の陶芸家なんだって」

「ふうん」

「ホントにもう、何とかならないのかな、この学校。今どき流行《はや》らないと思うんだよね、こんなタイプの、規則でがんじがらめの高校なんて。だけど、案外そこが親たちにはウケてたりするんだから。娘を嫁入りまで厳しくしつけたい、『聖真』に入れとけば間違いないから、ってさ、たっかい授業料出して……あ、ごめんなさいね」

「えっ。どうして？」

「だって――」

委津子は立ち止まって、冴子の顔を見た。

「あなた、校長先生の姪御《めいご》さんだって」

「何だ。――気にしないでください、そのことは」

冴子は無理に笑顔を作った。

「わたしも、ひどいと思うから、この学校」

「やっぱりね」

委津子はぺろりと舌を出し、

「きのう見たときに思ったんだ、あたし。あなたの顔、誰かに似てるって。そういえばね、校長先生と似てないこともないね」

「そうなんですか」

「何となく、ね。――それにしても原センセ、あんまりだよね。転校早々、マイッたでしょう。あたしもしょっちゅうやられるんだけど、いまだに応えるもん。あのセンセ、ずっと独身なんですって。そりゃそうよ。ブスでイヤミな中年のオバサンを絵に描いたみたいだもん。あたし、怒られるたびに、心ん中で呟いてるのよ。このチビザルめ」

ふっくらとした頬にえくぼを作り、委津子は悪戯《いたずら》っぽく笑った。

つられて思わず、くすっと声を洩らしながら、冴子は大きな安堵《あんど》を覚えずにはいられなかった。やっとこの学校で、自分の知っている、ありふれた女子高校生と出会えた気がしたからだ。

「何か分からないことがあったら、相談してね。あたしの部屋は301号。一階の端っこよ。退屈だったら遊びにきて。あなたは……そっか、高取さんと同じだっけ」

「ええ。315」

「彼女——高取さんのこと、どう思う？」

唐突な質問に、冴子は少しうろたえた。

「まだわたし、きのう来たばかりだし」

「そっか」

委津子は一瞬、表情を止めたが、すぐにあっけらかんとした口ぶりで、

「きょうはカッコ良かったよね、彼女」

と云った。冴子は何となく嬉しくなって、

「そう思います？」

「チビザルの機嫌を損ねたのはまずかったけどね、あたしは内心、拍手喝采しちゃった。でも──」

と、委津子は足もとに視線を落とし、

「ヤバいんだなあ、彼女」

「やばい？　それ、どういう意味」

「ううん」

委津子は、しまった、とでもいうような顔でかぶりを振った。

「何でもない。ちょっとした独り言。気にしないで。それより和泉さん、童話は好き？　あたしね、自分で書いてみたりしてるんだけど……」

5

思っていたよりも、ずっと広い部屋だった。

教室三つぶんほどもあるだろうか。背の高い書棚がずらりと立ち並んだ窓の少ない部屋は、広いだけによけい薄暗さが目立つ。空気は海の底のように冷え冷えと、何年ものあいだ澱みつづけてきたかのようで……。

司書の川島はしかし、委津子の云ったとおり、とても感じの良い女性だった。鼻筋の通った知的な顔立ちで、かといって冷たい雰囲気もない。ひとめ見て、冴子は彼女に好感を持った。

図書室の利用者カードを作ってもらったあと、冴子はふと調べたいことを思いついて、委津子にその旨を告げた。

「じゃあ、あたしはお先に。川島さん、よろしくお願いしますね」

そう云い置いて、委津子は図書室を出ていった。

「どんな調べものですか」

と、川島女史が冴子に尋ねた。

「何かこの学園について、校史とかの資料があれば見てみたいんです」

「ああ、それなら」

川島は部屋の奥を指さし、

「あっちの突き当たりに、教育関係の棚がありますから。そこに『聖真女学園高等学校』っていう赤い背の本が。でも、どうしてそんな……？」

「いえ、ちょっと」

と、冴子は言葉を濁した。川島はそれ以上は尋ねようとせず、

「見つからなかったら知らせてくださいね」

とだけ云った。

目的の本はすぐに見つかった。

赤い布張りの豪華な装幀《そうてい》で、『現代教育の諸問題を考えながら』というサブタイトルが付いている。著者名は「宗像千代」。——伯母が書いた本なのだ。

その場でページをめくり、目次を見てみた。

父兄や関係者に配付するためのPR本のたぐいかとも思ったのだが、全然そうではないらしい。「わが国の中等教育の現状」から始まって「その問題点」、さらにドイツのシュタイナー学校など古今東西のユニークな教育実践の試みが紹介・批評され、後半部に至って、聖真女学園の歴史とその教育理念が語られている。いっぱしの〝研究書〟といった体裁だ。

奥付のページに、著者の略歴が記されていた。

【宗像千代　昭和七年、相里市に生まれる。T＊＊女子大学大学院文学研究科、修士課程修了。心理学専攻。のちに同大学院教育学研究科にて教育学を専攻。現在、聖真女学園高等学校校長。】

立派すぎるその学歴に、冴子は圧倒される思いだった。

冴子が知りたかったのは、この学校がなぜ、あるいは時代錯誤とも云えるような、いびつなまでに厳格な管理教育を続けているのか、続けなければならないのか、という問題だった。校史をひもとけば、いくらかでもその納得のいく答えが見つかるかもしれない、と考えたのだ。

しかしながら、専門用語を多く交えた論文調の文章は、冴子にはいかにも難解そうに見えた。借りて帰ってじっくり読もうという意欲も今は持てなくて、もとの場所にそろりと本を戻した。

「……ねえねえ、ユウコ。やっぱりね、あの話、本当なんだって」

と、そのとき、どこかからひそひそと囁く声が聞こえてきた。冴子ははっと息を呑み、あたりを見まわした。

「なに？　どの話が？」

「このあいだ誰かが云ってたでしょ。ユウコもいたでしょ」

女子生徒二人の会話だ。

斜め後ろの書棚の隙間から、その向こう側に立つ二人の影が覗いていた。あちらはたぶん、冴子がいることに気づいていないのだろう。

「ほら。二年生の三号棟から、もう一つ西に突き出した部屋、知ってるでしょ。〝開かずの扉〟の……」

「何だ、あれ？　あそこに出るって話？」

「そう。夜中になると、あの中から女の人の啜《すす》り泣きが聞こえるって」

「よくある〝七不思議〟の手合いじゃない。増える階段とか、笑う骨格標本とか……ね。アキちゃん、そんなの真に受けてるの？　わたしの中学なんか、一ダースも七不思議があったけど」

「べつに真に受けてなんかいないよ。でもね、あの部屋にまつわる話って、なかなかホントっぽいの。きょうのお昼に、食堂で先輩から聞いたんだ」

話しぶりからすると、二人とも一年の生徒らしい。

冴子はちらと、入口のカウンターを振り向いた。棚の陰になって、川島女史の姿は見えなかった。

広い図書室の片隅。たくさんの本に囲まれた薄暗がり。――立ち話には妙な場所だけれど、語られるのが〝怪談〟の噂《うわさ》となると、そこはいかにもそれらしい空間となった。

「でね、その話によると、あの部屋は昔、華族のご令嬢や何かが入学したときに使われていた〝特別室〟だったんだって。普通の寮室よりもずっと広くて、調度品なんかも豪華で……戦後になって、もう生徒用には使わなくなっていたのを、何だかすごい資産家のお嬢さまを預かるっていうんで、また使うことになった。それが今から三十五年くらい前。——聞いてる？」

「うんうん」

「そのお嬢さまっていうのがね、何て云うのかな、とっても傲慢……わがままで気むずかしい人で、そのうえ、ひどく変な趣味を持ってたの」

「ヘンなシュミって？　まままさか……」

「そんなんじゃなくってぇ、たとえばね、一年中いつも黒ずくめでいたとか。みんな制服なのに、彼女はどうしてもいやだって云って。学校のほうも、親が並のお金持ちじゃないもんだから、仕方なく大目に見てたらしいのよね」

「へえぇ、この学校が？」

「そう。驚きでしょ。で、その人ね、何とかミツコって名前だったらしいんだけど、今で云うオカルトに凝ってて」

「オカルト？」

「気味の悪いものばっかり、部屋に集めてたんだって。魔術の本だとか、爬虫類《はちゅうるい》の標本だとか、山羊《やぎ》の頭の剝製だとか」

「ちょっと頭が変だったたって話もあるって。でも本当のところはね、ミツコっていうその人はね、魔女だったの」

「マジョ？」

「そ。悪魔、魔女、の魔女。あの部屋で、自分の云うことを聞く生徒を集めて、黒ミサみたいな儀式をしてたって……」

「不気味ぃ」

昨夜、恵の口から出た「魔女の伝説」。——どうやらこの話がそれらしいが、恵にも云ったとおり、冴子はこの手の怪談が非常に苦手だった。もっともらしく語られると、嘘《うそ》だと分かっていてもつい、暗示にかかってしまうのだ。

さっさとこの場を去ってしまおうと思った。だが、なぜかしら足が動かない。聞くまいと思えば思うほど、書棚の向こうの囁き声は妙な力を帯びて、耳の奥へ奥へと響き込んでくる。

「……その人がね、ある夜あの部屋で死んじゃったのよ。それも、ただの死に方じゃない。油をかけられて火をつけられて、焼け死んじゃったの」

「………」

「ね、分かるでしょ。魔女の、火あぶりの刑」

「嘘だぁ」

「表向きは自殺ってことになってるらしいけど……でも、だからね、焼き殺された彼女の、魔女の呪いがあの部屋にはかかってるの。以来ずっと、あの部屋の扉は閉められたままで、夜になると今もときどき、彼女の呻《うめ》き声や呪いの声が聞こえてくる」

「バカバカし」

「そうムゲに云わないでよ。せっかくマジメに話したのに」

「でもね、魔女だなんて」

「先輩が云うにはね、あの部屋、夜には絶対に近づいちゃいけない、恐ろしい目に遭った人が何人もいるんだよって」

「分かった分かった。もうオナカイッパイ……」

やがて、二人の足音が遠ざかる。

自分でも滑稽《こっけい》に思えるくらい、怯えてしまっていた。冴子はそっと、鳥肌の立った両腕を薄い胸に絡ませた。

6

冴子は独り寮に帰った。

庭園を抜け、玄関へ向かう。

肌寒いほどに涼しい夕風。蜩《ひぐらし》の鳴き声。咲き広がった見事な薔薇。……ふと足を止め、夕陽に染まった洋館を見上げる。

向かって左手——西側の端。三号棟の付け根に当たる部分の、さらに向こう……（「特別室」っていうのはあのあたり？）。蔦《つた》を這わせた赤煉瓦の壁。閉ざされた白い飾り窓。——あの向こうで三十五年前、本当にさっき聞いたような恐ろしい事件が（魔女の伝説……）あったのだろうか。

玄関の前で、例の山村トヨ子という管理人に出会った。掃除をしていた彼女は、冴子の姿を認めると、間延びした声で「お帰りなさい」と云った。

「どうですか、学校のほうは。うまくやっていけそうですか」

「ええ、何とか」

冴子は軽く頭を下げた。トヨ子は箒《ほうき》を持った手を休め、温和な笑顔で、

「寮で何か、困ったことはありませんか」

「いえ、今のところはべつに」

小さな声で答えてから、冴子は心を決めた。

「あの……ちょっと変なこと、伺いますけど」

「何かしら」

「この寮に特別室という部屋があるって聞いたんですが、本当でしょうか」

「特別室……」

トヨ子は不思議そうに、大きな焦茶色の目を丸くした。

「……ああ、あそこね。ありますよ、二階の端っこに。もうずっと使われていないみたいですけど、それが？」

「開かずの間、だとか」

「生徒さんたちはそんなふうに云ってるようですね」

「何か、あの……幽霊が出るっていう話も聞いたんです」

「あらあら」

トヨ子は片方の手を口もとに当てて、ころころと笑った。

「怖がる必要なんてありませんよ、和泉さん。私、ここに来て六年になりますけど、一度だってそんな怖いもの、見ていませんから」

「そうですか。ええとあの……変なこと、すみません」

冴子は顔を赤くして、けれども内心ほっと胸を撫で下ろしたい気分で、その場を離れた。

7

高取恵は部屋にいなかった。鞄がないところを見ると、まだ学校から戻ってきていないようだった。

身体のあちこちが、べとべとして気持ち悪かった。きょう一日でさんざんかいた冷や汗と脂汗のせいだ。

とにかくシャワーを浴びることにした。

熱めの湯を頭からかぶりながら、冴子は思いを巡らす。

図書室の薄暗がりで聞いた会話。――この建物に「開かずの扉」があるのは本当らしいが、どうせあんなのは、そう、それを材料に誰かが作った法螺《ほら》話に決まっている。初めはきっと、もっと単純な幽霊話だったのが、多くの生徒の口から口へと伝わるうちにいろんな尾ひれが付いて、「伝説」などと呼ばれるようになったのだ。

三十五年前にその部屋で死んだ女生徒というのは、では……？

魔女の伝説。

三十年以上ものあいだ閉ざされてきた扉。その向こうに漂う湿った闇のにおいを想像すると、いくら作り話にすぎないと思おうとしても、やはり何かうすら寒いものを感じてしまう。

「魔女」という言葉のせいだろうか。

「幽霊」とか「お化け」とかよりも、その言葉はずっと不気味で不穏な響きを持っている。気持ちが掻き乱されそうな、妙なリアリティがあるように思える。それは冴子が、中世ヨーロッパの魔女狩りという歴史的事実を、いつか本で読んで知っていたためなのかもしれなかった。

そして——。

関連してどうしても心にひっかかるのは、高取恵のことだ。

昨夜、恵はみずからを「魔女」と呼んだ。あれは（あたしはね、魔女なの）いったい、どういう意味なのか。

恵のどこが魔女なのだろう。

何か冴子の知らない秘密が、彼女にはあるのだろうか。

恵が「お嬢さまごっこ」をしているのだと評したクラスの少女たちは、城崎綾にせよ、けさ食堂で話をした桑原加乃にせよ、恵に対してはどうも好感情を持っていないようだ。いっけん〝普通の女子高校生〟の、あの守口委津子でさえ、何やら意味ありげに恵のことを「ヤバい」などと云っていた。

（そういえば……）

きのう自分がクラスのみんなに紹介されたときの様子を、冴子は思い出した。静まり返った教室の空気にあのとき感じた、悪意あるいは敵意のようなものを含んだ奇妙な〝ざわめき〟。――あれは〝新入り〟の自分ではなく、あのとき遅れて入ってきた恵に対して湧き起こったものだったのではないか。

恵にはいったい、何があるのだろう。

（……めりー……）

シャワーを水に変えて、髪を掻き上げる。上気した身体に、刺すような冷たさが心《ここ》地好《ちよ》い。――と、突然。

何かどろりとしたものが、身体の奥からすうっ、と下りていく動きを感じた。あっと思うまに、股間から太腿《ふともも》へと流れる生温かな感触……。

（……始まった）

シャワーを止めて冴子は、恐る恐る下を見た。

（……めりー……）

足の内側を伝って落ちた液体が（何て、あかい……）シャワーの水に溶け広がり（……血。赤い、緋い……）、やがて銀色の金具が嵌め込まれた排水口の中へ、渦を巻きながら流れ込んでいく。

……くりす……ます）

強い眩暈に襲われ、冴子は白い浴槽の底にしゃがみこんだ。

＊

午後六時になっても恵が帰ってこないので、冴子は食堂に降り、また一人で夕食を済ませた。

恵が戻ったのは七時を過ぎたころ。外はもう、陽《ひ》が落ちて暗くなっていた。

「お帰りなさい」

ベッドに寝転がってぼんやりしていた冴子は、怠い身体を起こし、制服姿の恵に向かって首を傾げてみせた。

「こんな時間まで、どこに」

「ちょっと散歩にね」

恵は何でもないふうに答えた。

「でも、ここの門限、五時半でしょう」

するとと、恵は苛立《いらだ》たしげに、

「先生みたいなこと云わないでよ」

「そんなつもりじゃ……」

「あ、分かってる。ごめんなさい」

恵は表情を和らげ、鞄を自分の机の上に置いた。

「ちょっとむしゃくしゃするもんだから、ここの裏の林の向こうにね、小さな池があるの、そこへ行ってたの。静かで気持ちのいいところ。よく行くんだ」

「むしゃくしゃするって、どうして」

「――あなたには関係ない」

そう云って、恵は目をそらした。

「それより、もういいの？　身体のほうは」

「ありがとう。本当にきょうは、あなたのおかげで……」

「お礼を云われるほどのことじゃない。けど、まずかったみたいね」

恵の自嘲的な口ぶりに、冴子は思わず声を高め、

「そんな……どうして」

（まずいって、原先生の痈癪を招いたことが？　それとも……）

「何でもない」

恵はわずかに肩をすくめ、首を横に振った。

「そんなに悲愴《ひそう》な顔、しないで」

「でも……」

（あなたは、何なの？）

「もういいから。――今夜は早くに寝ちゃいなさいね。アレなんでしょ。痛みはまだひどいの？」

「ええ、少し」

「薬はある？　ないなら、あたしのあげるから、飲んで先に寝なさい。明りはスタンドだけでいいから」

冴子はおとなしく頷いた。痛いというよりも、全身が重くて仕方なかった。気を抜けば、そのままずぶずぶとベッドの中へ沈み込んでしまいそうなほどに。

薬は持ってきてあった。洗面台に立ち、白い錠剤を二つ飲み下す。

「どうってことない。どうってこと、ない」

服を着替える恵の、そんな呟きが、そのときふと耳についた。

†　　　†　　　†

激しく甲高く、ブレーキの叫び。

天地を震わせる衝突音。ガラスの飛び散る音。湧き起こる人々の声。からからと車輪、空まわり……。

少女の足が、止まった。

「まあ、何てことでしょう」

うろたえた母の声。

「車が、あんなになって……」

道路の端でひっくりかえった自動車。折れた電柱。歪《ゆが》んだ灰色の車体。

見る見るうちに、人だかりができてきた。母に手を握られた少女は、息をひそめ、幼い目を見張った。

割れた運転席の窓から、二本の腕が出てきた。血にまみれ、わなわなと震えながら、散らばったガラスの破片に爪を立てて……。

やがて、ぬっと現われる人間の頭。潰れたトマトのように真っ赤な汁を滴《したた》らせながら。大きく一度、反《そ》り返ったかと思うと、がくり、停止。あとは、静止。

「だめ。見ちゃだめですよ」

母が少女の手を引く。

にたり、唇が動いて少女は、その手を振りほどいた。遠巻きに現場を見守る人々のあいだをすりぬけ、壊れた車に駆け寄る。

絶命した運転者の、窓から突き出た上半身。少女は不思議そうにそれを見つめ、見つめながらまた、にたりと笑った。

路上に広がる、緋《あか》い染《し》み。

白い靴に白い靴下の小さな足、ぴちゃんとしぶきを飛ばし、血だまりを踏んだ。

第3章　魔女の死

1

深夜。

聖真寮三号棟の管理人・山村トヨ子は、ふっと目を開いた。

暗闇の中、手探りで電気スタンドのスイッチを入れ、上体を起こして周囲を窺う。

もう六年間、一人で暮らしてきた部屋。こぎれいに片づいた室内に、何も変わった様子はない。

枕もとの時計を見て、ちょっと驚いた。

午前一時二十分。

床に就《つ》いたのは十一時半だった。あれからまだ二時間足らずにしかならない。

（何だって今ごろ、目が覚めたのかしらね）

尿意も喉の渇きもなかった。では……？

ああ、そうだ。確か、何か物音を聞いたように思う。何か、気がかりな物音を。

耳を澄ましてみた。――静かだ。妙な音は聞こえない。

（いやね。夢でも見たのかしら）

しょぼしょぼする目をこすり、トヨ子は深く息をついた。

何とも云えず憂鬱な気分だった。このところ、人と話しているときはそうでもないのだが、一人でいると決まってこんな気分になる。

今の自分の生活に不満があるわけでは、まったくない。職場としての待遇は申しぶんないし、ほかの職員たちとのいざこざもない。生徒たちはみんな、上品でおとなしい、良い娘《こ》ばかりだし……。

憂鬱なのは、自分の体調のせいだと思う。どうも最近、調子が良くないのだ。

ひどく疲れやすくて、食欲も芳《かんば》しくない。肩凝りと頭痛が慢性になっている。

今年の春に五十二歳の誕生日を迎え、それと前後して月のものが上がっていた。そろそろ更年期障害が出はじめているのだ、と分かっていた。

――どこかで。

ごとん、と硬い音がした。どきっとしてトヨ子は、天井を見上げた。

（上から？）

普段ならばべつに気にもかけず、また眠りに就くところだ。が、なぜだか無性に気になった。きりきりと、痛みにも似て胸が騒いだ。

ごとっ……と、また音が響いた。

間違いない。どこか二階の部屋から……。

真上の部屋は生徒の自習室だけれども、夜間は施錠してあるから、誰も入れないはず。消灯時間の十一時はとうに過ぎている。トイレは各部屋にあるから、今ごろ廊下を出歩く生徒がいるはずもない。

とすると――。

泥棒だろうか。それとも痴漢？

そう考えだすと、じっとしていられなかった。女ばかりの寮なのだ。生徒たちにもしものことがあれば大変……。

トヨ子はそっと部屋を出た。スリッパは履かず、すり足で絨毯の上を歩く。

寮監の先生を起こそうか。そういえば、今夜は宗像校長もここに泊まっている。週に何回かはこちらに来て、生徒たちと同じ屋根の下で眠るのが、校長の教育者としての姿勢なのだと聞く。

トヨ子は迷ったが結局、一人で行こうと決めた。

かすかな物音を聞いただけなのだ。それだけで先生たちを起こすのは、どうしても気がひけた。万が一のことがあれば、そのときは大声を出せばいい。たとえ男の賊だったとしても、大勢で取り押さえれば……。

暗い階段を、忍び足で上階《うえ》へ。

踊り場の壁に突き出したランプ型の古い電灯。弱々しい光が、歩を進めるごとに影を揺らめかせる。

階段を昇りきり、二階の廊下に出たとき、冷たい汗がひと筋、腋《わき》の下から横腹を伝って落ちた。

暗い陰影に満ちた廊下。右手はさらに暗く、闇に続く。

立ち止まり、音を探った。

かすかに、外から流れ込んでくる虫の鳴き声。それを包み込む、静寂。じーんという耳鳴りにも似て、静寂は音ならぬ音を奏でている。まるでこの古い洋館に漂う闇たちの声のように。

ことっ、とまた物音がして、トヨ子はそ、ち、ら、を振り向いた。

左手——階段の斜向《はすむ》かいに、飾りガラスの嵌まった両開きのドアがある。その向こうから、音は聞こえてきた気がした。

(あのドアの向こうは……)

トヨ子は身を縮めながら、そろそろと足を向けた。

ドアは抵抗なく開いた。向こう側には凝縮された闇があった。こちらの廊下から射《さ》す光でかろうじて視界を保ちながら、トヨ子は一歩二歩、まっすぐに足を進めた。

その短い廊下を左に折れたところに、さらに一枚のドアがあるはずだった。そう。三十年以上も使われていないという、特別室のドア——例の「開かずの扉」というのが、それなのだ。

トヨ子は昨夕、寮の玄関先で言葉を交わした、ある生徒のことを思い出す。

和泉冴子。

転校してきたばかりの、小柄で線の細い、どことなく暗い翳りのある少女だ。彼女の、全体のバランスを崩してしまいかねないほどに大きな、褐色の目。初めて会ったときからトヨ子は、その中に何かしら不思議な、秘密めいた魅力を感じていた。

あの娘が云っていた。この特別室に幽霊が出るのは本当か？　と。そういえば以前にも、生徒たちがそんな噂をしているのを聞いた憶えがある。

(そんな莫迦なことって……)

トヨ子はぶるっ、と頭を振った。

(幽霊だなんて……まさか)

そろりそろりと歩を進めながら、闇の奥に目を凝らす。

黒いマホガニーの板に細工の入った金色のノブ。問題の扉が、ぼんやりと見えてきた。――とたん。

トヨ子は思わず悲鳴を上げそうになった。

ノブの下の鍵孔から、細い光線が洩れているのだ。

(そんな!)

このドアの鍵は、何年か前に紛失されたという。以来、ドアは文字どおりの「開かずの扉」になっているはずだった。鍵を付け換えたという話は、ついぞ聞かない。

外灯の光が窓を通して入ってきているのだろう。そうだ。そうに違いない。

引き返そうかとも思ったが、なぜだか勝手に足が動いた。おのれの意思が肉体に伝わらない悪夢の中へ踏み込んでしまったような、胡乱《うろん》な心地だった。

ドアの前に進み、ノブに手を伸ばす。

まわるはずはない。まわるはずが……。

かちゃっ、と音がして、ノブがまわった。——鍵が外れている。

トヨ子は息を止めた。心臓の鼓動が、破裂しそうなほどに速い。震える手に力を込めた。音もなく、ドアが開く。

そうして彼女が目にしたものは……。

2

……こん

……こん……こん

間延びしたノックの音。

目を覚ました宗像千代は、壁で光る時計の針を見て（……誰？　こんな時間に）、重たい瞼をしばたたいた。

「どなた？」

返事はない。ノックの音は、

……こん……こん……こん

同じ調子で続いている。

眼鏡をかけ、ガウンを羽織って、千代はドアに向かった。

「どなた？」ともう一度、問いかけた。しかしやはり、返事はない。力なくドアを打つ音だけが、機械的に繰り返される。

「誰？」

ドアを開けると、薄闇の中に立つ三号棟の管理人の姿があった。

「まあ、どうしたのです。何かあったのですか」

「あ、あの……た、大変な……」

山村トヨ子は蒼《あお》い顔、虚ろな目をして、抑揚のない声で呟いた。

「大変？」

トヨ子はなかば茫然自失《ぼうぜんじしつ》の状態に見えた。千代は両手でトヨ子の肩を揺すって、

「いったいどうしたのですか」

「あの……三号棟の、二階……開かずの……特別室の……」

途切れ途切れに告げると、彼女はその場にへなへなとしゃがみこんでしまう。

「特別室？」

千代はひくっ、と頰を引きつらせた。瞬間、全身に鋭い悪寒が走った。

「あそこで、何かあったのですね」

トヨ子は口を半開きにして宙を見つめ、ゆるゆると頭を振っている。

「分かりました。すぐに行ってみますから。だから、いい？　あなたはもう、部屋に帰って休んでいなさい。分かった？」

「――はあ」

トヨ子はよほど強烈なショックを受けた様子だった。一人にしておくのも心配だったが、とにかく問題の場所へ急いで行ってみなければ、と思った。

寮の校長室は、本棟二階の東端に位置する。千代は長い廊下をまっすぐ西へ、ほとんど駆け足で突っ切った。

開いているはずのない、特別室のドア。

それが今、開け放たれていた。

（これは……ああ、どうして……）

三十五年前に起こったあの事件の記憶が、いやおうなく心に蘇《よみがえ》る。

あれはそう、千代がこの学校を卒業し、大学に進学したばかりのころ。当時この部屋を使っていたある少女が、この中で悲惨な死を遂げたのだ。

開かれた扉からは今、弱い光が洩れ出している。血の凍る思いで千代は、室内に足を踏み入れた。

入るとすぐ、左のほうを見た。

浴室に続くドアがある。光の源はやはり、そこだった。

半開きになったそのドアの向こうは、明りがついている。そして、中から聞こえてくる音が。

ざあああぁぁぁぁ……

水の音だ。シャワーの音？　加えて――。

埃《ほこり》っぽい冷ややかな空気に立ち込める、異臭。

千代は鼻を押さえた。ひどく焦げ臭い、いやなにおいだった。

（まさか……）

漠然とした不安が最悪の事態の予感へ、そこからさらに確信へと膨《ふく》れ上がろうとしていた。

千代は気を奮い立たせ、浴室に向かった。ともすれば、足がすくんで動けなくなってしまいそうだった。

やっとの思いで、ドアの前まで辿《たど》り着く。強く一度、目を閉じた。それから、息を止めて浴室の中を覗き込んだ。

ぐっ、と喉が震え、目をそむけた。叫び声を必死で呑み込んだ。

おぞましい物体が、浴室のタイルの上にはあった。

赤黒く爛《ただ》れた皮膚。斑《まだら》状になってそこに溶け込んだ衣服の繊維。焼け崩れた顔。とろりと眼窩《がんか》から飛び出した眼球。……シャワーから降り注ぐ水に濡れて、あおむけに転がっている――人間の死体。

3

その日の学園は、朝から異様な空気に満ちていた。平常どおりに授業が始まっても、いつもの静けさが教室を支配することはない。

教師たちはどこかそわそわと落ち着きがなく、生徒たちのあいだにはそこかしこに微妙な〝ざわめき〟があった。私語を交わす者がいても、それを叱る教師の声には普段の厳しさ、刺々《とげとげ》しさがない。なかばうわの空で、通り一遍の注意を与えるだけ。

寮で何かが、あった。

生徒の誰もが、そのことに勘づいていた。

夜中の三時にとつぜん叩き起こされ、寮監でもない教師に点呼を取られたのだ。やがて、何台もの車が門を入ってくる音が。大勢の人間の足音が。さらには、聞き慣れない男たちの声も。

何でもない、部屋から出るな——と、いくら教師たちに云われても、素直に信じられるはずがなかった。気になって眠れなかった者も多くいるに違いない。

中でも、冴子の憔悴《しょうすい》は激しかった。

昨夜は恵に云われるままに、薬を飲んで早くに眠った。いったん深く眠りに沈んだものの、すぐに浅瀬へ打ち上げられ、その後は何度も何度も、いやな夢を（何て、あかい……）見つづけていたような気がする。

そんなところに、担任の古山がやってきたのだ。

古山は深夜の来訪を詫《わ》びもせず、部屋の電灯をつけた。蒼ざめた顔の彼女は、冴子のとなりに空っぽのベッドを見つけると、ほとんど叫ぶような声で「高取さんは？」と訊いた。

冴子はわけが分からず、室内を見まわした。確かに恵の姿がない。浴室を調べてみたが、そこにもいなかった。

何かあったのか、と尋ねる前に、古山は電灯を消してしまい、

「もういいから寝なさい」

口早に云ってドアを閉め、廊下を駆け去っていったのだった。

そのあとはどうしても眠れないまま、ベッドで（どうしたっていうんだろう）身を縮めていた。恵は結局、朝になっても帰ってこなかった（どうしたんだろう……）。

さまざまに想像を巡らせた。朝食の席で、思いきって何人かの生徒に尋ねてもみたのだが、みんな一様に首を傾げるばかりだった。

寮を出て学校へ向かう途中では、建物のまわりをうろうろしているワイシャツ姿の男たちを幾人か見かけた。彼らは何者だったのだろうか。恵がいなくなったことと何か、関係があるのだろうか。

教室に着いても、誰とも口を利かなかった。話しかけてくる者もなかった。

休み時間には、教室のあちこちで交わされる言葉の端々が耳に入ってきた。その中に「パトカー」とか「刑事」とかいう単語を見つけて、冴子の不安は加速度をつけて膨らんでいった。

(何かあったんだ)

何か、良くないことが（……彼女の身に？）。

(何か……)

そして——。

三限目が終わり、四限目の始業チャイムが鳴ったとき。その時間が古典の授業であるにもかかわらず、教室に入ってきたのは担任の古山だった。彼女の顔にも、目に見えて憔悴の色が滲んでいた。

ざわつく生徒たちを静めると古山は、今からすぐに全員、講堂へ行くようにと命じた。校長から緊急の話があるのだ、と云う。

ぞろぞろと講堂へ向かう生徒たちの流れの中で、冴子は充血して霞む目を何度もこすった。腹部の重怠い生理痛に加え、どうしようもなく悪い予感がして、胸が軋《きし》むように痛んだ。

(やっぱり何か、あったんだ)

何か、ただごとではない事件が。

本部棟一階の講堂に全校の生徒が集まり、整列するや否や、壇上に宗像千代が姿を現わした。落ち着き払った足取りでマイクの前に立つと、静かに生徒たちの顔を眺め渡し、彼女は口を開いた。

「今朝はあのような時間に突然、先生がたに起こされてしまって皆さん、さぞや驚かれたことでしょう。——実は昨夜、寮である事件が起こったのです。混乱を避けるため、皆さんにはまだお伝えしていなかったのですが、先ほど警察のほうの見解が私に届きました。そこで今、こうして集まっていただいたわけです」

しん、と静まり返った講堂内。千代は若干の間《ま》をおいて、云った。

「昨夜遅く――正確には本日未明になりますが、聖真寮二階の特別室において、二年生の高取恵さんが亡くなったのです」

ざわめき。――どよめき。

冴子は激しい眩暈《めまい》を感じ、額に手を当てて一歩あとじさった。

「静かにしなさい」

ぴしゃりと云って、千代は続けた。

「高取さんは特別室の浴室内で、自殺を図ったものと思われます。遺書は今のところ見つかっていません。彼女の自殺の原因について、もしも何か心当たりのある人がいれば、担任の先生に知らせるようにしてください。

なお、少しのあいだ学園や寮に警察関係の方が出入りされることになりますが、いたずらに騒ぎ立てたりはしないように。週末の外出にさいしても、くれぐれも本校生徒としての自覚をもって行動すること。軽はずみな言動は絶対に慎んでください。よろしいですね」

（……キ……ヨシ……）

恵が死んだ。恵が……。

（……自殺？）

……コノ……ヨル）

「そんな……」

呟くと同時に目の前が暗転し、次の瞬間、冴子はその場にくずおれてしまった。

床の冷たさを頰に感じながら、どこかへ吸い込まれるように遠のいていく意識。自分のまわりで湧き起こり広がっていくざわめきを、かすかに耳が捉えていた。

4

冴子は無邪気に駆けまわっていた。

鬱蒼《うっそう》とした針葉樹で取り囲まれた、小さな湖。凍りついた湖面の、真っ白な氷。冷たい風。森のざわめき。空には妖しい紫色の雲。……

冴子は素足だった。厚い氷の上を、その冷たさを苦にすることもなく、滑るように駆ける。

「さえちゃん！」

とつぜん響き渡る、悲鳴にも似た声。振り向くと岸辺の木陰から、自分に似た少女の顔が覗いている。

(だあれ？　あなたは)

「危ないから。戻ってらっしゃい」

(あなたなんて、知らない)

冴子は駆ける。湖の中央をめざして、軽やかに。

「だめ。そっちへ行っちゃあだめ！」

叫びながら少女が、氷上を追いかけてくる。逃げるように冴子は駆けつづける。

ところが、ふいに。

めりっ……

不吉な音が、下方から伝わってきた。

(なに？)

立ち止まると同時にまた、めりっ……と音が。

「さえちゃゃあぁぁん！」

少女が悲鳴を上げる。彼女の足もとの氷が、見る見る罅割《ひびわ》れはじめる。

氷の裂け目からそして、勢いよく噴き上がる水。——水？　いや、違う。普通の水とは違う。色が……。

赤！

鮮やかな深紅《しんく》の、吐き気を催《もよお》させるほどに毒々しい液体が、大量に。文字どおり噴水のように。

冴子は瞠目《どうもく》して立ちすくんだ。少女は胸まで赤い液体に呑み込まれながら、両腕をしゃにむに振りまわし、冴子に向かって叫ぶ。

「さえちゃぁぁぁん。逃げてぇぇぇ。早くぅぅぅぅ！」

やがてその声も途絶え、少女はずぶずぶと氷の裂け目に沈んでいく。

（い、い、お姉ちゃん？）

突然、冴子の心に閃《ひらめ》いた記憶。

「お姉ちゃんっ！」

冴子の絶叫も虚《むな》しく、湖の表面がさあっ、と色を変える。白い氷が赤に。血のような緋色に。

ふわり、と身体が持ち上がり、冴子はその赤い氷の上に突っ伏した。

両手をつき、身を起こそうとする。眼下の氷の中にそのとき、巨大な女の顔が現われた。大きく見開いた両目に冷たい狂気を宿して、こちらを見つめる。これは……。

（……誰？）

（これは、わたし？）

冴子はぶるぶると首を振りながら、救いを求めるように天を仰いだ。すると、そこ——空を覆った紫色の雲の中にも、氷の中の顔と同じ顔が（わたし？）……。

（いやだ、そんなの）

（いやっ！）

「いやあぁぁぁぁぁぁぁ……！」

＊

悪夢が途切れ、意識が現実を取り戻す。

消毒液のにおいが染み込んだ、硬いベッドの上だった。目を覚ました冴子を、いくつかの顔が覗き込んだ。

「なぜここにいるのか、分かりますか」

養護教諭の岡田だ。

「——はい」

講堂で、倒れたのだ。校長先生の話——恵の死を聞かされて、それで……。

「だいぶうなされてましたね。気分はどうですか」

身体中が痛かった。あちこちの関節が熱を帯びているようだったが、冴子は枕に頭を沈めたまま小さく頷いて、

「大丈夫です。——すみません」

と答えた。

「ショックを受けたのも、無理はないでしょう」

別の顔が云った。宗像千代だった。

「転校してきたばかりなのに、同じ部屋の生徒があんなことになって」

「伯母さま」

冴子は涙声で呟いた。

「どうして、高取さんは」

「まだ分かっていません。きっと何か事情があったのでしょうが」

千代は眉間に深く縦皺を寄せた。

「高取さんの件はなるべく気にせず、とにかくゆっくりと休むことです。しばらく宗像家のほうに帰りますか？　そのほうが良いのであれば」

「いえ」

千代の言葉は嬉しかったけれど、あの広い家に独り帰るよりも、寮にいるほうがま

だましだと思った。

「大丈夫です、もう」

「本当に？」

「はい。――お騒がせして、すみません」

「あなたがそう云うのなら。――古山先生」

と、千代はかたわらに立つ担任教師のほうを見た。

「冴子……いえ、和泉さんの気持ちを考えると、このまま一人で同じ部屋に置いておくのはどうかと思います。まだ転校してきたばかりでもあるし……そうですね、誰かに彼女の部屋へ移ってもらうわけにはいきませんか」

「分かりました」

古山は緊張の面持ちで、即座に頷いた。千代は冴子に視線を戻し、

「よろしいですね、和泉さん」

「――はい」

同情と心配の言葉をかけながらも、あくまでも冷静な表情を崩さない顔を（あなたに似ている、と守口委津子が云っていたが……）ぼんやり目に映しながら、冴子はさっきの夢を思い出す。

うなされているときからすでに、夢であるとは気づいていた。冴子にしてみれば、ある意味でおなじみの夢だったから。おなじみの……それはそう、生理の時期になると決まって訪れる悪夢の一つ、だった。赤い（緋い！）——真っ赤な色で染め上げられた、悪夢。

その悪夢に、高取恵の死を重ねてみる。

恵の死。この現実もしかし、冴子にとってはまだ、みずからの心の中だけで蠢く悪夢としてしか実感できなかった。

恵の死。

彼女はいったい、どんな死に方をしたのだろう。彼女はなぜ死んだのだろう。彼女は……（なぜ……？）。

5

夕方近くになって、寮に戻った冴子に面会の申し込みがあった。

「高取さんのお兄さんが、訪ねておいでなんですけど」

管理人・山村トヨ子からの知らせを受けて、ベッドでうとうとしかけていた冴子は、すぐさま部屋を飛び出した。

「妹さんの荷物を引き取るのに、部屋を見にこられたそうで。同室だった人がいれば
ぜひ、話をしたいと」

「あの……先生の許可は？」

寮の生徒が面会に訪れた部外者と会うためには、寮監の教師の許可が必要である。

校則集にそう記されていたのを、冴子は憶えていた。

「実は今、寮には先生がおられないんですよ。緊急の会議中だとかで」

「じゃあ……」

「ですけど、場合が場合ですしね。お断わりするわけにもいきませんから」

そう云うトヨ子の顔にも、深い憂いと疲労の色が見えた。

玄関のロビーで待っていたのは、背の高い瘦身の青年だった。

よれよれのブルージーンに黄色いポロシャツ。何ヵ月もカットに行っていないと思
われるぼさぼさの髪。――お洒落《しゃれ》や流行というものにはおよそ無頓着らしい。

「高取俊記《としき》です」

冴子が歩み寄ると、青年は丁寧に会釈した。

「けさ連絡を受けて、東京から飛んできたんですが。あなたが、恵と同室だった？」

「和泉冴子です」

「和泉さん。——そういえばきのうの夕刻、恵から電話があって、そのときあなたの名前が出てきた」

「きのう電話が？」

「ええ。恵はよく電話してきました。べつに何でもない、声を聞かせるためだけの電話でしたけどね。きのうも、いつもと同じように」

俊記の目は（彼女によく似た目……）、赤く腫《は》れていた。低く押し殺した声の中にも、隠しようのない悲しみがあった。冴子はいたたまれない気持ちで、

「わたし、おととい転校してきたんです。だから、高取さんとはまだ知り合ったばかりだったんですけど……わたし、彼女が自殺だなんて、とても信じられなくて」

「そうですか」

俊記は顔を伏せ、しばし沈黙した。やがて、握りしめた拳《こぶし》をぴくりと震わせたかと思うと、低い、喉の奥から絞り出すような声で云った。

「恵は、自殺したんじゃない」

（えっ？）

「自殺じゃないって、でも」

戸惑う冴子に、

「和泉さん」

と、俊記は真摯《しんし》なまなざしを向けた。

「恵がどんな死に方をしたか、知ってますか」

「いえ。わたしたちはただ、自殺としか」

「さっきまで僕、警察に行ってたんですよ、遺体の確認のためにね。あれは……あれが恵だなんて、とうてい信じられなかった。変わり果てた姿……とても見るに堪《た》えないような」

俊記はぎゅっ、と目を閉じた。

「この建物に特別室っていう、今は誰も使っていない部屋があるそうですね。恵はそこで——その部屋のバスルームで、物置から持ち出した灯油をかぶって、自分で火をつけたんだと聞かされました。焼身自殺だった、と」

短い叫び声が、冴子と、その後ろで話を聞いていた山村トヨ子、二人の口から同時に洩れた。

「焼身……」

譫言《うわごと》のように、冴子は呟いた。

特別室。焼身自殺（油をかけられて火をつけられて、焼け死んじゃったの）。……焼け死んだ（ね、分かるでしょ。魔女の、火あぶりの刑）――焼き殺された、魔女。魔女（あたしはね、魔女なの）……。

（そんな！）

「あのう」

背後でトヨ子の声がした。

「私は、管理人室のほうへ。ちょっとその、気分がすぐれないもので」

彼女の顔は蒼白だった。冴子と俊記が目を見合わせて頷くと、トヨ子はぺこりと頭を下げ、

「何かあれば、呼びにきてください」

力なく云い置いて、その場を去った。

「今の人、もしかして山村さんっていう管理人ですか」

トヨ子の姿がドアの向こうに消えると、俊記が冴子に訊いた。冴子がそうだと答えると、彼は無精鬚《ぶしょうひげ》の目立つ細い顎をさすりながら、

「あの人が、最初に恵の遺体を見つけたんですよ」

「山村さんが？」

「そう。警察で聞いたんです。やっぱりひどいショックだったんでしょうね。僕が遺体の話をしたから、思い出したんじゃないかな。それで、急に気分が……」

俊記は両肩を少し上げて息をつく。それからジーンズの前ポケットを探って、

「煙草《たばこ》、吸ってもいいですか」

冴子が頷くと、ひしゃげたセブンスターの箱を取り出して一本、口にくわえかけて手を止めた。

「いや、やめとこう」

独りごちて、俊記は煙草を戻した。

「恵は、こいつが嫌いだったから。——すみません、和泉さん。会ったばかりの人の前で、こんな」

「あ……気にしないでください」

冴子は強く首を振った。

「高取さんからお兄さんの話、聞きました。彼女、とても自慢げで。仲のいい兄妹だったんですね」

「ありがとう。あなたは優しい人だ」

俊記はこうべを垂れ、ソファにぐったりと腰を下ろした。

「恵が電話で云ってましたよ。今度の転校生——和泉さんはいい子だって。いつか紹介してやるから、そのときはちょっとくらい身ぎれいにしてきなさい、なんてね。あいつ、母親を早くに亡くしたぶん、しっかりしてたけど、そのせいでなかなか親しい友だちができなくって。どこか強がってる、みたいなところがあったんですよ。そのくせ、根はひどく寂しがり屋でね。

親父のことは、聞きましたか」

「ええ、少し」

「家の恥を晒《さら》すようですけどね、あいつはあの父親を、親だとは思っていなかった。それは僕の影響でもあったんだけど」

俊記は唇を噛んだ。

「今朝、事件について連絡してきたのは親父だったんですよ。いきなり不機嫌そうな声で、恵が自殺したらしい、俺は忙しいからおまえが行け、ってね。厄介なことをしでかしてくれたもんだ、この忙しいときに。葬式はこっちで出してやるから、学校のほうの後始末はおまえが何なりとしろ」

「ひどい」

「そういう家庭だったんですよ。だから恵にとって、家族と呼べるのは僕だけで。僕にとっても……ああ、いけない。すみません。くだらないお喋《しゃべ》りをしてしまった」

俊記は冴子の顔を見上げ、何度か恵が見せたのとよく似た、寂しげな、自嘲のような笑みを浮かべた。

「くだらないだなんて、そんな」

「いや」

俊記は緩くかぶりを振りながら、

「初対面の、しかも年下の女の子にこんな愚痴をこぼすなんて、みっともない話ですね。どうか、今のは聞かなかったことにしてください」

冴子は黙って目を伏せた。

「もしも良ければ――」

ソファから立ち上がって、俊記が云った。彼の肩はちょうど、冴子の背丈ほどの高さにあった。

「部屋を、見せてもらえませんか。荷物の引き取りの件もあるし……それに、恵が死ぬ前までどんな部屋で暮らしていたのか、見ておきたいんです」

6

冴子に案内されて315号室に入ると、俊記は恵の椅子に坐り、机の端に両肘をのせて、しばらくのあいだじっと顔を伏せていた。丸めた肩が、細かく震えていた。何度か長い溜息が落ち、妹の名を呟く声が洩れた。

ベッドの横のストゥールに腰かけて冴子は、慰めの言葉も知らずにただ、そんな彼の後ろ姿を見守っているしかなかった。

外は夕暮れ。白枠の窓越しに、西の空と山を彩る夕焼けが見える。その、鋭利なまでに鮮やかな色彩に（何て、あかい……）、思わず心が縮み上がる。

冴子は部屋の明りをつけた。射し込む夕陽で、蛍光灯の色まで赤く染まった。

やがて、俊記は冴子を振り返った。頬にうっすらと、涙のこぼれた跡があった。

「気まずい思いをさせたでしょうね。申しわけない。——ありがとう」

両手で髪を撫で上げながら、彼は椅子から立ち上がった。

「恵の荷物は、来週中に取りにきます。そのときは、学校の先生に立ち会ってもらいますから。きょうはどうも、ありがとう」

「あの、高取さん」

肩を落とし、部屋を出ていこうとする俊記を、冴子は遠慮がちに呼び止めた。

「何ですか」

「さっき、高取……恵さんは自殺したんじゃないって、そう云ってましたよね。あれはどうして？　彼女は、本当はなぜ死んでしまったんでしょうか」

とたん、虚ろだった俊記の顔が、鋭く厳しい表情に変わった。恵と同じ黒眼《くろめ》がちの目をすっと細くし、薄い唇の片方の端をわずかに歪《ゆが》めて、彼は一歩、冴子のほうに進み出た。

「恵の死は自殺じゃありません」

俊記はきっぱりと云いきった。

「あいつが自殺なんて、するはずがない」

「でも……」

「さっき警察で云われましたよ。僕が、恵には自殺をする理由がないって云ったら、きっと何か知られざる悩みがあったんだろう、部屋を調べれば遺書のたぐいが出てくるかもしれないから、注意してくれ、とね」

「じゃあ、机の抽斗《ひきだし》とか、いま調べてみなくていいんですか」

「いずれ調べます。でもね、和泉さん、賭けてもいいが、自殺の動機を示すようなものは出てきませんよ」

「日記なんかがあれば、何か分かるかも」

「恵は日記をつけなかった」

俊記はふたたび机に歩み寄り、その上に敷かれた緑色のマットを指先で撫でた。

「あいつの性格は、僕がいちばんよく知っています。恵は確かに、世間並みの暖かい家庭というものを知らずに育った。父親を憎み、現在の自分の境遇についても、いろいろと不満なり悩みなりを持っていたかもしれない。けれども、だからといって自分で自分の若い命を絶つような真似《まね》は、絶対にしないはずなんです。

あいつはどこかつっぱってて、頑《かたく》なになりがちな面があったけれど、根は僕も驚くほど純粋で、優しいやつだった。正義感も強くて。もっとも、あいつ自身はそれを照れて隠そうとする、みたいなところがありましたけどね。自分より何倍も不幸な人間が世の中にはいくらでもいるっていうことを、あいつはよく分かっていた。そんなあいつが、自殺なんて……」

「そうですね」

きのう敢然と原に向かっていった恵の姿を、冴子は思い出した。

「彼女、強い人だったから」

「強い、か」

俊記は静かに冴子の目を見た。

「和泉さん、あなたは優しい人だからたぶん否定するだろうけど、いま僕が話したようなことは結局、妹を亡くした兄の感情的な見解にすぎない。そう思うでしょう？」

「いえ、そんな……」

冴子は口ごもり、視線を外した。

「でも、恵さんはやっぱり、何か悩んでたんだろうと思います。家庭の問題とかじゃなくて、何か、この学校で……」

「と云うと？」

「はっきりとは分からないんですけど……」

たとえば――と、冴子は俊記に打ち明けた。ここに来て恵と出会ったときから昨夜までのあいだに、自分が彼女の言動に対して感じたひっかかりのようなものを。

「魔女、か」

俊記が興味を示したのはやはり、その言葉だった。

「あいつは、確かにちょっと小悪魔っぽい雰囲気があったとは思うけれども、魔女っていうのは……」

「それと関係して、こんな噂を聞いたんです。図書室で一年生が話していたのを、偶然。この学園には昔、魔女がいたんだって……」

冴子が例の「魔女の伝説」の話をすると、俊記は濃い眉を鋭く吊り上げて、

「特別室で焼け死んだ？　それじゃあまるで、今度の事件と同じじゃないか」

「そうなんです。だからさっき、恵さんの死に方が焼身自殺だったって聞いて、わたし、何だか怖くて」

「どういうことなんだ」

俊記は自分の頰を、両掌で軽く叩いた。

「こいつはどうやら……いや、きっと何かあるんだ」

「何か？」

「いいですか、和泉さん。さっきから僕は、恵の死は自殺じゃないと繰り返しています。これにはね、感情的な思い込みだけじゃなくて、ほかにもいくつかの理由があるんです」

怯える冴子の顔を、俊記はまっすぐに見つめた。

「警察で僕は、恵の死の状況についていろいろと聞いてきました。恵はこの寮の特別

室という部屋の浴室で、灯油をかぶってみずから火をつけたんだ——と、担当の刑事は云った。しかしね、どう考えても、その状況には不自然な点が多すぎるんですよ」

彼の声は冷静だった。昂《たかぶ》る感情を抑えるための、懸命な努力の表れなのかもしれなかった。

「まず、方法です。灯油は冬にストーヴで使うためのものが、寮の物置にいくらか残っているらしい。出入りは誰でも可能だから、そこから持ち出したというんですね。持ち運びに使ったと思われるジュースの瓶が、浴室内に転がっていた。恵はその灯油を自分の頭と服にかけて、マッチで火をつけた。

ここでどうしてもひっかかるのは、仮に恵が自殺したのだとして、何で焼身自殺なんていう方法を選んだのかってこと。あとに醜く焼けた死体を残すような真似を、ふつう若い女の子はしたくないでしょう。恵はあれで、内面的には同世代の少女と変わらないロマンティストだったんですよ。自殺するにしても、もっとほかのやり方があったと思う。わざわざ物置に忍び込んで、灯油を持ち出したりする手間を、どうしてかける必要があるのか。

それから、遺体が発見されたとき浴室のシャワーの水が出ていた、という事実があって。警察ではこれを、火が建物に燃え移らないようにあらかじめ出しておいたのだろう、と解釈しているんです。そうしておいて、火をつけて息絶える寸前にそこへ倒れ込んだんだろう、と。どう思います？　今しも焼身自殺を図ろうという人間に、そんな考えが浮かぶものか。たとえ浮かんだとしても、実行できるものなのか」

冴子は曖昧に首を傾げた。俊記の口調は次第に熱を帯びていく。

「もう一つ、特別室という場所の問題があります。聞けば、その部屋はもうずいぶん長く使われていない。そればかりか、数年前にドアの鍵が紛失して、そのままになっていたという。鍵は、浴室内に落ちていたのが見つかったそうで、警察では、どこかにまぎれこんでいたのを恵が偶然、拾ったんだろうと見ています。いかにも苦しい解釈でしょう？　そしてさらに、さっきあなたが話してくれた三十五年前の事件だ。もしもそんな事件が本当にあったのだとしたら、警察が知らないわけがない。きっと何かしらの疑いを、今度の事件に向けるはずです。ところが――。

なぜか警察は、事件を単なる自殺として、いとも簡単に処理しようとしている。こいつはどうも変だ――と、僕には思えてならないんですよ。まるで、なるべくことを荒立てないようにしている、といったふしがある」

「ええと……それって、どういう？」

「つまり――」

ひと呼吸おいて、俊記は云った。

「何か圧力がかかったんじゃないか、と。不審な点には目をつぶって、自殺ということで片づけてくれ、という圧力がね」

「圧力って……誰が」

「この学園、ですよ」

「この学園？」

「恵から聞いて、『聖真』についてはよく知っているつもりです。教育方針や現場の実態はもちろん、現理事長の宗像倫太郎という老人が、この町の前市長でもあり、政治的・経済的に非常に大きな力を持つ人物であることも」

俊記が云わんとしているところを、やっと冴子は理解した。

学園としては、今回の事件が、たとえば殺人だなんていう話になると、どうしてもまずいに決まっている。事件の発生自体を隠せない以上、せめて「単なる自殺」としてことを済ませ、「聖真」の名に関わるようなスキャンダラスな報道を免《まぬが》れようというわけか。

「伝統ある名門校――『聖真』に娘を預ければ間違いない、という評判に傷はつけられない。ここは何としても、なるべく穏便に問題を片づける必要がある。そう判断しての働きかけが宗像倫太郎からなされた、と考えるのは穿ちすぎでしょうか」

「じゃあ高取さんは、恵さんの死は自殺じゃなくて、その……」

「他殺——殺人だろうと、そう思っています。恵は誰かに殺されたんだ、と」

俊記は冴子の顔を見すえた。恵と同じ、深い目の色だった。

「ああ……でも」

軽い眩暈を感じながら、あえぐように冴子は云った。予想はしていたものの、いざ「殺人」という言葉が俊記の口から出ると、心に冷たい震えが走った。

「殺人だなんて、いったい誰が。この学園の人が、ですか」

「誰が？　なぜ？　と訊かれても、僕には答えられません。僕が確信しているのはただ、恵は自殺したんじゃないっていうこと。自殺じゃなくて事故だった、と考えるのにも無理がある。とすれば、誰かの手によって殺された可能性しか残らないことになります。だから……」

俊記は大きく息をつき、それから例の自嘲的な微笑を唇に含んだ。

「また喋りすぎてしまいましたね。すぐに帰るつもりだったんだけど。——いろいろと話を聞いてくれて、ありがとう。恵が、会った日にもうあなたのことを気に入ったというのが、何となく分かるようだな。もしもまた会う機会があれば、もっと楽しい話がしたいですね」

返す言葉が見つからず、冴子は視線を彷徨《さまよ》わせた。

「それじゃあ、僕はこれで。山村さんに声をかけてから帰ることにします」

俊記はドアを開けたが、そこで立ち止まって、冴子を振り返った。

「恵の死については、僕なりにもう少し考えてみたいと思ってます。とりあえず、そう、さっき聞いた三十五年前の事件というのが本当にあったのかどうか」

「調べてみるんですか」

俊記は真顔で頷いた。

「そのつもりです」

「何か分かれば、あの、知らせてもらえないでしょうか」

「えっ」

俊記は意外そうな顔をした。冴子は自分の云ったことに自分でも驚きながら、

「わたしも、気になりますから。恵さんがどうして死んだのか」

「ありがとう」と応えて俊記は、冴子のほうに目を向けたまま部屋を出た。

「そのときには連絡しますよ、必ず」

† † †

少女は独り、絵を描いた。

誕生日に母がくれたスケッチブックとクレヨン。広い部屋の真ん中で。幼い顔をちょっと引きしめて。憶えたばかりの唄を、たどたどしく口ずさみながら。

部屋は薄暗い。

大きな屋敷のどこかから、誰かの動く物音がかすかに伝わってくる。

一人、二人……。

少女は人の絵を描く。

四つ切りの画用紙の右端から順に、頭でっかちの、できそこないの人形のような絵が、等間隔で並べられていく。

一人、二人、三人……。

(いちばんみぎのおとこのひとは、これはおとうさん。こわいかおで、うでをくんでいます)

(つぎはおかあさん。いつもわたしを、しかってばかり)

（おねえさんは、かしこくてやさしいひと）
（そのつぎは、ばあや。わたしのおねがいはなんでもきいてくれます）
（つぎは……）
一人、二人、三人、四人……。
黄緑色のクレヨンで、できそこないの人形が描かれつづける。
やがて画用紙が人形たちでいっぱいになると、少女はクレヨンの色を変えた。
（みんな、きれいにしてあげようね）
赤いクレヨン、右手に握って。少女は丹念に人形たちを塗り潰していく。
（おとうさん。おかあさん。おねえさん。ばあや。それから……）
……みんな、真っ赤に。
顔も手も服も、全部あかく、赤く、緋く。

第4章　赤い日曜日

1

九月十四日、日曜日。

朝早くに目を覚ました冴子は、部屋を出て階下に向かった。一人で部屋にいると、恵のいないことが――彼女が死んだというその事実が、ことさら目についてしまうからだ。

きのう保健室から寮までの道を送ってくれた古山が、なるべく早く誰かに315号室へ移ってもらうから、と云っていた。部屋を替えられる生徒は迷惑だろうが、正直なところ冴子は、それを聞いていくらか安心した。あの部屋に一人でいるのはつらかった。千代の心づかいには感謝しなければ、と思う。

一階のロビーには誰の姿もなかった。

冴子は壁の時計を見た。まだ六時を過ぎたばかり。

ふらふらと玄関に向かう。

靴に履き替えて、扉を押した。鍵はかかっていなかった。すでに誰かが起きているということだ。管理人の誰かだろうか。

外の空気は冷たかった。

日中はまだ夏のなごりの蒸し暑さがあるものの、九月も今ごろになると、都市部でも朝は肌寒くなってくる。林間のこの場所では、朝の冷え込みは早くも晩秋の寒さを思わせた。

半袖から露出した腕に鳥肌が立った。が、いったん部屋に戻ってカーディガンを取ってこようとは思いつけずに、冴子はそのまま庭園のほうへ足を向けた。

朝陽に包まれた薔薇園の中に、白塗りのベンチを見つけて腰を下ろした。小道を挟んで、洋館と向かい合う恰好《かっこう》になる。

くすんだ赤煉瓦の壁沿いに、視線を上方へ。——緑青《ろくしょう》色の、急勾配の切妻《きりづま》屋根が、薄く鱗雲《うろこぐも》の広がった空を切り取っている。

冴子の心は、目覚めてはいてもなお、濃い霧の中にあった。建物の影と空の水色との鮮やかなコントラストを眺めるうち、ようやくその霧も流れ出しはじめる。だが、そうして生まれた意識の晴れ間に待ち受けていたのは、ゆうべひと晩中うなされつづけた夢の記憶だった。

夢。――そうだ（あかい……）。真っ赤な色で染め上げられた、悪夢。

いつごろからそういう夢を見るようになったのか、冴子には分かっていた。

中学一年生の春。五月二十日、という日付まで憶えている。その日、初めて冴子は自分の肉体《からだ》が吐き出す赤い血を見た。おそらくはそれが引き金になったのだ。相応の予備知識はあったけれど、冴子の受けたショックは大きかった。初潮の血液の赤い色は、冴子の網膜に、その色が持つ禍々《まがまが》しさだけをデフォルメしたような映像を焼きつけた。自分を取り巻く世界が、すべてその色に（何て、あかい……）覆い尽くされていくような、そんな強迫感に囚われた。

以来、だった。

冴子は夜ごとの眠りの中で、さまざまな夢と出遭うようになった。登場する人物や風景は千差万別だったが、すべての夢に必ずつきまとうあるモティーフがあった。それが、そう、〝赤〟という色なのだ。

赤。

まぎれもなくその色は、おのれの肉体から流れ出した血の赤だった。最初は何気ない日常の場面で始まる夢であっても、それはやがて悪夢の形へと変容していき、最後には必ず、血の色を暗示する〝毒々しい緋色〟の奔流に呑み込まれてしまう。悪夢の中で冴子の分身は、激しい当惑と恐怖に囚われ、叫び声を上げつづけた。

赤い悪夢は、生理が終わるとともに徐々に退散していった。冴子の日常から〝血〟が遠のいているあいだは、それはなりをひそめているのだ。けれども次の生理が始まると、悪夢はまた訪れた。

夢は、冴子が〝血〟を感じる度合によって、その悪夢性の密度を変えた。

生理のあいだの冴子の心はおのずと非常に不安定なものとなり、ひどいときには昼間、目覚めているあいだも、何かのきっかけで白昼夢めいた状態に陥《おちい》ることがあった。たとえば、予防接種を受けた腕に血が滲んだとき。たとえば、理科の実験で蛙《かえる》の解剖をさせられたとき。……

いつだったか友だちに誘われて、『シャイニング』という映画のリバイバルを観にいったことがある。気が進まないのを、なかば無理やり連れていかれたのだったが、あのときはどうなるかと思った。

映画が始まってまもなく、主人公の男の子が、舞台となる古いホテルの廊下で不気味な双子少女の姿を幻視する。そのあとエレヴェーターの扉の向こうから、おびただしい量の真っ赤な血が溢《あふ》れ出てくるシーンがあった。

それを見たとたん冴子は、スクリーンの映像が目の中に溶け入ってくるような感覚に襲われた。覚醒感を失い、深紅に染まった〝世界〟を茫然と彷徨《さまよ》いはじめた。そして——。

気がつくと映画館のロビーで、一緒に来た友人に肩を揺すられていたのだ。

（……キ……ヨシ…………コノ……ヨル）

聞けば、冴子は映画の途中でとつぜん悲鳴を上げたかと思うと、そのままふらりと席を立ち、外へ出ていってしまったのだという。心配した友人が様子を見にきてみると、冴子はロビーの床に坐り込み、虚ろな目で宙を見つめていた。何を話しかけてもぜんぜん反応を示さないので、救急車を呼んでもらおうかとまで思ったらしい。

なぜ……いったい何が、自分をそんな状態にしてしまうのか、冴子には分からなかった。母親に相談しようと考えたこともあったが、とうとうできずにいた。よけいな心配をかけたくないという気持ちに加えて、もしかしたら精神科の病院へ連れていかれるかもしれないという不安が、冴子に口を閉ざさせたのだった。

こうして冴子は、毎月の生理の始まりを恐れるようになった。

その期間に訪れる悪夢のせい、というよりもむしろ、そのような悪夢を見させる自分自身の中の何かが怖かったのだ。わたしの心の中には、わたしの知らない何かがある。何かが。もしかしたら、とんでもなく恐ろしい何かが棲みついていて……。

冴子が〝おのれ〟の存在自体に大きな謎を感じるようになったのは、それを契機としてのことだった。

わたしはいったい何者なのか。

わたしの中には何が棲んでいるのか。

そしてその疑念は、この夏の宗像千代の登場によって決定的なものとなった。

今や、冴子は実感する。初潮から現在に至る自分と、それ以前の過去の自分とのあいだにある、奇妙な不連続性を。

幼少時の記憶が異様に曖昧であることはもちろん、それよりもいくらか成長した小学生のころについても、いま思い返すと、「わたし」というものがひどく遠い存在に感じられる。あのころのわたしは何をどう感じ、考えていたのか。――まるで昔の夢の中の出来事のように、うまく把握できないのだ。

今と同じで、あまり健康なほうではなかった。おとなしくて内向的で、人とのつきあいが下手で、苦手で。――いつもどこかおどおどしていた、目の大きなお下げ髪の少女の輪郭は、けれどもなぜかしらおぼろで、現在との連続感に欠けている。

きっと――と、冴子は思う。

きっと何かが昔、あった、あった、あったのだ。

(何があったんだろう)

(……ホシ……ハ……)

(何が……)

ひょっとしたら、それは十二年前の、父母と姉とを一度に失ったという「事故」にまで遡《さかのぼ》るのかもしれない――とまでは考えていた。その真相はしかし、いくら思い出そうとしても思い出せない。心の遥《はる》か奥深く、濃霧が立ち込めた闇の彼方《かなた》に埋もれ、息を殺している。そんな気がした。

(……ヒカ……リ……)

背後の林を鳴かせて、風がひとしきり吹いた。

白い薔薇の花弁がひらひらと舞い上がり、栗色の髪に落ちた。

「……寒い」

ようやく当たり前な感覚を取り戻し、冴子はベンチを立った。空を流れる雲の動きが、にわかに速度を増したように見えた。

速足で庭園をあとにする。

全身の皮膚が粟立ち、細かく震えた。寒さと、それから怯えのせいだった。

冴子は怖かった。

とつぜん身近で起こった人間の死。――自殺？　殺人？　……謎めいた「魔女」という言葉。噂される三十五年前の事件。

冴子がいま恐れているものはしかし、それらの何よりもまず彼女自身の中にある。心のどこか奥底から、赤い（緋い……）血のイメージとともに伝わってくる、言葉で読み取ることのできない囁《ささや》き、とめどない胸騒ぎ……。

冴子は怖かった。

自分の中に蠢く何か
が。そこに予感してしまう、狂気めいた赤い影が。

2

週末の外出者はあんがい少ない。

実家が相里市から遠い者が多いというのが、その最大の理由だが、たとえば友だち同士連れ立って街へ遊びに出かけるにしても、制服を着用しなければならないとか、飲食店に入ってはいけないとか、そういった規制があまりに多すぎるというのもあった。あまつさえ、名門「聖真」の生徒の行動は、云ってみればこの小さな街の、街中の人々の目によって見張られている。住民からの連絡で校則違反が発覚し、処分を受けた生徒も少なくないという。

大勢の若い女の子が一つの屋根の下にいるというのに、寮の日曜日は静かで、空気は相変わらず澱みきっていた。

食堂、ロビー、自習室、茶話室、外の庭園……あちこちに休日の時間を持て余した少女たちの姿が見られたが、聞こえてくるのはひそひそと交わされる囁き声ばかり。寮内では騒がしい音を立ててはいけない、という文言が校則集にあったが、冴子にはそれ以前に、そもそもこの建物が持つ独特の陰鬱さが、少女たちから本来の奔放さを奪っているように思えてならなかった。

冴子自身はもともと、「奔放さ」とは縁遠い人間だ。だから、寮に漂う不自然な静けさそのものにはさほど強い抵抗を覚えなかったし、一人で時間を過ごすことも苦痛ではないはずだった。

なのに、今は違う。静けさと孤独が、さまざまな良からぬ想像を掻き立ててやまないから――。

部屋にいても、することがなかった。

テレビは各棟の茶話室に一台ずつあるだけで、寮室への設置は禁止されている。読みかけの本を開く気にはなれなかった。数学の宿題と、今週の火曜日に行なわれる臨時テストの勉強をしなければとは思ったが、そんな気力も湧かない。

そういえば、あしたは九月十五日――敬老の日で、学校は連休になる。こんな状態がさらに一日、続くのかと思うとやりきれない気分になった。これならまだ、原の授業に出ているほうが少しはましか、という気さえしてくる。

こんなときに誰か、気のおけぬ話し相手がいれば――と思うけれど、思うだけ無駄だった。

恵がいない今、クラスでまともに話をしたことのある生徒といえば、城崎綾とその取り巻き一派くらいのものだ。ところが、一昨日の原との一件以来、彼女たちは――特に綾は――冴子にとって、何となく近寄りがたい存在になっていた。

（……あれはね、思うんだけど、みんなで〝ごっこ〟をしてるのね）

彼女たちは、そう、恵のことを快く思ってはいなかった。なぜなのかは判然としない。しかし――だから、冴子が恵と親しくなりそうだと見るや、掌を返したように冷たい態度を取りはじめたのだ。そうだ。きっとそうに違いない。

（……何て云うか、みんなね、〝お嬢さまの仮面〟をつけてるんだ）

では、彼女たちは恵の死を、いったいどう思っているのだろうか。

きのう校長が事件の発生を皆に知らせたあとの、彼女たちの様子は？

夕食の席で、関みどりと桑原加乃の顔を見かけたけれど、とても二人の表情を観察する余裕などなかった。冴子の頭は、その前に会った恵の兄・俊記の話を整理するのでいっぱいだったから。

守口委津子。——彼女はどうだろう。

今の自分に話し相手がいるとすれば、委津子以外にないと思える。

冴子は時計を見た。もうすぐ正午——昼食の時間だけれど、とうてい料理が喉を通りそうにはない。

食事の時間が終わるのを見計らって、委津子を探しにいこう、と考えた。きょうは第二日曜——図書室の休日開室の日だから、彼女は午後からそちらへ向かうはずだ。一緒に図書室へ行ってみるのも、ここにいるよりはいいだろう。

冴子はベッドに横たわり、瞼を閉じた。

生理が始まって三日め。下腹部の鈍痛には、もう感覚が慣れはじめていた。だが、その痛みの中で揺れる赤い幻影への怯えは、いや増しつつある。

（どうしたら、こんな状態から抜け出せるの？）

（いつになったらわたしは、本当のわたしと出会うことができるんだろう）

（……本当のわたし？）

瞼の裏に流れる闇。その中に滲み出しては消える赤い（何て、あかい……）色の向こうにあるものを探ろうとして、冴子はびくりと心を震わせる。

もしもそこに、本当の自分というものが隠されているのだとしたら……。

（……めりー……）

きのう保健室で目覚める前に見た悪夢が、生々しく思い出された。

赤い氷の下から、こちらを見つめる女の目。冷たい狂気を宿した目。——あんな恐ろしい目をした人なんて、知らない（知らない！）。けれど、あの大きな瞳は（……わたし？）。あの鼻も。あの口もとも。

（本当のわたし、って……）

……くりす……ます）

冴子は慌てて目を開いた。

（いやっ。知りたくない）

努めて何も考えまいとした。

考えて、何かを知って、知ることによってさらなる悩みを得るよりは、何も知らずにいるほうがいい。ずっといい。ずっと楽だ。

そう云い聞かせてもう一度、目を閉じる。

何も考えまい。何も……。

何も考えず、このまま眠ってしまうのもいいか。このまま夕方まで……。

「……だめ」

目をつぶったまま、冴子は呟いた。

いま眠り込んでしまうと今夜、眠れなくなる。眠れない夜を独りこの部屋で過ごすなんて、とても耐えられない。

(眠っちゃいけない。眠っちゃ……)

ふと、きのう会った高取俊記の顔が頭に浮かんだ。

突然の妹の死に打ちひしがれ、その悲しみを押し殺しながら、事件に関する疑問を冷静に語っていた彼。――彼は今ごろ、どうしているだろう。

なぜかしら、胸がどきどきした。今さっき、自分自身の謎について想いを巡らそうとしたときとは正反対の、不思議な胸騒ぎ……。

知らないうちに頰が熱くなるのを感じて、冴子はどうしようもなくうろたえてしまった。

（いやだ。どうしちゃったんだろう、わたし）

調べてみる――と、彼は云っていた。昔この学園で起こったと噂される例の事件から、まず。

何か分かれば知らせてくれ――と、あのとき云ってしまったのはなぜだろう。

恵は殺されただなんて、そんな話を信じたくはなかった。三十五年前、同じように焼き殺された「魔女」がいたなんて話も、たとえそういう事件が実際にあったのだとしても、詳しく知りたくはない、関わりたくない、というのが本音のはず。自分のことだけで今はせいいっぱいのはず……なのに、なぜ？

冴子は身を起こし、むきになってかぶりを振った。

開いた目がしょぼしょぼした。やはり睡眠が足りていないらしい。昨夜はとにかく、悪い夢にうなされっぱなしだったから。

顔を洗おうと思って、ベッドから立ち上がった。するとそのとき、部屋のドアをノックする音が響いた。

「はい？」

「入ってもいいかしら」

と、声が返ってきた。

「はい。あの、どなたですか」

「堀江です」

「堀江さん……」

冴子は彼女――堀江千秋の顔を思い出しながら、ドアに向かった。

堀江、千秋。

最初の日に紹介されたものの、少女たちが身にまとった一様な衣装(……仮面?)の中に埋もれ、彼女個人の印象は非常に希薄だった。が、しいて云うなら、ほかのどの少女よりもいくらか大人びた、悪く云えば世間ずれしたような雰囲気を、冴子は漠然と感じていた。それは、彼女がときどき見せるシニカルな薄笑いのせいかもしれなかったし、首を傾げると片方の目を隠してしまう、長くしなやかな前髪のせいかもしれなかった。

ドアを開けると、千秋はすいと冴子の横を通り抜け、部屋に入ってきた。右手には黒いスーツケースがあった。

「古山先生に云われて来たのよ。高取さんがあんなことになって、あなたを一人にしておくわけにはいかないから、誰か部屋を移ってくれないかって、委員長——綾さまに依頼があってね。相談して、あたしが来ることになったってわけ」

千秋はスーツケースを奥のベッドに置くと、くるりと冴子を振り返り、

「こっちが、高取さんの使っていたほう？」

「ええ、そうです」

「シーツだけ取り替えてもらうよう、管理人さんに云ってあるから」

千秋は室内を見まわした。

「彼女の荷物、まだしばらくはこのまま？」

「今週中にお兄さんが、引き取りにこられるとか」

「お兄さん？　ああ、きのうここに来たんだってね」

千秋は艶やかな唇をくいっ、と曲げた。

「どう？　いい男だった？」

「そんな……」

予想もしなかった言葉に、冴子は驚いて目をそらした。

「あらあら」

千秋は軽く笑って、

「ははん。そういうこと、か」

「そういうことって、どういうことですか」

「照れなくてもいいじゃない。悲しみをこらえている男の人って、なかなか魅力的なものらしいから」

「違います。そんなふうには……」

「むきにならないで。ちょっとからかってみただけ」

千秋は冴子に近づきながら、

「きょうからルームメイトなんだから、仲良くやりましょ。よろしくね」

(みんなでいるときとは全然、感じが違う)

(どうしてだろう)

「あたしの荷物は、高取さんの荷物が片づいたあとで運ぶから。そのときは手伝ってよね」

頷く冴子の顔を、千秋はじっと見つめた。

「相変わらず蒼白《あおじろ》い顔をしてるのね」

と、千秋は云った。

「それにそう、いつも何か、びくびくしているような目。大きくてきれいな目だから、かえって不自然なのよね。そんなんじゃ、彼氏の心は射とめられないんじゃない？」

冴子は少しむっとして、相手を睨みつけた。千秋はまた軽く笑って、

「ああ、それ、その表情のほうがいい。ちょっと怒ったような顔のほうが、可愛《かわい》くて素敵」

「からかうのはもう、やめてください」

「今のは冗談じゃないわ」

千秋はそして、冴子の髪に手を伸ばした。冴子がびっくりして身をひくと、彼女は同じ手で自分の前髪をゆっくりと掻き上げながら、

「気をつけたほうがいいな」

と云った。

「たぶんあなた、人に誤解されたり、いじめられたりしやすいほうだと思うから。あなたを見てると、何だか歯がゆいようなじれったいような、そんな気分になるのよね。――でも、あたしは好きよ、あなたみたいなタイプって」

3

堀江千秋の、どことなく人の気持ちを見透かしたような態度が、冴子にはあまり快く感じられなかった。彼女と話をしていると、何だか自分が心にまとっているものを一枚ずつ剝《は》ぎ取られていくような気分になる。

これがおそらく、千秋の〝素顔〟——とまではいかなくても、それに近い顔なのだろう。

(……〝ごっこ〟をしてるのね)

恵が云ったとおりなのかもしれない。彼女たちは、大勢でいるときには皆、似通った仮面をつけている。そうやって、一つの〝世界〟を演技しているのだ。ところが、いったんその集団から離れると……。

結局、午後から委津子と図書室へ行くのはやめにした。外へ散歩に出ないか、と千秋に誘われたからだ。気は進まなかったけれど、強く誘われると断われないのが冴子の性格だった。

主体性がない——と、ときどき云われることがある。自分でもそう思うし、その理由も分かっているつもりだった。

（……臆病なんだ）

臆病とはつまり、自分に――自分が考え、行なおうとすることに、自信が持てないのだ。わたしの考えは間違っているんじゃないか。わたしの行動がほかのものを傷つけ、壊してしまうんじゃないか。そんな想いが、常にある。そしてそんな自分が、時としてひどく情けなくなる。

千秋について外へ出た。

朝がたの寒さはもうなかった。空はどこまでも抜けるような晴天で、風も少ない。降り注ぐ陽射しが、ブラウスの上に羽織ったカーディガンを暖め、心地好かった。

千秋も、冴子とほとんど同じいでたちだった。ダークブラウンのスカート、白いブラウスにグレイのカーディガン。この学園では、寮にいるときの服装までが規則で定められているのだ。

庭園を横切り、洋館の裏手にまわりこむ。鬱蒼と茂った山毛欅《ぶな》林に分け入る小道をしばらく行くと、左手に小さな建物が見えてきた。

「あれ、何だか知ってる？」

先を歩いていた千秋が立ち止まり、冴子の横に並んで訊いた。

「あ……」

冴子は最初の夜、恵から聞いた話を思い出した。

「あれが、『謹慎室』っていう？」

「そう」

千秋はちょっと肩をすくめて、

「通称『独房』。ひどい建物でしょ」

確かに、ひどい外観だ。

恵が云っていたとおり、それは古い土蔵さながらの建物で、黄ばんだ壁はところどころ塗りが剝がれ、苔《こけ》が生えている。窓は、高い位置にぽつんと一つあるだけ。

「中はいちおうちゃんとした部屋になってるけどね、教科書以外のものはいっさい持ち込み禁止。登校も許されず、終日外から鍵をかけられて、一歩も出られない。厳しい処分になると、それが二日も三日も続くのよ。たまったもんじゃないわ」

「堀江さんはその……処分を受けたことがあるんですか」

「これだけ」

と云って、千秋は指を三本立てた。

「ここの生徒なら、誰でも卒業までに一度や二度はやられる。ほんのちょっとした規則違反でも、先生の判断次第で『謹慎処分の必要あり』ってされちゃうんだからさ。極端な話、たとえば廊下を走っていたなんてだけでも」

「それだけで？」

「そ。気をつけないと、あなたもそのうちやられるわよ。原先生、このあいだの一件で、かなり面白くないはずだから。やたら根に持つのよね、ああいうオバサンは。校長先生に云って、何とかしてもらったらどう？」

冴子が何か云い返そうと口を開きかける前に、千秋は軽く鼻で笑って、

「冗談よ。どう見たってあなた、そんなことのできるタイプじゃないもの。もしもできたとしても、そうなったらますます大変。原先生、あなたの首を絞めかねないな」

林の小道を、並んで歩いた。道はやがて西——学校とは反対の方角に折れ、なだらかな下り坂となっていった。

「もう少し行くとね、小さな池があるのよ」

千秋が云うのを聞いて、冴子はまた恵の言葉を思い出した。

「高取さんが、云ってました」

「ふうん。そうなの」

何気ない口調とは裏腹に、千秋の表情が一瞬こわばったような気がした。

「どういうふうに？」

「気分が浮かないとき、ときどき一人で行くんだって。この前の金曜日も、帰りが遅かったから訊いてみると、そこへ行ってたらしくて」

「金曜日……」

低く呟いて、千秋は心持ち足を速めた。何か気がかりな問題でもある様子だった。

「あの、堀江さん」

思いきって、冴子は尋ねてみようと決めた。

「どうしてみんな、高取さんのことを良く思っていなかったんですか」

「良く思っていなかった？　何でそう考えるわけ。彼女からそう聞いたの？」

「はっきり聞いたわけじゃないけど。――でも、城崎さんとか、みんなの様子を見ていれば分かります。高取さんの話が出ると、みんなどこかよそよそしくなって、冷たい感じがして。――いったい彼女のどこがいけなかったんですか」

「いけないなんて、あたしはべつに思ってなかったわ。どっちかって云うと、彼女はあたし好みのタイプだしね」

「でも……」

「着いた」

林が途切れ、視界が開けた。

周囲を山毛欅の木立に囲まれて、学校のプールほどの大きさの、楕円《だえん》形をした池があった。この林の静けさを象徴するように、水面は深く暗い緑色をたたえている。池に棲む魚か虫の動きがときおり、輪を描いて静かに広がっていく。

千秋は池の縁に進み出、片手を腰のくびれに当てて、少しのあいだ黙って水面を見つめていた。やがて冴子のほうを振り返ると、

「和泉さん。彼女――高取さんがどうして死んだのか、あなた知ってるの？」

「知りません、わたし。――何でそんなことを」

「ちょっと訊いてみただけ」

「堀江さんは、何か心当たりがあるんですか」

「あたし？」

千秋はしなやかに髪を掻き上げた。

「あるわけないわ。彼女とはあまり喋ったことなかったし。仮にあったとしても、他人の自殺の本当の理由なんてさ、分かるはずがない。でしょ？」

「彼女はどうして、魔女だったんですか」

「魔女？　ああ、加乃さんから聞いた。自分でそんなふうに云ってたんだって？」

「そうです。どうして……」

「さあね」

千秋は岸辺にあったベンチに腰かけた。冴子もベンチに歩み寄りながら、

「高取さん、例の『開かずの間』の浴室で、灯油をかぶって火をつけたんだそうです。この学園で噂されている、伝説の魔女と同じように」

「あなた――」

千秋の頬が、微妙に引きつった。

「何で、そんなこと」

「きのう、高取さんのお兄さんから聞いたんです。あの人、こんなふうにも云ってました。妹は自殺したんじゃない、殺されたんだって」

ベンチのとなりに坐った冴子の顔を、千秋は驚きの目で見た。

「莫迦を云うのはよして。殺されただなんて。それを聞いてあなた、信じたの?」

「信じたいとは思いません。でも、何となく……」

「ナンセンスね。この学校で、そんなことが起こるわけがないでしょ」

千秋は立ち上がり、ふたたび緑色の水面に視線を投げた。

「今の話、あまり大きな声で云わないほうがいいな。原先生の耳にでも入ったら、学

園の風紀を乱すような言動と見なされて、それこそ独房行きだから」

4

夕食のあと、冴子はシャワーを浴びるとすぐにベッドに潜り込んだ。

千秋は、食堂で出会った綾たちとともに茶話室へ行った。大勢でいるときの彼女はやはり、冴子と二人でいるときとは違った顔をしていた。物静かで淑《しと》やかな（仮面……）、みんなと同じ顔を。

冴子にもいちおう誘いの声がかかったのだけれど、一緒に行く気にはとてもなれなかった。彼女たちの造る〝世界〟に対する、強い違和感。それから、自分に向けられた彼女たちの視線に感じる、何かとても冷たいもの……。

まだ七時だというのに、眠くて仕方なかった。一方ではしかし、妙に冴えた部分もあって（恵の死）（魔女の伝説）（宗像の家）（この学園そのもの）（綾たちのグループ）、さまざまな物思いが（赤い……）いくつもの渦を作り（わたしの中の……）互いに絡み合い、疲れた心を揺り動かしている（緋い……）。

もう眠ってしまおう、と思った。

千秋が帰ってくるまで我慢していようかとも考えたが、きょうはもう人と話をしたくない。彼女には失礼だけれど、明りを弱くして、このまま朝まで眠ってしまおう。

待ち受ける闇の底に、例の赤い蠢きを感じながら——。

冴子はどろりと眠りに落ちていった。


（……めりー……　　　　……くりす……ます）

（……めりー……　　　　……くりすます）


胸に軽い圧迫感を覚えた。

何が起こったのか、最初は理解できなかった。

ベッドの上で、あおむけになって身を伸ばしている自分。その上に覆いかぶさっている、何か別のもの（……なに？）。

眠っていたのだ。そうだ。——では？

覚醒した意識が視力を取り戻す前に、冴子は頬に熱い空気の動きを感じた。続いて、乾いた唇に押しつけられた柔らかな感触も。

(……えっ。何なの)

驚いて開いた目の前に、白い頬があった。垂れた髪の毛が喉もとをくすぐる。

(堀江、さん？)

胸を圧迫しているのは、ベッドの端に腰かけた千秋の上半身だった。

(なに？　そんな……)

もがこうとした腕を、千秋の両手が押さえつけた。

逃れようと、冴子は必死で身をくねらせたが、千秋の身体は見かけよりもずっと重く、手には力があった。

強く結んだ唇の上を、生温かなものが這いまわる。——と、それは唇を抉《こ》じ開け、冴子の舌に絡みついてきた。

(いやっ)

懸命に首を振り、叫ぼうとした。だが、押さえつけられた両手首と弄《もてあそ》ばれる舌の先から、するすると力が抜けていく。やがて——。

抵抗が緩んだ腕を離れて、千秋の右手が冴子の身体を滑り下りた。白い木綿地のパジャマをまさぐるように、肩から胸へ、胸から腰へ、そしてまた胸へ戻り、冴子の小さく膨らんだ乳房の上で停止する。

ふふっ……と、千秋の口から笑いが洩れた。

掌を乳房に当ててゆっくりと動かしながら、千秋は冴子の唇から唇を離した。透明な唾液が、つうっと糸を引く。

「可愛いわ、あなた。素敵よ」

「やめて、もう……」

千秋は左の肘を立てて自分の頬をのせ、黒い瞳に濡れた光をたたえながら、冴子の耳もとに囁きかけた。

「そんなに眉を寄せないで。きれいな顔が台なし……」

その隙を見て、冴子は思いきり、自由になっていた左腕を突き上げた。

「いやよ。こんなのいや！」

身を横転させ、千秋の腕からすりぬける。勢い余ってベッドから転げ落ちた。

絨毯に手をつき、冴子は身体を起こした。はっきりした感情よりも先に、涙が込み上げてきた。

「ひどい。こんな……」

冴子が立ち上がり、千秋を睨みつけたときには、彼女はいっこうに悪びれる様子もなく、自分のベッドに戻っていた。水色のネグリジェの乱れを直して、右手で軽く髪を掻き上げる。

(この人は……)

冴子の視線を流し目で受けながら、千秋はふっ、と笑って、

「びっくりさせたみたいね」

と云った。

「キスは初めてだったの?」

かっと頭に血が上った。次の瞬間、冴子はスリッパも履かずに部屋から飛び出していた。

5

どこをどう走ったのか分からない。

気づいたとき、冴子は暗い廊下の曲がり角にいた。

心臓の音が激しい。脈搏が速い。口惜しいほどに。――やみくもに走ってきた、そのせいだけではなかった。

両手を胸に押し当てた。さっき自分以外の者の掌の下にあった部分が、痛みにも似て熱い。

薄闇に立ち尽くし、冴子は下唇を嚙んだ。

千秋に云われたとおり、あんなキスをしたのは初めてだった。口の中に残る彼女の舌の感触を、強く首を振って払いのけようとした。

今までに男性とつきあった経験はない。恋と呼ばれるものの感覚すらよく知らなかったが、それに対して甘い夢を抱いているという点では、冴子はごく普通の、十七歳の少女だった。最初のキスとその相手について、少女らしいロマンティックな想像を巡らしてみることもあった。なのに……。

滲んでいた涙を、手の甲で拭う。荻窪の和泉の家が無性に懐かしく思えた。

いつまでも、ここでこうしているわけにはいかない。部屋に戻るしかない、と分かっている。千秋と顔を合わすのはいやだけれど、ほかにどうしようもない。あれだけ抵抗したのだ。まさかこれ以上、強引な真似はしないだろう。

冴子はとぼとぼと歩きだした。

ここは建物のどの辺だろうか。左に折れる曲がり角……ということは、建物の東の端？　本棟から一号棟に分かれるあたり？

まっすぐに延びた長い廊下を引き返す。部屋番号を確認しようと、左手に見えるドアの前でちょっと立ち止まった。

「校長室」と標示があった。

（伯母さまの部屋……）

ドアの鍵孔から、光が洩れているのに気づいた。中に千代がいるのだ。

さっきの出来事を話して、部屋を替えてもらおうか。――いや、だめだ。そんなことはできない。けれど、このままずっと千秋と同じ部屋だなんて……。

（どうしたらいいの？）

「あ、お父さまですか。私です。夜分、申しわけありません」

ドアの向こうからそのとき、千代の声が聞こえてきた。冴子はびくっとして、それから、そうと意識するでもなく耳をそばだてた。

「あれからまた、署長の田崎《たざき》さんから連絡がありまして。――はい。刑事の中に、今回の事件の処理について疑問を示す者が一人二人いたらしいのですが、何とかしたから、と。幸い、亡くなった生徒の親から抗議が来る気配はありませんので、これでもう……」

何だろう、これは……（どういうこと？）。

冴子の脳裡《のうり》を、きのうの高取俊記の言葉が駆け抜けた。

(何か圧力がかかったんじゃないか……)

彼が云ったとおりだったのだ。

恵の死にはやはり、不審な点が多くあった。それを、学園の名を守るために千代が、そして祖父の倫太郎が手をまわして……。

「……はい。それは、まだ何とも云いかねますが……いえ、しかしそんなことは絶対にないだろうと。——ええ。万が一の可能性……そのあたりの判断は、私に任せていただけますか。——はい？ そうですね。冴子のことは初めから多少、危惧してはいたのですが、今のところそんな様子は……はい。大丈夫だと思います。何しろ昔の話ですし、本人にまったく記憶がないのは確かですので……」

(何なの)

(伯母さまは何を。わたしが、どうだって？)

冴子は瞼に強く指を押し当てた。するとそのとき、

(……めりー……)

頭の奥で、何かがもそりと動いた。冴子の意思とは無関係に、形の定かでないそのものが、赤い細い糸を吐き出しながら、徐々に心の表層を覆いはじめる。

「はい。分かりました。お手数をおかけして申しわけありません。私はしばらく、こちらにいようと思っていますので。県警本部の瀬川《せがわ》氏には、お父さまのほうからよろしくお伝えください。――はい。では」

それっきり、声は途切れた。

（……めりー……くりすます）

冴子はしばし身じろぎ一つできず、その場に佇んでいた。――が、やがて。

まず聴覚が、次に視覚が、緋色の霧の中に没していき、最後に瞼に当てていた手が落ちるとともに、

ふらりと足が動きだした。

暗い廊下の奥に目を向ける。大きく見開かれたその目は、けれどもガラス玉のように虚ろで、足取りは夢遊病者のそれだった。

冴子の感覚と意識のすべては、このときすでに、心のどこかから湧き出した赤い幻影の奥に後退していた。彼女の世界を彩るのは今や、毒々しいまでに鮮やかな、赤の滴り、赤のしぶき、赤の奔流……。

（……キ……ヨシ……

(……コノ……ヨル……)

(……ホシ……ハ……ヒ……カリ)

両手をだらんと垂らし、人形さながらの無表情で、冴子はふらふらと廊下を歩いていくのだった。

6

冴子はなかなか戻ってこない。

部屋を飛び出していったときの彼女の悲愴な顔を思い浮かべて、千秋は少しばかり不安になった。

かなりショックを与えてしまったようだ。まさか、伯母の校長に云いつけるような真似はしないだろうが。──にしても、あんなふうに強く抵抗されるとは、見込みが外れた。

(出方を間違えた、か)

冴子に接近するためには、まだるっこしい〝お嬢さま〟の演技を続けるのはかえって逆効果だと思っていた。目的のためにはむしろ、自分の素顔を曝《さら》け出していったほうがいいだろう、と。しかし……。

乱れたとなりのベッドを見ながら、千秋は小さく舌を打った。

からかい半分のつもりだった。もっとも、冴子に対して自分が相当な興味を持っていることは否定できない。彼女にはどこか不思議な、謎めいた魅力がある。外にはまだ表われていない何かが、あの華奢で臆病そうな娘の中にはある。しかし、そこに自分と同質のものを見出《みいだ》したように感じたのは、どうやら誤りだったらしい。

（帰ってきたら、とりあえずあやまらなくちゃいけないかな）

千秋はベッドを離れ、窓に向かった。

今夜はいやに蒸し暑い。九月ももうなかばだというのに。気温自体はそうでもないのだが、湿った空気が肌に不快だった。雨が近いのだろうか。

白枠の窓を開け、外気に顔を晒す。湿りけは多いものの、風はひんやりとしていて心地好い。

ちょっと外へ涼みに出ようか、と思い立った。

すでに消灯時間は過ぎている。いいかげん冴子も戻ってくるだろうが、そのときには自分がいないほうがいい。千秋自身、態度を取り繕うのが面倒だったし、今後のつきあいを考えても、今夜はなるべく、これ以上の刺激を与えないほうがいいだろうから。

ガウンをひっかけ、部屋を出た。

玄関はもう閉まっている。棟の北側に非常用の出入口があるので、そこから出るつもりだった。

一年生のときに何度か、消灯時間後に外へ出たことがある。夏の蒸し暑い夜、寝苦しさに耐えきれず、一人で夜風に当たっていたものだった。

（……去年の、夏）

あのころは最低の時期だった。

大手服飾メーカー専属のデザイナーだった父。ハンサムで、センスが良くて、優しくて、話が分かる。小学生のころ、千秋の自慢の種だったパパ。——ところが。

若い女性モデルとの秘密の関係。疑心。ぎくしゃくした夫婦の会話。発覚（裏切り……）。見苦しい弁解。

「この女たらし！」

ヒステリックなママの罵声。

「あなたの顔なんて、もう見るのもいや！」

けれども、横浜でわりあい名の知れたブティックを経営するその母が、アルバイトで来ていたデザイナー志望の大学生と寝ていたことを、千秋は知っている。風邪で学校を早退した午後の、あの……生臭い男と女の。

一人娘の千秋は、母のほうに引き取られた。

母は父と別れて一年後、年下の別の恋人を作って再婚。以来、目に見えて千秋を邪魔者扱いしはじめた。そして千秋は、中学を卒業するとこの名門「聖真」に、体良く〝隔離〟されてしまったわけだ。

(去年の、夏……)

あのころはこの学園のすべてがいやだった。自分の生活のすべて——自分を取り囲む世界のすべてが、いやで仕方なかった。

中学時代、千秋は少なくとも大人たちが云う意味での〝良い子〟ではなかった。勉強は大嫌いだったし、教師からは「問題あり」の色眼鏡で見られていた。両親の不和が表に出はじめてからは特に、自暴自棄の果てにずいぶんと〝悪い〟こともした。そんな彼女にとって、「聖真」での生活はまさしく苦痛以外の何物でもなかった。

髪型を咎《とが》められ、口の利き方を咎められ、表情や仕草にまでもいちいち文句をつけられた。憂さ晴らしに街へ出かけ、規則違反だとも知らず喫茶店に入ったのを学校に通報されて、三日間の謹慎処分（入学して一ヵ月も経《た》たないころだった）。その他、ちょっとした問題で受けたペナルティは、数え上げるときりがない。

規則と罰則でがんじがらめの、楽しみらしきものが何一つない学園生活、寮生活。

何度も逃げ出そうと考えた。学校をやめて、無理にでも横浜の家へ帰ろうか。――

しかし、そんなことをしても結局、いちばん傷つくのは自分だと分かっていた。帰ってもどうせ冷たく扱われ、つらい思いをするに決まっている。

ここを飛び出して、いっそ東京にでも行って一人で暮らそうか。

そんなことを真剣に考えはじめていたころ（去年の秋だ）、千秋は転校してきた彼女と同じ部屋になった。彼女――城崎綾と。

廊下を左へ。

突き当たりに「非常口」と標示されたドアが見える。

ノブの中央にある突起を捻《ひね》って解錠し、外へ出た。古びた煉瓦の壁にはおよそ不似合いな金属製の階段が、地上に向かって螺旋《らせん》状に延びている。

音を立てないよう注意しながら、階段を降りた。スリッパのまま庭に降り立つ。湿った木のにおいを含んで、風が緩く吹き過ぎる。

（……綾）

彼女のような美少女を、千秋はそれまで見たことがなかった。まるで、一流の人形師が精魂込めて創り上げた最高の作品が、そのまま命を宿したかのように……完璧だ、と千秋は思った。ここまで完璧な美しさを持つ人間が、自分と同じ空気を呼吸しているのが信じられない。そんな気持ちにすらなった。

世界的に有名な建築家である父親が、大きな仕事でしばらく渡米することになったのを機に、綾はこの学園へやってきたのだという。

父親は末娘の綾を、それこそ目の中に入れても痛くないほどに溺愛していた。そしてその溺愛は、自分の留守中、娘に悪い虫がつくのではないかという激しい恐れにつながった。この件に関しては、彼は自分の妻さえ信用しようとせず、かといって、綾をアメリカへ連れていくことにも躊躇《ちゅうちょ》した。教育的な問題を憂慮したのだという。

かくして父親は、綾をこの学園に送った。

娘に同世代の雑菌を寄せつけぬような〝厳格な管理〟こそ、彼が最も望むものだったのだ。千秋の場合とはまったく意味が逆だが、綾もまた、この学園に〝隔離〟されて来たことになる。

こういったいきさつを、のちに綾自身の口から聞かされて、千秋は綾の父親の身勝手さに憤りを感じながらも、一方で、彼の判断の正しさに強く頷いたものだった。

綾には、そうだ、街に溢れ返る穢《けが》らわしい男たちを決して近づけてはならない。彼らの視線をすら、綾は受けてはならないのだ。

夜風に髪が乱れるに任せながら千秋は、白砂利の敷きつめられた小道を薔薇の庭園に向かって歩いた。

空は暗い。黒々と流れる雲が、星々と、四日後には十五夜を迎える月を覆い隠している。

千秋が、会ったその日のうちに綾の魅力の虜《とりこ》になってしまったのと同様、クラスのほかの少女たちの心もまた、綾に向かって動いていった。周囲の人間を惹《ひ》きつける圧倒的なカリスマ性が、綾にはあった。

秋が終わるころには、クラスのたいていの者が綾を「さま」付けで呼ぶようになり、綾の言葉や仕草を真似しはじめ……三学期には綾がクラス委員長に選ばれた。成績優秀、品行方正、容姿端麗――見事に三拍子揃った彼女には、教師たちも一目置くようになっていた。

千秋は綾のことを、ほとんど盲目的に愛するようになった。自分に対する綾の一挙一動に胸を躍らせ、あるいは胸を痛め……やがてそれとともに、気のおかしくなりそうな学園生活が徐々に変貌を遂げていったのだ。

父の〝裏切り〟を知ったころから、千秋の性的な関心はもっぱら同性に向かうようになっていた。中学生のとき、何人かの女生徒とそれらしき関係を持った経験もある。けれども綾への想いは、そういった関心を超えたところにあった。愛だの恋だのではない、〝崇拝〟に近いような感情……。

千秋にとって、綾は美しき女王だった。綾のためなら何だってできる（何だって、だ）。そう信じた。

（だから……）

そうなのだ。だから、こうして……。

羽虫が集まる外灯の近くを避けて、千秋はベンチに腰かけた。肌にうっすらと滲んでいた汗はひき、替わって若干の寒さを覚えた。

（……高取恵）

彼女のことは、思い出したくもない。思い出すのはつらかった。

綾のまわりに群れ集《つど》い、綾と同じ顔を演じて悦に入っている少女たちの様子を、恵はいつも、あの真っ黒な瞳に哀れむような光を浮かべて眺めていた。

「高取恵は、魔女だった」

足もとの闇に向けて、そっと声を落とした。

（そうだ。あの子は魔女だった）

（だから……）

……そのとき。

7

夜のどこかで、何かがこ、そ、りと動いた。

秋の虫の鳴き声と木々のざわめきの狭間《はざま》にあって、それは非常にかすかな物音にすぎなかったのだが、千秋の耳は敏感にその音を拾い、同時にある種の異質感を（何だろう）覚えた。

首だけを動かして、周囲を窺う。不審なものは何も見当たらない。

仄白い外灯の光が庭園を照らしている。咲き盛る薔薇の花々。その葉は本来の緑色が後退して、灰色に見える。――地面に伸びた複雑な影模様。

目を移すと、深い闇を懐に抱いて群れ立つ木々。対峙して建つ古い洋館。赤煉瓦の壁面は、これもまた本来の色味が後退して灰色に見えた。

見慣れた光景が、昼と夜でこんなにも違った顔を持つことを、今さらながら千秋は思い知る。洋館には、その中で眠る少女たち（過去、現在、そして未来……）の幻影が重なり、千秋の心を日常から引き離す。不思議な眩惑感《げんわくかん》に包まれる。

……そのとき、また。

闇のどこかで、何かの動く音がした。

風？――違う。風のせいではない。それにしてはあまりにも唐突にすぎ、そしてかすかすぎる。

それはこの夜のこの風景に、微妙な不協和音をもたらすものだった。その背後には何か――この夜に闖入《ちんにゅう》した何ものかの、自然とは相容《あいい》れぬ意志がひそんでいるように感じられた。

しかしながら、頭のどこかで閃いたそんな感覚を鵜《う》呑《の》みにするほどの警戒心を、千秋は持つに至らなかった。何か妙だと感じ、多少の居心地の悪さは覚えたものの、それ以上は気にかけることもなく――。

音はきっと、林に棲む小動物のたぐいが立てた物音だろう。たぶんそう、野鼠《のねずみ》か何かが。

千秋はもう一度ぐるりと周囲を見まわし、それから小さく息をついて、ガウンの懐に両手を差し込んだ。

(あの子はもう部屋に戻ったかな)

冴子の唇の感触を思い出す。

柔らかくて、ヴァニラのような甘い味がした。

いずれまた、機会を窺ってアプローチする価値がありそうだ、とも思う。きょうは思いどおりにならなかったけれど、ああいった初心《うぶ》なタイプは、やり方次第であんがい落ちやすいものだから……。

背後から吹きつけた一陣の風に、髪がすくわれ、顔にうちかかった。

間近で揺れる薔薇の花に片手を差し延べて、ひとひらをちぎりとってみる。夜気を含んだ白い花弁は、意外なほどに冷たかった。

周囲の闇が自分を見つめている。

ふいにそんな気がした。それは、さっきの物音に対して覚えた異質感の余韻だったのかもしれない。

何となく身を硬くしながら、千秋はベンチから腰を上げた。そろそろ部屋に帰ろうと思い、やってきた道に足を踏み出す。

すると——。

今度は先ほどよりもずっとはっきり、闇のどこかがごそりと鳴った。

ぎくっ、と足を止めた。

ざっ……

草を踏む音だ（――どこで？）。

ざざっ……

左手には薔薇の花壇が続いている。右手には三メートルほどの距離をおいて、暗い山毛欅林が。

千秋は目だけを動かし、林のほうを窺った。

暗がりに立ち並んだ木々。そのあいだを埋め尽くした闇。

（あそこ？　あの中？）

野鼠か何かがいるのだ、とまた云い聞かせた。

（何を怯える必要があるの。何を……）

千秋は目を戻し、歩きだした。努めて前方だけを見つめようとした。後ろを振り返ったり、右手の闇に視界を広げたりすれば、そろそろと恐怖に傾きはじめた感情が、一気に歯止めを失ってしまいそうな気がしたからだ。

あたしらしくもない、と思った。こんなにも神経質になって……（いったいどうしちゃったっていうの？）。

意識して、歩く速度を落とす。そうやって、いつのまにか心に巣喰《すく》った怯えを抑え込もうとしたのだが。

外灯の光が背後に遠ざかり、闇が密度を増す。小道の白砂利を踏む自分の足音や、前方に伸びた自分の影の動きまでが、ひどくいびつで恐ろしげなものに思えてくる。

そして——。

張りつめた神経が突然、誰かの気配を捉えた。

何を考えるいとまもなく、千秋は反射的に背後を振り向いた。同時に「ひっ」と喉が鳴っていたが、そこには誰の姿もない。

林のほうへ身を向けた。

やはり、あそこだ。あの林の中に。あの暗闇の中に……。

今にも痙攣《けいれん》を起こしそうなほど、ぎりぎりに全身をこわばらせ、千秋は林の奥へと目を凝らした。

心臓の鼓動を数えながら、何かが動くのを待った。だが、何も起こらない。闇はただ、沈黙を続けるばかり。

(気のせいなんだ)

空を振り仰ぎ、息を吸った。わけもなく何かに怯えている自分が、いかにも滑稽に思えた。

（帰ろう）

城崎綾の顔が、心に浮かぶ。

（何も恐れることはなくってよ）

彼女が――そうだ、綾がそう云っていたではないか。だから、何も恐れる必要はないのだ。何も……。

身体の向きをもとに戻した。――と、その瞬間に千秋の目は、左手の花壇の切れ間にぬっと立つその者の姿を捉えた。黒いビニールの雨合羽《あまがっぱ》を着た何者かが、そこにいたのだ。

声を上げるまもなく、フードの下の目が暗く光った。狂気に憑《つ》かれた者に独特の、大胆な、それでいて神経質な、異様に鋭い目。

その目に宿った殺意の色をそれとして直覚したとき、千秋の胸を鋭利な衝撃が襲った。

痛みは、少し遅れてやってきた。胸を押さえた手が、噴き出す生温かな液体に濡れた。何か鋭い刃物で刺されたのだ。

（そんな……どうして？）

自分の身に起こったことが信じられず、呆然とする千秋の目に、殺人者の顔が映った。

（……え？　えっ？）

「どうし、て……」

がくり、と膝が折れた。

「あう……あう……ああ……あ……」

悲鳴を絞り出そうと開いた口が、血にまみれたナイフの次なる一閃《いっせん》によって、虚ろな空洞と化した。ナイフは一抹《いちまつ》の容赦もなしに、彼女の喉笛を切り裂いた。血しぶきが、ぴゅうと闇に踊った。

流れる雲を裂いて、黄色い月の光が地に射す。

横ざまに倒れた千秋の身体を、花壇の薔薇が受け止めた。鮮血を浴びて、白い花びらが深紅に染まる。棒のように投げ出された両足が、激しい痙攣を繰り返した。

殺人者の唇から、妖しい含み笑いが
……ふふふ
……うふふふふふ
洩れはじめる。

どこかしら調子の狂ったその声は、月光に照らし出された夜の薔薇園に、低く長く尾を引いた。

† † †

しけいってなあに？　と、少女は訊いた。

「なに、って？」

ちょっと驚いたような顔の姉。

しけいってなあに？　いいこと？　わるいこと？

「死刑？」

姉はいよいよ、驚きの顔。

このあいだ塀の向こうで、近所の男の子たちの声が（そんなことしたら、しけいだぞ。しけいにされるぞ）聞こえたから……。

「それはね」

姉は優しく教えてくれた。

「悪いことをしたら、死刑になるのよ」

わるいひとは、しけいになるの？

「そうよ」

姉は真顔で云った。

「死刑になって、殺されちゃうのよ」

ころされちゃうの？

（ころされちゃうの……）

少女は小さな首を傾げ、それから神妙にこくり、頷いた。

第5章　疑惑の影

1

よく分からないんです——と、冴子が答えるのを聞いて、男は太い眉を露骨にひそめた。長身にがっしりした幅広の肩。浅黒い精悍《せいかん》な顔。年齢は三十前後だろうか。開いた窓から湿った風が吹き込んでくる。カーディガンの前を掻《か》き合わせながら、冴子は身を縮めた。

「分からないとは、どういうことなんですか」

と、男は訊いた。

「あの……だから、分からないんです」

ベッドの上で身を起こした冴子は、男の足もとに力のない視線を向けていた。

「本当にわたし、何も知りません」

「あのねえ」

男はちょっと苛立たしげに、開いていた黒い手帳を閉じた。

「分からないっていっても、ゆうべの話ですよ。自分がいつごろこの部屋に戻ったのか、だいたいの時間くらい憶えているでしょう」

「でも、あの、わたし……」

「刑事さん」

ストゥールに腰かけていた宗像千代が、口を挟んだ。

「立て続けにルームメイトが不幸に見舞われた、和泉さんの気持ちも考えてあげてください。冷静に答えられるはずがありませんでしょう」

「しかしですね、校長先生」

「事件の重大さは承知しております。ですが、今のような質問の仕方はいただけませんね。どうしてもとおっしゃるのなら、生徒の動揺が収まったころに改めて」

「しかし」

「高田《たかだ》くん」

ドアのそばに立っていた初老の男が、若い刑事をたしなめた。

「校長先生の云われたとおりだ。きみのような訊き方をされちゃあ、答えられるものも答えられなくなる」

「藤原《ふじわら》さん」

「まあまあ、少し黙ってなさい」

藤原と呼ばれた男は、短く刈った胡麻塩《ごましお》頭を撫でながら、冴子の前へ進み出た。若いほうとは対照的に、小柄で猫背気味の貧弱な身体つきだ。

「ええとですね、つまりあなたは昨夜、同室の堀江千秋さんと、ちょっとした喧嘩《けんか》をしてしまった。そのせいで、あなたはこの部屋から出ていってしまって、その辺をぶらぶらしたあとで戻ってきた。そういうわけですね」

「――はい」

「で、いつごろ戻ったのかは憶えていないと？」

「――はい」

冴子は昨夜のことを思い返す。

部屋を飛び出して、暗い廊下を駆けて……寮の校長室の前で、千代の電話を立ち聞きした。あのあと……（あのあと、わ、わ、わたしは……？）。

「じゃあ、時間の問題は措《お》くとして。あなたが戻ってきたとき、堀江さんは部屋にいませんでしたか。いませんでしたか」

「それは……たぶん、もう」

「いなかったのですね」

「――はい」

藤原は細い目で、ちらりと千代のほうを窺ってから、

「堀江さんはそのまま帰ってこなかった、という話になりますが、おかしいとは思いませんでしたか」

「――分かりません。わたし、眠ってしまったから」

あ、あのあと……そう、校長室の前の廊下であのとき、意識がとつぜん濃い霧に覆われてしまったのだ。心のどこかから湧き出してきた、赤く濃い霧に。

その後の自分の行動を、冴子は本当に憶えていなかった。どこをどう歩いて、何をして、いつ部屋に帰り着いたのか。すべては思い出すことのできない夢に似て、記憶の片隅にも残っていない。

しっかりと意識を取り戻したのは、朝になって、ベッドの上の自分を発見したときだった。千秋が部屋にいないことを明確に認知したのも、そのときだったと思う。

冴子は頭を抱えた。

わたしはどこか、おかしいんだ。

どこかが、何かが……病気なのだろうか。夢遊病？　それとも、もっと恐ろしい何かの……（何なの？）。

けさ目を覚ましたのは、外が（構内に入ってくる車の音）（聞き慣れない男たちの声）（廊下を駆ける生徒たちの足音、話し声……）異常に騒がしかったからだ。

昨夜の自分の記憶を探り、そこに赤い空白を見つけて戸惑ううち、ノックもなしにいきなりドアが開かれた。息を荒らげて飛び込んできたのは、関みどりだった。

「千秋さんは？」

みどりは金切り声で尋ねた。

「千秋さんはどこ？」

となりのベッドはもぬけの殻だった。冴子はみどりの剣幕におろおろしながら、

「さっき起きたときには、もう……」

時刻は八時半。千秋がすでに起き出していたとしても、おかしくないころだった。

「じゃあ、本当に……」

みどりは顔を引きつらせた。

「堀江さんが、どうか？」

「外は警察の人でいっぱいよ。東の薔薇園で、人が殺されたって」

「——まさか。まさか、それ」

「殺されたのは二年の堀江千秋だって、さっき先生たちが話してたのよっ」

千秋が殺された!?

みどりがものすごい勢いで駆け出していったあと、冴子はベッドで身を小さくして震えつづけていた。何が何だか分からなかった。落ち着いて考えようとしても、混乱しきった頭の中で思考は空まわりするばかりだった。

千秋が（……殺された？）、殺された（殺された？　殺された。殺された殺された殺された殺された……）。

……そして。

外の物音にひたすら耳をふさぎ、ベッドから一歩も離れられないまま正午が過ぎたころ。険しい面持ちの宗像千代と、彼女に連れられた二人の刑事が、この部屋を訪れたのだった。

「堀江さんがなぜ、夜遅くに外へ出ていったのか。心当たりはありませんか」

ゆっくりと噛み砕《くだ》くような口調で、藤原は質問を続けた。

「——分かりません」

(可愛いわ、あなた。素敵よ)

「では、そうですね、何か彼女に、他人に怨まれるようなことがあったかどうか。その辺はどうです？」

「いえ、あの、わたし……」

(キスは初めてだったの？)

「和泉さんは先週、転校してきたばかりなので」

宗像千代が云った。

「それに、先ほども申し上げたかと思いますが、当学園の生徒が殺されるほどに人から怨まれるなど、決して考えられません」

「考えられないといってもですね、先生」

高田という若いほうの刑事が云った。

「現に昨夜、堀江千秋は殺されているんですよ。しかも、あんな惨《むご》いやり方で」

「ですから、それはきっと、このあたりを誰か変質者がうろついているのです」

「しかし、死体には暴行の形跡は……」

「高田くん」

と、藤原がまた高田を制した。

「むろん変質者の線は有力なものとして考えておりますよ、校長先生。ただ、いちおういろいろな可能性を疑ってかかるのが、こういった捜査の、云ってみれば常道ですので」

「ではまさか、この学園の内部に犯人がいるかもしれないと？」

「いやいや、そうは云いません」

藤原は顔の前で手を振った。

「そうは云いませんが……」

「ならば早く、前科者のリストを調べるなり何なりなさることです」

眼鏡のブリッジに指先を当てながら、千代は二人の刑事をねめつけた。

「本校の生徒と職員に限って、その中に殺人を犯すような人間がいるはずはありません。お疑いになるだけ無駄というものです」

藤原は低い鼻の下を指でこすりながら、ひょいと肩を持ち上げた。千代は続けて、

「質問はもうよろしいでしょう？　このとおり、彼女はかなり精神的に参っていますので、できればこの辺で」

「――ええ。そうですね」

「今後も、私どもの生徒に何かお尋ねになりたいときは、必ず私に連絡をくださるよ

うお願いします。生徒がむやみにこのような問題に関わるのは教育上、好ましくないので。その限りにおいてはもちろん、可能な協力を惜しむつもりはありません」

「分かりました」

藤原は、物云いたげな高田に目配せしてから、千代のほうに向き直った。

「では、また。そうそう続けてめったなことがあるとも思えませんが、せいぜい、そうですね、戸締まりや夜間の外出など、注意を徹底されるのが良いでしょう。どうもその、私の勘ですがね、仮に単なる通り魔の犯行だったにせよ、このままで事件が終わるような気がしませんので」

2

「校長先生」

立ち去ろうとした宗像千代を、冴子は弱々しい声で呼び止めた。刑事たちが部屋を出ていってしばらくしたころ、だった。

「何ですか、冴子さん」

千代の口が「冴子さん」と動くのは、四日前に二人でこの寮の門の前に立ったとき以来、初めてだった。冴子はちょっと意外な思いで千代の顔を見直したが、そこにとりたてて優しげな表情があるわけではなかった。

「本当にその、わたし何も知らないんです」

「そのことはもうよろしい。気にせずにお休みなさい」

「でも、わたし……何だか変なんです」

「変？」

「はい。きのうの夜、この部屋を飛び出して、寮の一号棟のあたりまで駆けていったのは憶えているんです。けれど、そのあと、何だか夢の中に迷い込んだみたいになって。それで本当に、さっき刑事さんたちにお話ししたとおり、いつ自分がここへ戻ってきたのか、まるで憶えてなくて」

「今までに、同じような状態になった経験はあるのですか」

「――何度か。でも、ゆうべみたいなのは初めてで」

千代は眼鏡を少し持ち上げると、指先をレンズの下に潜り込ませ、目尻を強く押さえた。

「疲れているのでしょう」

やがて彼女は云った。

「よけいなことは考えずに、とにかくゆっくりお休みなさい」

よほど冴子は、ゆうべ校長室の前で聞いてしまった電話の件について、ここで質問してみようかと思った。

高取恵の死の真相は、実際のところどこにあるのか。祖父・宗像倫太郎を通して、事件を穏便に片づけるよう警察に圧力をかけたというのは本当なのか。そして、あのときの千代のせりふに出てきた、自分に関する意味不明の言及……。

しかし結局、質問はできなかった。聞いてはいけないものを、わたしは聞いてしまった——と、そんな気が強くしたからだ。

「伯母さま……」

思わずそう呼んでしまったのを、千代は咎めはしなかった。

「何も怖がる必要はありませんよ」

冷静な口調を崩さず、千代は云った。

「亡くなった堀江さんには申しわけない話ですが、彼女は運が悪かったのです。たまたま規則を破って外へ出たところを、凶悪な変質者に襲われてしまった。——心配は要りません。犯人はすぐに捕まるでしょう」

＊

高取俊記から電話があったのは、その日の夕方。——午後六時前。

千代が去ったあとは訪れる者もなく、冴子は一日中、部屋に閉じこもったままでいた。朝食はもちろん昼食も取っていない。とめどない物思いに胸がいっぱいで、空腹を感じる余裕すらなかったのだ。

そろそろ夕食の時間だった。少しでも食べておかないと、本当に身体が参ってしまう——と、なかば朦朧とした頭で考えているところに、電話の呼び出しがあった。

知らせにきてくれた山村トヨ子の口から高取俊記の名を聞いたとたん、冴子は涙がこぼれそうになった。なぜなのか、そのときは自分でも不思議で仕方がなかった。

玄関ロビーの受付窓口に置かれたピンク電話、だった。

「はい。和泉です」

「あ、僕です。高取です」

受話器から伝わってくる俊記の声は、ひどくうわずって聞こえた。

「さっきニュースで知ったんです。そっちで殺人事件があったっていうから、びっくりして。いったいどういうことなんですか」

「堀江さんっていう同じクラスの人が、寮の庭で……」

「ニュースじゃあ、通り魔殺人だ、みたいなことを云ってましたが。あなたは？　無事なんですね」

「えっ。あ、はい」

こちらの身を気づかってくれる俊記の言葉を聞いて、おととい会っただけの彼の顔が鮮明に蘇った。冴子は、胸が締めつけられるような感覚に戸惑いながら、

「高取さんは今、どこにおられるんですか」

「市内のビジネスホテルに泊まってるんですよ。例の三十五年前の事件について、調べてるんですが」

「何か分かりましたか」

「いえ。何せ古い話だから、六十年配の人を見つけては尋ねてみてるんですけどね、なかなか決定的なものは掴めなくて。ただ、その当時『聖真』で、何らかの事件があったのは確かなようです。それが、生徒の噂する話とどこまで一致しているかは、まだはっきりしないんだけど」

「――そうですか」

「あしたは図書館へ行ってみるつもりです。新聞の縮刷版があるだろうから。それか

ら、できれば警察へも」

「警察へ？」

「ええ。古顔の刑事か誰かをつかまえて、訊いてみようと思って」

「でも、それは……」

いくばくかの躊躇の末、冴子はゆうべ立ち聞きした千代の電話の件を伝えた。警察にはやはり宗像の圧力がかかっているようだ、と。

「なるほどね」

電話の向こうで、俊記の溜息が落ちた。

「知らせてくれて、ありがとう。となると、もしかしたら……」

「何ですか」

「いや、勘ぐりすぎかもしれないけれども、ゆうべ起こった事件にしても、通り魔の犯行だっていう解釈のほうが、ある意味ではより波風の立たない……」

「学園の中に犯人がいるっていうよりも、ですか」

「そう。――いや、今のは取り消したほうがいいですね。実際そこに住んでいるあなたにしてみれば、これは大変な話なんだから」

冴子は何と云っていいか分からず、電話機のコードに細い指を絡ませた。

「とにかく、僕はもう少し突っ込んでいろいろと調べてみます。何か出てくれば、また連絡していいですか」

「あ……」

はい、と答えようとして、冴子は口を閉じた。

電話が切れてしまう。——取り残されてしまう。この悪夢じみた現実と、血の色で彩られた不吉なおのれの影の中に。

受話器を握る手に、思わず力がこもった。

「高取さん、わたし——」

言葉が口を衝《つ》いて出た。

「わたし、怖いんです」

「大丈夫ですよ。あなたが怖がる必要は何もない」

「でも、わたし」

俊記の声は柔らかく、暖かだった。

「大丈夫。ゆうべの犯人は、きっとすぐに捕まりますよ。大丈夫」

違うんだ、と云おうとしたが、言葉にならなかった。いったい今の自分の心中をどう表現したらいいのか、冴子は途方に暮れる思いだった。

「じゃあまた、できればあしたの夕方にでも電話しますから」

そうして聞こえてくる音が不通音に変わってからも、冴子はしばらく受話器を耳に押し当てたまま、その場に立ち尽くしていた。

3

夕食を少しでも取っておこうと思って、冴子はロビーからまっすぐに食堂へ向かった。

六時を過ぎたばかりの食堂に、生徒の姿はまだ少なかった。窓ぎわのテーブルの一角に、一年生らしき四人組がいるだけ。〝監視役〟の教師の姿もない。

料理をのせたトレイを持って、冴子は四人組ととなりあったテーブルに向かった。椅子に坐ってから、しまった、と後悔した。その席がちょうど、東側の庭園に面した窓と向かい合う位置にあったからだ。

（東の薔薇園で、人が殺されたって……）

関みどりの言葉を、冴子ははっきりと憶えていた。

窓ガラスはすでに夜の闇を含んでいて、明るい室内から外は見えない。しかし、闇に隠されたその風景から目をそらそうとすればするほど、抗《あらが》いがたく意識は、そちらへと吸い寄せられてしまう。

正面に見える闇色のガラスには、自分の姿が映っていた。テーブルに腕をのせ、ちっぽけな身体をさらに小さく縮めている。みじめなくらいに肩をすぼめている。艶の失《う》せた髪を額に垂らし、大きな目をおどおどと動かしながらこちらを窺っている。

(いやな目……)

もともと冴子は、大きすぎる自分の目が好きではなかった。茶色がかった瞳の色も好きになれない。それを可愛いと褒《ほ》めてくれる友人もいたけれど、その言葉に頷く気にはどうしてもなれなかった。

「……ほんとにもう、今朝はびっくりしたぁ。心臓が止まっちゃうかと思った」

となりのテーブルの会話が聞こえてきた。

「そりゃあそうよね。よく悲鳴、上げなかったわねえ」

「上げられなかったっていうのが正直なところ。だってさ、朝起きて、窓を開けたのよね、そしたら何か変な感じがするじゃない。花壇の一部分にね、妙な色が散らばってて……」

「妙な色って？」

「赤いのよ。赤い……ほら、黒い薔薇ってあるでしょ。ああいう感じのね、深すぎる紅色《べに》。二階のわたしの部屋から見てちょうど、建物と林の中間あたり——そのあたりの花壇と地面がね、何て云うかな、霧吹きで色を吹きつけたみたいに赤くなってて」

「ふうん」

「いやだぁ」

「最初はわけが分からなかったのよ。ほんとに黒い薔薇でも散ってるんじゃないかって思えてさ。でも、眼鏡をかけて見直してみたら」

「死体が？」

「そ。足がね、花壇の中からこう、にゅうって感じで出てて、そのまわりが赤黒くなってて……」

(やめて、そんな話)

冴子はテーブルに肘を立て、掌を両耳に当てた。席を替えようかと思ったが、いま来たばかりで料理に手もつけず、そんな行動を取るのはためらわれた。

「——にしても、変よね、最近」

「そうね。このあいだ自殺した人って、二年生だったでしょ。ゆうべ殺されたのも二年生なんだって」

「ゆうべのはさ、変態の仕業らしいよ」

「ヘンタイ？　じゃ、オカサレてたわけ？」

「そうは聞いてないけど。だけど、ナイフか包丁で、身体中めちゃくちゃに切られてたんだって。普通の人間なら、殺すにしてもそこまでしない。でしょ？　変態っていうより、異常者の犯行っていうのかな、こういうの」

「頭のおかしなやつがうろうろしてるの？」

「そういうことね」

膝が、細かく震えだしていた。四人の会話に含まれる赤い血の色が、耳の奥へじかに響き込む囁《ささや》き（緋い……）となって、冴子の心を揺り動かす。

（……キ……ヨシ……　……コノ……ヨル）

このままでいたらまた、意識があの赤い霧に呑み込まれてしまう。

「けどさ、こんな山ん中をヘンタイがうろついてるっていうのも、おかしな話」

「うちの寮が目当てで、わざわざ来たんじゃないの？」

「建物の中にまで入ってはこないよね」

「まさかぁ」

「でも、分からないと思うな」

(やめて)

哀願する思いで、強く頭を振ろうとした。

(お願いだから、もうやめて)

和泉さん——と、自分の名を呼ぶ声が聞こえた。

「和泉さん、どうしたの」

目を上げると、丸顔の大柄な少女が、心配そうに小首を傾げて立っていた。

「——ああ、守口さん」

「どうしたの。顔が真っ青」

守口委津子はそう云って、冴子の前の席に腰を下ろした。窓の闇色が、そのおかげでさえぎられた。

「また気分が悪いの？」

「——大丈夫。ちょっと眩暈《めまい》がしただけで」

「ホントに？」

「ええ」

「高取さんのことといい、堀江さんといい、続けて同じ部屋の子が死んじゃうんだもんね。こんなのって……」

「あの、守口さん」

冴子は上目づかいに委津子の顔を見た。

「その話は、もう」

「あ、ごめん」

委津子は丸い目をちりっ、ちりっと動かして、

「そうよね。たまんないもんね」

少し気まずい沈黙。委津子は遠慮がちにフォークとナイフを取りながら、

「和泉さん、食べないの？」

「あまり食欲、なくて」

「だめよぉ。そんな華奢な身体してて、ちゃんと食べなかったら死んじゃうよ」

委津子はぷっと頬を膨らませ、冴子を睨みつけた。

「今のうちにたくさん食べて太っとかないと、二十歳《はたち》過ぎてからのダイエットの楽しみがなくなるぞ」

「――ありがと」

冴子は微笑んだ。

「励ましてくれてるんだ」

気を取り直して、冴子がトレイの料理に手をつけようとしたとき、城崎綾と関みどり、中里君江の三人が食堂に入ってきた。

「お姫さまのお出まし、っと」

委津子が独り言のように呟いた。その中に小さな刺を感じて、冴子は思わず彼女の顔を見直した。

「あれ。聞こえちゃった？」

決まりが悪そうに委津子は、ちろりと舌を出した。

三人は冴子と委津子がいる大テーブルの、反対側の端に坐った。

彼女たちの様子を気にしつつも冴子は、なるべくそちらへ視線を向けないようにしながら、料理を口に運んだ。彼女たちもなぜか、冴子と同様だった。ちらちらとこちらを窺っている気配は感じられたが、声をかけてはこない。――テーブルの端と端のあいだに張りつめた、不自然な緊張感。

半分以上の料理を残して、やがて冴子が席を立とうとしたとき――。

「何であなた、そんなにびくびくしていらっしゃるの」

粘着質の太い声が聞こえた。

「えっ」

冴子は驚いて動きを止めた。

「あの……」

「そうでしょう？」

無遠慮な音を立ててフォークを皿に置いたのは、中里君江だった。ぽってりした顎を突き出し、小さな目でじろりと冴子のほうを見ながら、

「まるで、何か後ろめたいことでもあるみたいですわよ」

「そんな」

「わたし、聞きましたのよ。わたしの部屋は317号で、あなたのおとなりでしょ。だから、べつに聞き耳を立てていたわけじゃありませんけど、ゆうべの、あんな声じゃあねえ」

あのとき――千秋にキスされたときのことか。千秋の腕から逃れるさい、そういえばずいぶん大きな声を（いやよ。こんなのいや！）出した気がする。

冴子は頬に血が上るのを感じながら、力なく目をそらした。

「あ、あれは……」

「それから、ばたばたと部屋を出ていく足音がして。どんな揉《も》めごとがあったのか知りませんけど、千秋さんが襲われたのはあのあとだったんでしょう？」

「――何が云いたいんですか」

やっとの思いで、冴子は言葉を返した。君江はテーブルにぐっと身を乗り出して、

「何がって？　ふつう変だと思うでしょう。仲良くしていたクラスメイトが、あんな恐ろしいことになった。あなたと同じ部屋へ移ったとたんに」

「わたしは関係、ありません」

「そうかしら。わたしには何か関係があるように思えてならないんだけど」

「そんな」

「おやめになったら？　君江さん」

と、関みどりがたしなめた。君江の言動にかなり、やきもきしている様子だ。

「いいえ。このさいだから云わせてもらいますわ」

君江は立ち上がって、テーブルを挟んで冴子と向かい合う位置まで移動した。

「だいたいね、あなたがここにいらしてから、ろくなことがないと思いません？　人が死ぬなんて、そうそう身近で起こるものじゃないのに、続けて二人も。しかもあなたと同じ部屋の人ばかりが。――でしょ？」

「そんなふうに云われても、わたし……」

「ちょっと。ひどい云い方じゃないですか、中里さん」

と、君江につっかかっていったのは委津子だった。

「堀江さんは誰か異常者に襲われた、っていう話なんですよ。それをまるで、和泉さんがやったみたいに。そもそも高取さんの件は、あなたたちが」

「お黙んなさいよっ」

君江はとつぜん顔を歪ませて、声を荒らげた。

「あなたに云ってるんじゃないのよ、守口さん。出しゃばった口は利かないで。魔女だったくせして……」

「君江さん」

城崎綾の声がそのとき、高く冷たく響いた。

「その辺になさったら？　あまり恰好の良いものではありませんわよ」

君江ははっと口をつぐんだが、収まりのつかない表情で、冴子と委津子を交互にねめつけた。

「和泉さん、行きましょ」

委津子がそそくさと席を立った。頷いて、冴子がトレイを持ち上げようとすると、

「逃げるつもり？」

挑発的な声で、君江が云った。

「いいかげんにしたらどうですか」

向き直って、委津子が云った。

「綾さまも、よせと仰《おお》せでしょ。子供の喧嘩じゃあるまいし、みっともないですよ」

「あなたは黙ってて云ってるのよ！」

さっきから君江の手は、テーブルクロスの端を摑んで苛立たしげに揉んでいる。肉づきの良い浅黒い頰を紅潮させ、やや上向きの鼻をひくひくと動かす彼女の顔はそのとき、綾のようでもない、みどりのようでもない、ほかの少女たちの誰とも違う顔だった。

「とにかくね、和泉さん、わたしにはあなたが疫病神に思えてならないの」

君江は声高に詰め寄った。

「いい？　また誰かにあなたと同室になれって話が来るでしょうけど、わたしは絶対にごめんよ」

云い返す言葉が見つからず、冴子は椅子に坐ったまま目を伏せていた。

「しおらしく項垂れてみても、わたしは騙《だま》されないわよ。白状したら？　千秋さんはあなたが」

「中里さん、いいかげんに……」

委津子が見かねて、君江の腕に手をかけようとした。

「うるさいわねっ！」

叫ぶと同時に、君江は勢いよく腕を振り上げた。おそらく彼女自身も無意識のうちにだったのだろう、テーブルクロスの端を摑んだままの状態で——。

凄《すさ》まじい音を立てて、テーブルの上にあった料理のトレイが、ものの見事にひっくりかえった。食器が割れ、残っていた料理が床にぶちまかれる。飛び散ったソースが、冴子の服をべったりと汚した。

となりのテーブルにいた一年生たちが、悲鳴を上げて飛びのく。騒ぎに気づいて、調理場からエプロン姿の調理人たちが顔を出した。

冴子も委津子も当の君江も、しばし呆然としてその場に棒立ちになった。君江の手から力が抜け、クロスを放した。落下を免れていた調味料の瓶が、派手な音とともに床に滑り落ちる。

「困った人ね」

軽く息をつきながら、城崎綾が椅子を立った。

「自分のしたことは、自分で後始末なさるとよろしいわ」

「あ……」

何か云おうとする君江を冷ややかに無視して、綾は自分のトレイを持ち上げる。そして、隣席の関みどりに目配せしながら云った。

「私はこれで失礼しますから」

＊

ちょうどその直前に、この日の寮監に当たっていた原教師が食堂に来ており、騒ぎの顚末《てんまつ》を目撃していた。君江の行為は寮内の風紀を乱すものと見なされ、彼女には二十四時間の謹慎処分が云い渡された。

4

(……ったく、忌々《いまいま》しいったらありゃしない)

殺風景な狭い室内を見まわしながら、中里君江は思いきり顔をしかめた。

(何でわたしが、こんな目に遭わなきゃいけないのよ)

さっき原の手によって閉められた、茶色いペンキ塗りの扉を睨みつける。塗装は半分がた剝げ落ちているが、そののっぺりとした鏡板は異様に重量感があり、いかにも人を閉じ込めるためのもの、といった感じがする。

正面の壁に古い掛時計が。──午後九時。

これから二十四時間、この部屋に一人でいなければならないのかと思うと、溜息がいくらでもこぼれそうだった。

木製の骨組みが剝き出しになった高い天井。飾りけのない電灯が一個、垂木《たるき》からぶらさがっている。

部屋は薄暗かった。

黄ばんだ壁面には、額縁の一つも掛かっていない。調度品といえば、奥の壁ぎわに据えられたベッドと、その手前に置かれた机と椅子だけ。左手にあるドアがトイレ。風呂はもちろんシャワーの設備もない。

君江はスリッパに履き替えて、ベッドのそばまで行った。埃っぽい灰色のカーペットの上に、教科書と筆記用具の入ったバッグを放り出す。

この謹慎室に入れられるのは、今回で二度めだった。一度めは、忘れもしない、去年の十二月……。

それまで君江は、この学園の体制にかなりうまく適応できている生徒だった。もっとも、その〝適応〟の裏には、いささか屈折した心理的背景がある。

君江は甲府《こうふ》で不動産業を営む父と、陣内《じんない》という地元の名家出身の母とのあいだに生まれた。兄弟は、ずいぶん年の離れた兄が一人。地元の三流大学を卒業して、父親の仕事を手伝っている。

「お父さんはね、俗物なのよ」

それが母の口癖だった。

「あんな、お金儲《もう》けにしか興味のないような俗物と、どうして一緒になってしまったんだろうね、あたしは」

詳しい事情が語られることはなかったけれども、母にとって父との結婚は非常に不本意なものだったらしい。君江がまだ小学生の時分から、彼女は何かにつけ、娘を相手にそんな愚痴をこぼしていた。

あたしは陣内家の娘なのよ――と、母はいつも云っていた。本来なら、あんな男と結婚するはずなんてなかったのに。

「でもね、君江さん、お兄さんはお父さんに似て出来の悪い俗物だけど、あなたは違うわ。あなたはあたしの娘。あなたはね、ほかの人とは違うの。だから、どこに出しても恥ずかしくないような、ちゃんとした女性に育ってくれなくちゃいけないのよ」

その言葉どおり、母は君江に対して必要以上に厳しいしつけを行なってきた。

子供のころから、大声で笑うのを咎められ、外では遊ばせてもらえず、趣味も交友関係もすべて母によって制限された。小学校も中学校も地元の〝名門校〟に通わされた。父のほうは、娘の教育についてはまるで無関心だった。

「あなたは普通の女の子とは違うのよ」

母は日々、君江にそう云い聞かせた。

「あなたの中には、お母さんの家の血が流れているの。由緒正しい陣内家の血が」

中学を卒業すると君江は、母の出身校でもあるこの高校に入学させられた。今にして思うに、母が望んだのは何よりもまず、「俗物」である父と兄から君江を〝隔離〟することだったのに違いない。

自分はほかの娘たちとは「違う」のだ。——幼いころからそういう意識を植えつけられてきた君江は、だから、新しく始まった「聖真」での生活にもさほど大きな抵抗や不満を覚えなかった。常に厳しく管理され、ささいな過ちにも罰を与えられる。そんな環境はもちろん、苦痛だった。だが、君江はその苦痛自体を、同世代のほかの少女たちと自分を区別する〝優越の証《あかし》〟として受け止めることができたのだ。——ところが。

このような君江の〝適応〟の形に、激しく揺さぶりをかける存在が現われたのだった。――城崎綾だ。

綾の、文句のつけようのない美貌にまず、目を奪われた。ちょっとした仕草や言葉の端々に滲み出る育ちの良さ、気品……のみならず、さまざまな能力においても感性においても、綾の優秀さは群を抜いていた。さらに彼女は、転校してきたこの学園の厳格さについても、それをほとんど苦と感じていないかに見えた。

ほどなく綾は、そうなるべくしてクラスの人望を集め、リーダーシップを握るようになった。誰もが彼女に尊敬と憧憬《しょうけい》の目を向け、「綾さま」と呼ぶようになった。

――そんな綾の存在が、君江にとってはこの上ないショックだったのだ。

それまでずっと、自分はほかの者たちとは「違う」のだ、とみずから云い聞かせることによって、そうしてひそかに自尊心を満足させることによって、君江はこの学園の厳しさに耐えてきた。なのに、綾にはそういった気負いのかけらすら窺えない。彼女の優等生ぶりは天性のもの。明らかに彼女は自分とは「違う」存在なのだ――と、君江は痛感せずにはいられなかった。

どうしようもなく卑屈な気持ちになった。と同時に、それまで〝適応〟してきたこの学園の生活に対して、急に強い反発心が芽生えてきたのだった。

……去年の十二月。

冬休みも間近というころ、君江は外出のときに街で買ってきた煙草を、部屋のトイレで吸った。べつに明確な動機もなしに。ただ、それまでのようにむきになって学園の規則を守っているのが莫迦莫迦しくなっただけ、だった。そして——。

その一度の喫煙が教師に知れ、君江は三日間の謹慎処分となった。

この学園において、喫煙は最大級の〝罪〟に値した。場合によっては退学処分にさえなるという。

三日間、この〝独房〟に閉じ込められた。

冬休みに実家へ帰ったときの、母の怒りは凄まじかった。が、いったん生まれた反発心は消えようがない。学園と教師に対する反発。母に対する反発と、さらには懐疑の念も……。

君江はしかし、そのままずるずると堕落してしまうほど愚かでもなかった。

わたしは綾とは「違う」。どうしたって綾のようにはなれない。——という劣等コンプレックスを、君江は狡猾《こうかつ》さにすりかえていった。

ならば、初めから対等な関係を放棄することだ。綾は特別な人間。もとから自分たちとはレベルの違う存在なのだ。だからクラスでは、せいぜい綾と親しくなって、その光を自分の利として使えばいい。きっとそう、彼女を手本として、彼女と同じようにふるまうことこそが、この学園でうまくやっていくための一番の方法なのだ。

（綾さま、か）

冷たいベッドに寝転がって、君江は電灯の背後に漂う薄闇に目を投げた。

綾とよく似た雰囲気の持ち主に、桑原加乃がいる。彼女もまた美しくて育ちの良い、根っからの〝お嬢さま〟だけれども、どちらかといえば地味な雰囲気で、控えめな性格でもある。対して、綾はみずからの美貌や才気を、もちろんあからさまに誇示したりはしないが隠そうともしない。彼女はいつも輝いている。その輝きが、その隙のなさが、ときどき恐ろしくなるほどに。

正直なところ、君江は今、綾を恐れている。特にこの春ごろから、そう感じはじめていた。

綾とつきあうにつれ、そして彼女がどんどんとクラスの女王的存在になっていくにつれ、彼女の、見かけとは裏腹な一面が見えてきたようにも思うのだ。

（本当に彼女は、わたしたちとは「違う」人間なんだろうか）

綾は常に模範的な生徒だった。無理をして自分を規則の枠に嵌め込んでいるのではなく、きわめて自然に、その中にいる。――というふうに見えた。

彼女とて、ささいな行動を〝罪〟として咎められ、何某《なにがし》かの〝罰〟を与えられることはあったが、そんなときでも不満や悲嘆の表情はいっさい見せなかった。おのれに相当の無理をしいながら学園の厳格さに耐えてきた君江にとって、綾のその自然な優等生ぶりは、時としてかえって不自然に感じられたのだが――。

この君江の直感は結局、まんざら的を外してもいなかったことになる。

今や君江は、綾の心に隠された歪みを知っている。そしてそれを、共有できるものとして理解しているつもりだった。

綾と自分が対等な存在ではないという事実は、それでも変わらない。変わりようがない、と重々分かっている。しかし……。

だからといって、果たして今のこの状態がこの先も続いていいのかどうか。君江には少なからず疑問であり、不安でもあった。

高取恵――魔女の、死。そして、昨夜の事件。

よりによって千秋が、こんなときにあんな死に方をするなんて……。

ふいに、屋根を叩く雨の音が聞こえはじめた。

(そういえば、きょうは一日、うっとうしい空模様だったから)

君江はベッドを離れ、内側から金網が張られている小さな窓の下に立った。嵌め殺しのガラス窓だった。雨が吹き込んでくる心配はないが、風の強いときにはガラスが震えてひどい音を立てるのを、君江は知っていた。

(千秋さんがあんなことになったのは、本当にただの偶然？)

食堂での騒ぎを思い出す。

あのときはどうかしていた。どうしてあんなにも取り乱してしまったのだろう。それは——。

怯えていたからだ。怖かったのだ。

あの子——和泉冴子が千秋を殺した、と本気で疑っているわけではなかった。ただ、ああして誰かのせいにしてしまわなければ、どうにも我慢がならなかったのだ。

だから、つい……。

千秋は変質者に襲われた。そうだ。ほかにどんな可能性がある？

(だけど……)

徐々に強くなってくる雨音に耳を傾けるうち、君江は何かしらひどくいやな予感に取り憑かれた。

5

午後十一時過ぎ。

棟の消灯と戸締まりの確認を済ませると山村トヨ子は、建物のあちこちで蠢きはじめた闇どもから逃れるように、足速に自室へ戻った。

ドアを閉めると、すぐに鍵をかけた。一度ノブをまわして、しっかりと施錠されているのを確かめてから、ベッドの横の揺り椅子に腰を下ろす。

外は雨だった。

二時間ほど前から降りだした雨だが、かなり激しくなってきている。

(本当にもう——)

トヨ子は椅子の上で身を反らせ、両目を冷たい手で覆った。

(どうなってしまうのかしらね)

金曜日の夜、特別室の浴室で出遭った光景が脳裡にちらつく。——シャワーの音。立ち込める異臭。黒く焼け焦げた少女の死体。

あの無惨な死体が、二年生の高取恵という生徒のものだったということは、次の日に宗像校長から聞かされた。

（高取、恵……）

３１５号室の生徒だった。３１５号――先週転校してきたあの娘、和泉冴子と同じ部屋の。

自分が管理する三号棟に住む二年生の生徒たちの顔と名前は、ぜんぶ憶えている。焼け死んだ高取恵も、ゆうべ東の薔薇園で殺された堀江千秋という生徒も。

（ああ、何て――）

強く頭を振る。

（何て、恐ろしいことに……）

これまでずっと快適な職場であり住居であったこの寮、この建物が、とつぜん掌を返したように、何かとんでもないものへと形を変えつつある。何かとんでもない――日常的な現実が粉々に破壊された空間、血と死の気配に満ちた異様な世界へと。

（本当に、どうなってしまうんだろう）

胸に手を下ろし、トヨ子は深い溜息に身を浸した。

どこかで何かが……そう、狂いはじめたのだ。

どこで？　何が？　そして、それはなぜなのだろう。

密閉された部屋の空気にふと、息苦しさを覚えた。トヨ子は椅子から立ち、胸を押さえて深呼吸を繰り返しながら、窓辺に向かった。

外の夜は雨。それに風。

心中に渦巻く不安と恐れを煽《あお》り立てるように。この夜にひそむ闇のすべてを呼び起こし、奮い立たせようとでもするかのように。――激しく降りしきる雨。激しく吹きすさぶ風。

少しだけ、窓を開けた。とたん、冷たい雨粒が勢いよく吹き込んでくる。

外の空気を吸うといとまもなく、トヨ子はぴしゃりと窓を閉めた。――そのとき。

曇ったガラスを通して、視界の隅にひっかかったものがあった。暗がりにぼんやりと揺れる、何か仄白い影が。

トヨ子は息を呑んだ。ガラスの曇りを手で拭き、窓に顔を寄せる。

弱々しい外灯の光。芝生。植え込み。山毛欅《ぶな》の木立。……闇に塗り込められたすべてのものたちの上に降り注ぐ雨。それらをざわめかす風。その中で揺らめく、あれは……。

(あれは?)

植え込みの向こうの小道で、ゆらゆらと動く白い影。雨に濡れながら、風に吹かれながら、傘も差さずに歩いていく人影。

(誰が、いったい……)

トヨ子は目をこすり、ガラスに鼻を押しつけるようにして、その影を見直した。

白いパジャマ姿の少女、だった。細い肩を落とし、両腕をだらんと下げて……そしてあの、長い髪。

(……和泉さん？)

はっきりと顔が見えたわけではない。暗かったし、距離もあった。しかし、トヨ子はとっさにそう感じたのだった。

(どうして、あの子が)

窓を開け、呼び止めようと思った。どんな事情があるのかは知らないが、こんな時間にこんな雨の中を歩いているなんて、尋常な話ではない。

雨が吹き込んでくるのもかまわず、窓を開け放った。

「和泉……」

そこで、トヨ子は言葉を失った。少女の影が見当たらないのだ。

(どこに消えたの)

消えた？

まさか、そんなことがあるはずはない。植え込みの陰にでも隠れて見えなくなったのか。奥の木立の中へ入っていってしまったのか。それとも——。

それとも、さっき見た白い影そのものが、この夜の闇と雨が作り出した幻影だったのだろうか。

吹きかかる雨に顔を打たれながら、トヨ子はしばし少女の姿を探した。だが、もはやどこにも姿はない。二度と現われもしなかった。

(……錯覚?)

(そう。たぶん……きっと、そうだったのね)

「和泉、冴子」

呟いて、窓を閉めた。息苦しさは治まっていたが、ここ最近おなじみの頭痛が、額からこめかみのあたりをぴりぴりといたぶりはじめている。

(和泉、冴子)

あの娘のことが、なぜか気にかかった。転校してくるなり、同室の少女が続けて悲惨な死に方をして……あの娘は今ごろ、この暗い夜をどう過ごしているのだろう。

(あの子は……)

トヨ子はかぶりを振り、さっき見たと思ったのはやはり錯覚だったのだ——と、おのれに云い聞かせた。

(どうかしてるわね)

憂鬱な気分で顔をしかめ、ベッドに戻る。

(だけど――)

だけど、そうだ、あの娘が――冴子がこの学園にやってきたのが引き金ででもあったかのように、何かが狂いはじめたように思う。そう思えてならないのだが。

まあ、いい。

判然としない問題は山ほどあるが、いずれ分かるときが来るだろう。いま自分が何をしようとしたところで、どうせ無駄だ。どうせ意味がない。どうせ……。

トヨ子はベッドに身を伏せ、重い瞼を閉じた。

6

ぎりっ……

最初は、雨か風の音だと思った。

土蔵のような建物全体を包み込む雨の音はかなり強さを増し、風は周囲の林を激しくざわめかせている。ときおり唸《うな》り声を上げて建物を叩く突風に、君江はそのたび身を縮めていた。

時刻はもう、午前一時をまわっている。

ベッドに潜り込み、眠ろうと努力を始めてから一時間以上が経っていた。明りを落とし、目を閉じ、考えごとはやめにして心を眠りに向けた。——が、だめだった。がたがたと窓ガラスを震わせる風の音が、やはりいちばん気になった。風のせいだと分かっていても、まるで誰かが外から窓を叩いている音のように聞こえてしまうのだ。

去年の十二月にこの〝独房〟に入れられたさいも、風の強い夜があった。あのときは、三日間でいったいどれだけの時間、眠れただろうか。

寒くないだけ、今回はましだった。——しかし。

ぎりっ……

その音が聞こえだしたとき、君江はとっさにベッドから身を起こした。そうしてすぐに云い聞かせたのだった。

(何を驚いてるの。雨と風のせいよ)

風雨の勢いは、嵐という言葉を連想させるほどだった。台風が近づいているという話は聞かないが……。

嵐そのものは、さほど怖いとは思わない。建物は古いがしっかりしているし、山崩れの恐れなどまずあるまいし。――ただ、その音だ。眠りを妨げ、よけいな物思いへと心を誘《いざな》う雨や風の音が、昔から君江は苦手だった。

ぎりっ……。

建物のどこかが軋む音だった。

さっきから何度か、間《ま》をおいて聞こえてくる。気にしなければ、それよりもずっと大きな雨音や風音にまぎれてしまいそうな、かすかな音だが。

ぎりっ……。

（どこが鳴ってるんだろう）

君江は身を起こしたまま、暗がりの中で耳を研ぎ澄ませた。風雨の悪戯だ、と思っていても、やはり気にせずにはいられなかった。

（……扉？）

思うと同時に、

ぎりっ……。

また同じ音がした。

やっぱりそうだ。入口の扉のほうからだ。

若干の不審が、頭をもたげた。風のせいだけで、あんなふうに扉が軋みを発するものだろうか。

枕もとのスタンドをつけた。するとまた、
ぎりっ……

スリッパを履くのも忘れ、君江は素足のまま扉に近づいた。土間に脱いだ靴の上に足をのせ、古びたその扉にそっと耳を寄せる。

ぎっ、と音が響いた。

風？　違う（風のせいじゃない）。とすれば……。

「誰か、いるの」

まさか、と思いつつ問いかけてみた。

沈黙。

もちろんそう、こんな時間に、しかもこんな天候の中、外に立つ者がいるはずがない。聞こえてくるのはただ、林を震わせる風音と地を打つ雨音だけ。

誰もいるわけがない。いるわけがないが、しかし——。

「ねえ、誰か……」

もう一度、問いかけようととした。そのとたん、

どんっ！

とつぜん扉が、外から叩かれたのだ。君江は文字どおり飛び上がって、床に腰をついてしまった。

（誰か、いる！）

「誰？　誰なの」

返事はない。その代わり、どんっ、とまた扉が叩かれた。

（まさか、千秋さんを殺した変質者が……）

ようやくその可能性に思い当たった。恐怖が、激烈な勢いで心に噴出した。

扉を叩く音がひとしきり続いた。君江は両耳を押さえ、その場にしゃがみこんだ。

――やがて。

音の色が変わった。カチャカチャ……という、今度は何か金属の音が。

（鍵だ）

扉には外から鍵がかけられている。見かけは頑丈そうだが、相当に古いタイプの南《なん》京錠《きんじょう》だった。

外にいる人間は、あの錠を……ああ、無理やり外そうとしているのか。

それが何者であるにしろ、こちらからの問いかけに答えない以上、何らかの邪《よこしま》な意志を持っているとしか思えない。

恐怖に喉が引きつった。

悲鳴を上げようとしたが、声が出ない。たとえ出せたとしても、この時間、この場所だ。いったい誰が助けにきてくれる？

（どうしよう）

床を這うようにして、君江はベッドに向かい（どうしたらいいの？）、スタンドの明りを消した。

そうだ。こうして部屋を暗くしておいて、もしも錠が外されたときには（……逃げなきゃ！）扉の陰に身を隠す。そして相手が部屋に入ってくるのと入れ違いに、外へ飛び出すのだ。

闇が降りると、君江は身体の震えを必死で抑えながら、音を立てぬよう扉のそばに戻った。靴に足を入れ、息を殺し、内開きの扉の真横の壁に背を押しつける。

鍵よ、壊れないで。

祈るような気持ちで、時を待った。

カチャカチャ、ガチャガチャ……と——おそらく何か金属製の道具で鍵を抉じ開けようとしているのだろう——遠慮のない音が、壁を通して背中に伝わってくる。そのうち、相手の荒い呼吸音がそれに混ざりはじめたころ、

　みしっ……

　木の折れる音が聞こえた。錠ではなく、扉に固定された金具のほうが引き抜かれてしまったのだ。

　君江は息を止めた。喰《く》いしばった歯の力が抜けて鳴りだしそうだった。

（……助けて）

　君江は強く目を閉じ、そして開けた。悪夢なら覚めてくれ、と願った。

　扉が開かれた。すっ、と室内に射し込む光線。懐中電灯の光だ。

　黒い人影が、雨の滴を垂らしながら土間に入ってきた。暗くて、どんな人間なのか分からない。だが、その右手にある何かが、懐中電灯の光を反射してぎらりと光るのが（ナイフ!?）見えた。

　次の瞬間、君江は死にもの狂いで、開かれた扉から外へ駆け出していた。

　相手はすぐに気づいたようだ。鋭い刃のような光線が、逃げる君江の背を照らす。

　外の雨は激しかった。

　あっと云うまに髪が重く濡れ、パジャマが肌に貼り付いてくる。しっかりと履けて

いなかった靴が脱げ、素足が泥にめりこむ。

　ぬかるんだ地面と気の動転のせいで、歯がゆいほどに足がもつれた。まもなく寮のほうへ戻る小道に出る。そのとたん濡れた草に足が滑り、前のめりに倒れ伏してしまった。

　冷たいぬかるみに、もろに顔を突っ込んだ。

　口と鼻の中へ流れ込む泥水。強く胸を打って一瞬、呼吸が止まる。後ろから迫ってくる足音。息が（苦しい）できない。（息が……）あえぐ。息を吸う。懸命に。気管に飛び込む異物。咳《せき》込み、手足をばたばたと動かし、ようやく（追ってくる！）身を立て直す。

（助けてっ）

　気も狂わん思いで、ふたたび駆けだした。

（誰か助けて！）

　追いつかれれば、殺される。それ以外にない、と思った。

　今わたしを追ってくるやつが、そうだ、千秋を殺したのだ。誰なのかは知らないが、きっとぎらぎら光る（殺される）異常な目をしているに違いない。そいつが刃物を振りかざして、追ってくる。わたしを殺すために（殺される！）。千秋と同じように、わたしの身体を切り刻むために……。

強風でざわめく木々のあいだを、君江は必死で走った。冷静に考える余裕など、もはや皆無だった。

走って、走りつづけて……そこでやっと、彼女は気づいた。寮の建物がいっこうに見えてこない！

絶望に胸が詰まった。

い、い、道が違うのだ。さっき転んだとき――あのあときっと、逃げる方向を間違えてしまったのだ。

林の奥へ向かっている。ああ、このまま行けば……。

追っ手の足音が背後に聞こえる。引き返すことはできない。いよいよ激しさを増す雨に顔を打たれながら、君江は走りつづけた。そして――。

闇が、広がりを持った。林を抜け、例の池のほとりに出たのだ。

喉と肺が焼けるほどに熱い。脇腹が刺すように痛い。急激な運動と恐怖のため、心臓は限界に近いような乱れ打ち……苦しい。

(もう、だめ)

もうこれ以上、逃げられない。

懐中電灯の光が迫ってくる。こちらを照らしつける光の中に、降りしきる雨の線が見える。

「誰なの!?」

光の背後に立つ人影に向かって、君江は叫んだ。

「誰なのよ。どうしてこんなこと、するの」

相手は何とも答えず、もはや君江に逃げる力がないと判断してだろうか、ことさらにゆっくりと近づいてくる。

君江は泥土にへたりこんだ。全身の力が（死ぬのはいや……）抜けていく。膝に力が（いやよ）入らない（死にたくない）。

「お願いよぉ」

両手を胸の前で組み合わせて、君江は声を振り絞った。

「助けて。お願いだから」

光の動きが一瞬、止まったように見えた。

「ね、助けてよ」

組んだ手を高く差し上げ、喚《わめ》いた。

「助けてくれたらわたし、何でもするわ。あなたの云うとおりにするから。ほんとよぉ。人を殺したいんだったら、その手伝いでもするからさぁ」

光がふたたび接近しはじめる。

「お願い。ああそうだ。ね、助けてくれたらあしたの夜、非常口の鍵を外しといてあげる。こっそり寮の中に入れてあげるから。わたしなんかよりもっときれいな子がいるわ。ね、ね、その子たちを殺しましょ。ね、ね、ね。だから助けて……」

股間から生温かな液体が溢れ出した。それが限界だった。声を発する気力すら失い、君江は弛緩《しかん》した顔をがっくりと伏せた。

（どうしてよ）

（どうしてわたしが殺されなくちゃいけないの）

相手が殺人狂だとすれば、そこに当たり前な理由があるはずもない。しかし――。死に直面し、錯乱した君江の思考は、殺人者が誰であるのかという問題は度外視して、自分が殺される――死ななければならない理由を探り、そしてすぐにその答えを見つけたのだ。

（分かってるわ。そんなこと、とっくに分かってるんだから）

これは〝罰〟なのだ。

光が目前に迫った。闇の中から白くナイフが煌めいたとき、君江は胎児のように身を丸め、膝のあいだに顔を埋めていた。

(罰なんだ……)

首筋に鋭利な痛みが走り、そのショックで目を上げた。切られた動脈から噴き出した血液が、びちゃりと頬にかかる。意識するしないに関係なく、凄まじい悲鳴が口から迸《ほとばし》った。

殺人者はその声にたじろぐどころか、あたりの色を染め変える血の噴水を見て薄笑いを浮かべた。すかさずナイフを握り直す。君江は大きく口を開いている。その口の中にナイフの尖端《せんたん》を刺し込む。

意識が途切れる直前の一瞬、君江は殺人者の顔を捉えた。

黒い雨合羽のフード。その下で暗く光る、狂気に憑かれた目……。

ナイフが口腔《こうこう》の奥を突き破る。叫びとも呻きともつかぬ君江の最期の声が、いや増す雨と風の音に呑み込まれ、消えた。

† † †

少女はユキを抱き上げた。

姉の飼っている猫。白い毛並みが、午後の陽射しにまばゆく光る。

庭のベンチ。少女は一人。

ユキは膝の上で身を丸め、心地好さそうに目を閉じた。少女はその頭を、小さな掌でゆっくりと撫でる。

優しいその手の動きとは裏腹に、少女の目に宿るのは冷たい光――。

少女の好きな南の部屋で、きのうカナリヤが死んだ。

大事にしていた二羽のカナリヤ。黄緑色の鳥籠から聞こえる軽やかなさえずりが、少女はとても好きだった。なのに……。

(ユキにころされたんだ)

近所の野良猫の仕業だ――と、姉も母も云う。けれども少女には分かっていた。

(ユキが、ころしたんだ)

寝息を立てはじめたユキの体を、少女は茶色い布の袋に詰め込んだ。目覚めたユキはたいそう暴れたけれど、袋ごと力いっぱい地面に叩きつけると、すっかりおとなしくなった。

少女は真顔で、地面の袋を見つめる。

やがて、袋の上に小さな足をのせた。片足を、そして両足を。

袋の中から、断末魔の声。ぐにゃりとひしゃげ、潰れる体……。

布地に滲む赤黒い血に指をつけ、少女は少し、声を出して笑った。

第６章　暴走の教室

1

九月十六日、火曜日。

夜どおし降りつづいた雨は、夜明け前には上がっていた。空を目張りした厚い雲はしかし、風に流されることもなく、朝の空気を重く沈滞させている。

登校した生徒たちは、一限目の授業が自習になるという連絡を受けて、複雑な思いに囚われた。

この学園では普段、めったに「自習」はない。たとえば担当の教師が病気で休んだとしても、手の空いている教師によって別の授業が行なわれるのが常だった。

ましてや、二年生の火曜日一限目といえば数学の授業。あの原教師が学校を休むなど稀有《けう》のことだし、しかもこの日のこの授業は、例の臨時テストが行なわれるはずの時間だったのだ。

テストの中止・延期はもちろん、大半の生徒たちには朗報だった。だが、それを手放しで喜べる者はいなかった。というのも……。

朝食のときから、寮にいる職員たちの様子がおかしいことに、たいがいの生徒は気づいていた。続発する事件に日常を脅《おびや》かされている少女たちにしてみれば、慌ただしく廊下を行き来する教師や管理人の姿は、新たな変事の発生を想像させるに充分な材料だった。

指示があるまで自習

黒板に記された文字は、彼女たちにいやおうなく不吉な予感を抱かせた。何かまた良からぬ事件が起こったのではないか。誰もがそう思った。

そしてその予感を、昨夜から「独房」に入れられている中里君江の安否と結びつけることは、誰にとってもすこぶる容易だったに違いない。

＊

冴子は机に頰杖《ほおづえ》をつき、ぼんやりと黒板の上方に視線を彷徨《さまよ》わせる。その内心は、とめどない不安と焦燥でいっぱいだった。

恵の変死。千秋の惨殺。それらにまつわる数々の疑問。加えて、昨夕の食堂での出来事が心をさいなんでやまない。

一連の事件がすべて冴子のせいだとでも云わんばかりに、あのとき君江は詰め寄ってきた。いわれのない誹《そし》りだと思いながらも、一方で冴子は、改めて自分自身を訝《いぶか》しみ、怯えないわけにはいかなかった。

二人の人間が続けて死んだ。しかも、自分と同じ部屋になった者ばかりが。

(わたしにはあなたが疫病神に思えてならないの)

ヒステリックに顔を歪ませ、声を昂らせた君江。

(彼女が云うとおり、そう、わたしが来てから、この学園で事件が起こりはじめた。まるでわたしの転校が、すべてのきっかけだったみたいに)

(でも、そんなことは……)

身に憶えがない、と云いきれるだろうか。

(そんな……)

わたしの心の中には確かに、わたしの知らない何かが棲んでいる。その実体はどうしても見えてこないけれど、生理に時期を同じくして訪れるそのものの影には、ひどく不吉な、恐ろしい意味が読み取れるように思う。毒々しい血の赤に象徴される、何か尋常ならざる意味が。

何よりも気になるのは、一昨夜のあの、赤い（緋い）霧に呑み込まれてしまったような異様な体験だ。あの間に自分が何をしたのか、いまだに思い出せない。そのことが冴子には最も大きな不安であり、恐怖ですらあった。

（もしかすると、わたしはあのとき……）

そう考えるたび、大声で叫びだしそうになる。

あのとき冴子は、千秋の行為に強い怒りを感じていた。怒りが憎しみになることもありえたかもしれない。そんなタイミングで陥ってしまった、あの夢遊状態。そこで自分はどんな行動を……。

（わ、わ、わ、わたしが、堀江さんを殺した？）

冴子は慌てて首を振る。

（まさか、そんな。何を考えているの）

だが、いくらむきになって否定しようとしても、否定しきれない。答えは冴子の、引き出すことのできない無意識の中にひそんでいるのだから。

さらに――。

食堂での騒ぎが理由で謹慎処分を受けた君江の身に、ひょっとして何かがあったのではないか。教室のそこかしこで囁かれるその噂にまた、冴子は怯えるのだった。

昨夜は部屋に戻るとすぐ、シャワーも浴びずに床に就いた。結局きのうは、一日のほとんどをベッドの上で過ごしたことになる。

とにかく眠ってしまおう、と思った。起きて現実に直面している状態が、どうしようもなく苦痛だった。

治まりかけていた生理痛が、ふたたび強くなってきていた。終わりぎわに訪れる、最後のあがきのような痛み。鎮痛剤を多めに飲んで、八時半には明りを消した。が、なかなかうまく眠れなかった。やがて外で降りだした雨の音が、いっそう寝つきを妨げた。それでも――。

一時間も経ったころには、どうにか眠りに入れたように思う。

（……めりー……

……くりす……

例によって、いやな夢をたくさん見た。具体的には思い出せないが、

それらを彩る不吉な赤い色には変わりがなかった。

……ます）

浅い眠りから何度も浮上しかけては、すぐに引き戻された。朝になって目覚まし時計の音を聞くまで、そんな繰り返しが続いた。そのはずだったのだが。

鳴りだした時計に手を伸ばしたとき、冴子は妙な事実に気づいた。自分が裸で——下着だけの恰好で——ベッドにいる、という事実に。

なぜなのか、分からなかった。

寝るときにはちゃんとパジャマを着ていたのに。いつのまにそれを脱いでしまったのか、まるで憶えがなかった。

当惑しつつ、部屋を見まわした。ベッドから少し離れたところに、着ていたパジャマが落ちていた。それを拾い上げてみて、冴子の当惑はいっそう強まった。パジャマ、は、ぐっしょりと水で濡れていたのだ。

背筋に寒けが走った。まさかと思いつつ、冴子は自分の足に目をやった。するとやはり——。

爪のあいだが黒く汚れていた。土がこびりついているのだ。

昨夜もまた、引き込まれてしまったのか。例の夢遊状態に。今度は眠っているあいだに。

（……やめて！　……

記憶にはまるで残っていなかった。けれどもおそらく、無意識のうちに外へ出て歩きまわったのだろう。そして、雨に濡れた。そのあと部屋に帰ってくると、濡れたパジャマを脱ぎ捨ててベッドに戻ったのだ。

……やめて！）

信じたくはなかった。だが、そう考える以外にどんな可能性があるだろう。もしもこれで、謹慎室の君江の身に昨夜、何かがあったということになれば……。

（……おかあさん！　……

そう思うと、居ても立ってもいられない気持ちになる。またしてもそこに、疑惑が持ち上がってくるのだ。正体の知れない自分自身に対する、恐ろしい疑惑が。

……たすけて！）

われながら情けないくらいにおどおどと、冴子は周囲の様子を窺った。広く薄暗い教室のあちこちで、ひそひそと私語を交わすクラスメイトたち（相変わらず、みんな同じ顔をしてる）。彼女たちの視線が、すべて自分に注がれているように思えた。

（千秋さんと喧嘩したんですって？）

（彼女があなたの部屋へ移った夜に）

（それって、偶然？）

（あなたが、彼女を殺したんじゃないの？）

（そして、今度は）

（今度は君江さんが……）

（あなたに喰ってかかったのよね、彼女）

（きのうの夜は、どこへ行っていたのかしら）

そんな声が、言葉が、今にも聞こえてきそうな気がした。

（あなたはいったい、何者なの）

（何者なの）

（何者……）

……知らない！

強くかぶりを振っていた。隣席の城崎綾がちらりとこちらを見る動きが、目の端に映った。

「わたし、何も知らない」

机に顔を伏せ、冴子は呟いた。

2

一限目の終了。

ぱらぱらと席を立つ少女たちに交じって教室を出て、冴子は手洗いに向かった。生理は終わりかけていた。いつもならもう少し、だらだらと出血が続くのだが。用を済ませて廊下に出たところで、担任の古山を見かけた。教室へ行ってきたらしい。冴子が会釈するのにも気づかぬ様子で、心なしか蒼ざめた顔で、彼女は足速に通り過ぎていった。

教室に戻ってみると、黒板に新しい文字が記されていた。

指示があるまで引き続き自習

古山はこれを書きにきたのだ。

教室はざわめいていた。二時限も続けて自習とは、この学園では前代未聞のことなのだろう。異常事態の発生はいよいよ確からしい。

（中里さんにやっぱり、何かが？）

冴子は瞼を押さえて、ふらりと一歩あとじさった。一瞬、軽い眩暈《めまい》を

（……おかぁ……　……さん！　……）

覚えたからだ。

席に戻ろうとして、正面の窓ぎわに立って誰かと話をしている守口委津子の姿に気づいた。委津子の相手は、まだ言葉を交わしたことのないクラスメイトだった。二人は冴子のほうに、何やら意味ありげな視線を向けている。

委津子と目が合った。冴子は席に着くのをやめ、二人の前まで歩を進めた。

委津子には一つ、訊きたいことがあった。昨夕の食堂での一件のとき、君江が彼女に対して放った言葉（魔女だったくせして……）――あれは、いったいどういう意味だったのだろう。

「あの、守口さん」

冴子が声をかけると、委津子はぎくしゃくと目を伏せた。一緒にいた少女はこちらを一瞥《いちべつ》し、黙ってその場を去った。

避けられているようだ――と感じ、いたたまれない気持ちになりながらも、

「守口さん。わたし、訊きたいことが」

冴子は委津子に歩み寄った。

魔女。――恵がみずからをそう呼んだ言葉。君江が委津子を罵《ののし》るのに使った言葉。その意味をどうしても今、知っておかねばならない。そんな切迫した思いが、このときの冴子を衝き動かしていた。

「訊きたいこと？」

委津子はあっけらかんと応じたが、無理をしているのが分かった。

「なあに？」

冴子は疑問を口にした。委津子の表情が見るまに凍りついた。

「――だめ」

数秒の沈黙ののち、委津子は答えた。

「あなたは知らないほうがいい」

「でも、魔女っていうのは……」

「ヤバい、っていうか、マズいんだからね、和泉さん」

と、委津子は云った。声をひそめつつも、強い口調だった。

「また事件が起こったような感じだけど、もしもこれ、中里さんの身に何かがあったんだとしたら、絶対にマズいよ」

「でも」

「みんな、和泉さんを疑ってるのよ。あなたがすべての張本人、とまでは思ってないかもしれないけど。だけど、あなたが来てからいろんな事件が起こりはじめたのはホントでしょ。あまりにも偶然すぎるって。さっきの子も、半分本気であなたを疑ってるみたい」

「でも……わたし、何も」

と、そのとき。

ばたばたと廊下を走ってくる音が聞こえたかと思うと、教室の戸が勢いよく開かれた。そうして息せき切って転がり込んできたのは……。

「君江さんが殺された！」

関みどりの甲高い声が響き渡った。

「独房の扉が壊されてて、君江さんの姿がなかったんですって。それで先生たち、探しまわってたのよ。警察の人たちも来て、それで……」

「落ち着いて、みどりさん」

城崎綾が立ち上がった。

「どこからその話を聞いていらっしゃったの」

「あたし今、保健室の前まで行ってきたんです。今朝から何だか熱っぽくて、薬をもらおうと思って。そしたら保健室の中から、岡田先生ともう一人、誰か先生の話し声が聞こえてきて」

教室中の目が、教卓に寄りかかって大声で訴えるみどりの口もとに集まっていた。

「謹慎室から消えた生徒が見つかった、って。林の奥の池のほとりで。またナイフでメッタ突きにされて死んでた、って」

いくつかの悲鳴が重なって響いた。着席したままの生徒はもういなかった。至るところで湧き起こったざわめきが、互いに共鳴し合いながら加速度的に膨れ上がり、教室の空気を震わせる。

教卓に手をつき、肩を落とすみどり。それを見つめる綾の、血の気の失せた顔。ほかの少女たちもみんな、言葉を失って身を凍らせている。

冴子はふらり、と窓に背を寄せた。

(あの池のほとりで？　ナイフでメッタ突きに……)

焦点のぼやけた視界に一瞬、

（……キヨ……シ……

赤い幻影が浮かんだ。赤い（緋い）血にまみれた少女の死体の……。

……コノ……ヨル）

すがる思いで、かたわらの委津子を見た。委津子は広い額を両手で押さえ、唇をわななかせていた。

「何ていう……ああ、どうして……」

そんな呟きが、かすかに。

「守口さん、わたし」

黙っているのが不安で、冴子は委津子に囁きかけたのだが——。

「和泉さん！」

関みどりが鋭い声を発した。瞬間、誰の名が呼ばれたのか分からずに、冴子はおろおろとあたりを見まわした。

「あんたよ。あんたのこと！」

みどりは教壇の上に立ち、まっすぐに冴子を指さした。円い眼鏡の奥で、異様に目をぎらぎらさせながら、

「あたしね、きのうの夜、見たのよ」

「えっ」

「きのうの夜中よ。分かってるくせに」

　みどりはそばかすだらけの顔を紅潮させ、早口でまくしたてた。

「あたしね、ゆうべは眠れなかったの。だってそうでしょ。千秋さんが殺されて、その犯人がこの辺をうろうろしてる、それだけでも恐ろしいのに、ゆうべは君江さんがあんたのせいで独房行きになって。あんな場所に一人で閉じ込められるなんて、どうぞ狙ってくださいって云うみたいなもんよ。もしかして君江さんの身に何かあるんじゃないかって、気が気じゃなくて……そしたら、廊下で誰かの足音が聞こえたの。消灯時間はもう過ぎてるのに。変に思って覗いてみたら、和泉さん、あんたよ。あんたがパジャマ姿で、非常口のほうへ歩いていくのを見たんだから！」

「そんな、わたし……」

「しらばっくれないで！　あんな時間にどこ行ったの？　外は雨だった。まさか散歩だなんて云わないわよね」

「知りません、わたし」

「嘘っ！」

　静まり返った教室。

　少女たち全員の視線が、一本の太い束となって冴子に突き刺さる。

「あんたがやったんだ！」

赤茶けた巻き毛を両手で掻きむしるようにしながら、みどりはどんっ、と足を踏み鳴らした。何か箍《たが》が外れたように、その口から吐き出される激しい糾弾の言葉。

「千秋さんを殺したのもあんたでしょ。それを君江さんに云われたから、君江さんも殺したんだ！」

「違います。わたしは何も……」

冴子の反論は、教室に広がりはじめた新たなざわめきに掻き消された。

「いったいあんた、何者なの」

みどりの糾弾はさらに激しさを増す。

「あんたが来てから、この学園は狂いはじめたんだ。まるで何かに取り憑かれたみたいに。どうして？　和泉さん、あんたは何者なの」

（わ、わたしが来てから、く、狂いはじめた）

赤い胸騒ぎ。赤い眩惑。赤い、緋い……。

（わたしが……）

（……やめて！　……）

……濡れたパジャマ。汚れた足。あれは？

　　　　　　　　　　　　　　　　　　　……やめて！）

「知らない。何も、知らない」

冴子は必死でかぶりを振った。

（……おかあさん！　……

　　　　　　　　　　　　　　　　　　　……たすけて！）

（わたしは人殺しなんかじゃない）

魔女だわ——と、教室のどこかで、誰かが云った。しんと一瞬、室内の空気が凍結した。

「魔女だわ」

違う誰かが繰り返した。

「魔女よ」

連鎖反応のように、あちこちから声が。

「魔女……」

混沌《こんとん》としていた教室のざわめきが、「魔女」という言葉を核にして明確な形を持ちはじめる。

「和泉冴子は魔女だ！」

みどりが叫び、冴子に向かって足を踏み出す。それから彼女は、黙って様子を見ていた城崎綾の顔色をちらっと窺った。

「綾さま？」

云われて綾は、艶やかな黒髪を静かに掻き上げながら、かすかに頷いた。そして、ひと言。

「魔女、ね」

それが、決定的な引き金となった。教室中の少女たちの足がいっせいに、窓ぎわに立ちすくむ冴子のほうに向けられた。

魔女よ！

少女たちは冴子を指さし、声を張り上げた。

魔女！

「次は誰を殺すつもり？」

みどりが詰め寄る。

「この人殺し！」

冴子はかぶりを振りつづけた。

(そんなこと、あるはずがない。あるはずが、ない)

(……でも)

魔女！

少女たちの、冷たく燃える目、目、目。異常に昂った声。

魔女！

「やめて！」

冴子は耳をふさぎ、叫んだ。

(あのパジャマは何？　ゆうべはどこで何をしてたの？)

「やめて……」

(ほりえ・ちあき。なかざと・きみえ。——わたしは二人に腹を立てていた。憎んでいた？　殺したいと思うほど？)

魔女！

教室の空気が激しく震える。少女たちの声がシュプレヒコールのように、巨大な波となって冴子に押し寄せる。

冴子は委津子に目をやった。委津子はその視線を受けると、いやいやをするように何度も首を振りながら、冴子のそばから離れていった。

（あなたも？　わたしのせいだと思うの？）

少女たちの群れが、みどりを先頭にして冴子に近づいてくる。どんっ、どんっ、どんっ……と、太鼓の乱れ打ちのように床を踏み鳴らす音。やがて少女たちは半円を描くような〝壁〟を作り、窓ぎわの冴子を取り囲む。

魔女！

声高に叫ぶ少女たちの顔には一様に、恐れと憎しみが入り混じった独特の表情が貼り付いている。それこそ、何かに取り憑かれたかのように。

「やめてください」

冴子は云い知れぬ恐怖に衝かれ、抵抗した。

「お願いだから、もうやめて」

（違う。わたしじゃない）

（……でも）

（でも、わたしの中には……）

魔女！

声は止まらない。少女たちの〝壁〟が徐々に迫ってくる。冴子は追いつめられ、窓に背をつける。

魔女！

「違う！」

（……あの夢。保健室で目覚める前の）

赤い氷の中にあったあの顔。冷たい狂気を宿したあの目。あの……。

（あれが、わたしだとしたら……）

（……めりー……）

魔女！

「やめて。違う。知らない！」

（……めりー……）

魔女！

……くりすます）

シュプレヒコールの波。その熱狂がいちだんと高まったとき――。

窓に背を押しつけて、そのままじりじりと横へ移動していた冴子の身体が突然、ぐらりと傾いた。動いた先の窓が開いていたのだ。

あっ、と叫ぶまもなく、支えを失って大きくバランスを崩した。あえなく後ろざまに倒れた。とっさに手を伸ばして窓枠を掴もうとしたが、まにあわなかった。

少女たちの声が止まる。そのときにはすでに、校舎二階の窓の外を白い制服が舞っていた。

†　　†　　†

少女は夜ごと、夢に遊ぶ。

眠りの中に現われる、夢という名の幻が、初めはとても不思議だった。

夢には音があった。そこには人も動物もいたし、空も木も川も風もあった。色もにおいも感じた。

なのに、どうして？

どうして夢は夢で、昼間の世界とは違うものなのだろう。どうして昼間の世界は本物で、夢の世界は偽物なのだろう。

「目が覚めると消えてしまうでしょ」

姉はそう云っていた。だけど——だけど、そう、昼間の世界だって、眠ると消えてしまうではないか。

たいそう不思議に思ったけれど、その疑問もいつしか消えた。

少女は夢に遊ぶ。

夢を彩る色は、赤。——鮮やかな赤、深紅《あか》、緋色《あか》。

身体を流れる血の色。掌で震えていた滴の色。壊れた車の窓から突き出た傷だらけの上半身――路上に広がった染《し》みの色。死んだ小鳥を染めた色。潰れた猫が吐き出した色。……

少女は夜ごと、夢に遊ぶ。

狂った夢に戯れる。

第7章　過去の囁き

1

大きな家の広い洋間。

毛足の長い白い絨毯の上に、冴子はぺたりと坐っている。

外は夜。降りしきる雪。曇った窓ガラス。赤々と燃えるストーヴ。

部屋の一角に置かれた樅《もみ》の木。煌びやかなオーナメントがたくさん吊り下がり、色とりどりのライトが明滅を繰り返す。

「めりー、くりすます」

つけっぱなしのテレビの中で、同じように飾りつけられたツリーを囲みながら、大勢の人たちが声を揃える。

「めりー、くりすます」

(クリスマス？　もうそんな時期なの？)

手をついた絨毯は暖か。両足を投げ出して、後ろのソファに背を預けて、小さなあくびを一つ。

(ここはどこだろう)

無邪気な仕草とは裏腹に、覚醒した意識の一片がひそかに問いかける。

(ここは、どこ？)

どこか、見憶えのある部屋だった。

(荻窪の家？)

いや、そうじゃない。和泉の家にこんな部屋はなかった。宗像の屋敷でもない、と思う。けれどなぜか、ここが初めての場所ではないという確信は持てた。

すると……？

テレビから流れ出す歌声。おなじみのメロディ。――「聖《きよ》しこの夜」。

キヨシ……コノヨル……

ホシハ……ヒカリ……

唇が、つたない動きで歌詞をなぞる。

そこでようやく、冴子の意識は幼い自分の姿を捉えた。――眠い目をこすりながらテレビの画面を見つめている、四歳の少女。

スクイノ……ミコハ……

ミハハノ……

「やめて！」

突然、歌声が鋭い叫びに掻き消された。

「やめて！　やめて！」

家中に響き渡る、女の子の悲鳴。

「おかあさん！　たすけて！」

テレビのブラウン管に、緋色の飛沫がどろりとかかった。

「おかあさんっ！」

次の瞬間、部屋いっぱいに溢れ出した真っ赤な洪水。

赤く染まった絨毯に、大柄な男が倒れ伏している。悲鳴を発した女の子が、その上に折り重なってくずおれる。そして――。

動かなくなった二つの身体を、血だまりに膝を落として呆然と眺める女が一人。

ううう……と、その口から呻き声が洩れはじめる。血まみれの死体にすがりつきながら、やがてそれは咽《むせ》ぶような泣き声に……。

いつのまにか冴子の服も、真っ赤な滴を垂らしていた。

そっと両手を見る。その小さな掌も、飛び散った血に濡れて真っ赤。

迸る絶叫。そして……溶暗。

2

冴子が意識を取り戻したのは九月十八日、木曜日。教室の窓から転落した翌々日の午後のことだった。

相里市内の綜合病院の一室で、長い叫び声とともに目を覚ました。目覚める直前に見た夢の記憶が、生々しく頭の中で脈打っていた。

まる二日のあいだ昏睡《こんすい》状態が続いていたのだという。なぜ自分がそんな状態になったのか、初めはよく思い出せなかったが、医師からいくつかの質問を受けて答えるうち、だんだんと分かってきた。

「記憶に障害はないようですね」

医師は、かたわらの女性に向かって云った。宗像千代だった。

「外傷もほとんどないので早々の退院も可能ですが、念のため、ひととおりの検査をしておいたほうがいいでしょう。あとは本人の心理的な問題だけです」

「ありがとうございました」

千代は丁寧に頭を下げた。それから冴子の顔を覗き込み、

「良かったわ、大事に至らなくって」

応えて冴子は何か云おうとしたが、うまい言葉が見つからず、曖昧に頷いた。

やがて医師が病室を出ていくと、千代は深々と息をついた。その顔が、この一週間でひどく老け込んでしまったように感じて、冴子は少し悲しい気持ちになった。

「あの……伯母さま」

「何かしら」

「ずっと、ついていてくださったんですか」

千代は眼鏡の奥の目を何度かしばたたき、引きしめていた口もとを緩めた。

「ごめんなさいね、冴子さん」

と、彼女は云った。

「え、どうして……」

「ついていてあげたかったんだけれど、いろいろと忙しくてね。きょうはたまたま様

子を見にきてみたら、ちょうどあなたが目覚めたところだったの」

「そう、ですか」

「ひどい伯母だと思われても仕方ありませんね」

「いえ、そんなつもりは……」

「いいのよ。そのとおりだと思うから」

千代は寂しげに笑った。彼女のそんな表情を見るのは初めてだった。

「だけど、良かったわ。もしものことがあったら、和泉さんに申しわけが立ちませんものね」

「あの、伯母……校長先生」

「いいのですよ、ここでは伯母と呼んでも」

「あ、はい、伯母さま」

冴子は千代の柔和な態度にいくぶん戸惑いつつ、気になっていることを尋ねた。

「クラスの人たちは、あれからどう？」

「みんな心配していますよ」

と、千代は答えた。

「心配？」

「ええ。授業があるから、お見舞いには来られないのでしょうけれど」

「でも、わたしが落ちたのは」

「もういいのよ、冴子さん。済んだ話だから」

「でも、あのとき……」

「中里さんの事件を聞いて、また気を失ったんですってね。無理もないわ。気を失って、そのまま窓の外へ倒れ落ちたと聞いています。クラス委員長の城崎さんが、すぐに救急車を呼んでくれて。前の夜に雨が降って、下の芝生が柔らかくなっていたのが幸運でした。でなければ……」

(何てこと?)

冴子は目の前が真っ暗になる思いだった。

クラスの全員が偽りを語ったのだ。冴子が勝手に窓から落ちた、と。

(魔女よ!)

(魔女！　……)

何かに憑かれたように声を合わせ、詰め寄ってきたクラスメイトたちの顔を思い出して、冴子は身震いした。あの声はきっと、ほかの教室にも聞こえたはず。とすれば、一年生や三年生のクラスにまで手をまわして……?

「どうしたのかしら」

千代が訝しげに問う。冴子は左右に緩く首を振った。

云ってみたところで、どうせ信じてはもらえまい。信じられるはずがない。真面目でおとなしく、従順なお嬢さまの仮面をつけた生徒たちの、あんな狂気じみた行動を、いったいどうやって校長の千代に信じさせることができる？

冴子は唇を噛みしめる。そして、気にかかるもう一つの問題へと話を転じた。

「寮の事件のほうは、どうなっているんでしょうか。やっぱり中里さんも？」

「そうです」

千代の表情に暗い翳りが差した。

「ひどいことになりました」

「犯人は……」

「まだ捕まっていません。その前日の、堀江さんの事件と同じ変質者の仕業だろうと見て、警察は捜査してくださっているのですけれども」

（変質者……）

本当に千代は、その説が正しいと思っているのだろうか。あるいは、学園の内部に犯人がいる可能性も承知したうえで、なおかつ「聖真」の名誉のため、それを揉み消そうとしているのだろうか。

(学園の中に、犯人が?)

そうしてまた、怯えが蘇る。忌まわしい緋色の囁きが、冴子の疑惑を自身の内側へと向かわせるのだ。

(あ、あんたがやったんだ!)

関みどりの糾弾。クラスメイトたちの声。魔女、魔女、魔女、魔女……暴走するシュプレヒコール。

冴子は薬臭い布団の下から両手を出し、掌で顔を覆った。

何をどう考えたらいいのか、分からなかった。

いったいどこに真実があるのか。いったいわたしは何をしたのか、それともしていないのか。いったいわたしは何者なのか。

千代が手を伸ばし、冴子の腕に触れた。

「冴子さん、あなた……」

「伯母さま」

冴子は意を決し、口を開いた。

「どうしても、お訊きしたいことがあるんです」

「何です？」

「教えてください。十二年前、わたしの本当の両親と姉が命を落とした事故って、どんな事故だったんですか」

一瞬、言葉に詰まる千代。強い狼狽《ろうばい》の色。

「それは、あなたが知らなくてもいいことです」

「和泉の両親もそう云ってました。知らなくてもいい、と。知らないほうがいい、とも。でも……」

「あなた自身は、何も憶えていないのですね」

「ええ」

冴子は伯母の視線から目をそらした。

「十二年前といえば、わたしは五歳か四歳か……もう物心がついてた時期ですよね。なのに、そのころの……いえ、和泉に引き取られて小学校に行きはじめたころまでの記憶がわたし、ないんです。思い出そうとしても、何も思い出せないんです」

「たぶん――」

千代は眉間に深い縦皺を作り、

「ショックのせいで、事故とその前後の記憶が消えてしまったのでしょう」

「でも、伯母さま」

冴子はそろりと千代の顔に目を戻した。

「やっぱり、わたし……」

「気持ちは分かります。けれど、今はまだ知らないほうがいいと私は思うのです」

「どうして」

「幼いころの記憶が封じ込められているということはつまり、冴子さん、あなたの自我が、思い出すのを拒んでいるわけです。記憶を消し去ることで、精神《こころ》の均衡を保とうとしている。――分かりますか」

「精神の、均衡……」

呟きながら、冴子は宙を見すえた。

「伯母さま。わたし、夢を見たんです」

「夢？」

「ええ。今さっき、目が覚める前に」

「その夢にうなされて、あんな叫び声を？」

「ええ」

瞬きをすると、瞼の裏に夢の光景が滲んだ。

「どこか、見憶えのある家の中。——クリスマスの夜。女の子の悲鳴がして、血だらけの死体が、絨毯の上に」

「およしなさい」

千代が強い声で云った。

「悪夢にうなされるのは、誰にでもあることです」

「でも、わたしにはあれが……」

「ただの夢ですよ。考えすぎてはだめ。今のあなたに必要なのは、ゆっくり心を休めることです」

「でも」

「私の云うことをお聞きなさい」

千代はいつもの冷徹な顔に戻り、ぴしゃりと冴子の言葉をさえぎった。

「いずれ、昔の事故については分かるときが来ます。今はその時期ではない。べつに隠しているわけではないのです。よけいなことは考えず、早く学校へ戻れるように養生しなさい。よろしいですね」

3

午後三時。

宗像千代が病室を去ったのと入れ違いに、面会者の来訪が知らされた。

「高取さんという方がお見舞いに来られましたよ」

看護婦が告げたその名前に、冴子は胸を詰まらせた。

(彼が、来てくれた……)

嬉しいというよりも、懐かしい気持ちでいっぱいになった。たった一度会っただけなのに、こんな(懐かしい?)感情が湧いてくるのはなぜだろう。どうしてだろう。

病室に入ってきた俊記は、冴子の顔を見ると片手を胸に当てながら、「ああ、良かった」と呟いた。

「良かった、本当に」

先日のラフなスタイルとは違って、俊記は黒いスラックスに洒落たグレイのブルゾンというういでたちだった。けれど、髪は相変わらずぼさぼさで、顎には無精鬚。足もとに目をやると、靴は汚れたスニーカー。

冴子が思わず笑みをこぼすと、

「あれ？　やっぱり変ですか」

俊記はばつが悪そうに頭を掻いた。

「つまりその、このあいだはひどい恰好だったから。だからその、恵にも云われてたことだし、次はもう少しましな恰好をしていこうと決めてたんですよ。ところがいざとなると、いつも身なりには全然かまわないほうだから、その……」

「よく似合ってます」

と云って、冴子はまた笑みをこぼす。俊記は顔を赤らめて、

「ええと……とにかくまあ、僕の恰好の話なんてどうでもいいんです。あなたが無事で良かった。二階の窓から落ちたんですってね」

「——ええ」

「あの日は僕、前日の電話で云ったとおり、朝から図書館へ行ったんです。例の三十五年前の事件を調べに。で、午後から警察のほうへ足を運んでみたら、学校でまた殺人が起こったと聞いて。そのうえ生徒の誰かが校舎の窓から落ちて、病院に運ばれたっていう。まさかと思って、すぐに学校へ飛んでいったんです。そしたら、そのまさかだった。病院に駆けつけてみたら、あなたは意識不明の状態で。一時はどうなるこ

とかと思いましたよ」

「すみません、心配かけて」

「そんな、あなたがあやまる必要はない」

俊記は柔和に微笑んだ。

「もっとも、心配したのは本当です。恵の突然の死に打ちのめされていた僕の話を、和泉さん、あなたは真剣に聞いてくれました。そのあなたに――あなたにまで、万一のことがあったら……」

「ありがとう」

「いや。何て云うか、寂しがってるんですね、僕は。もしかしたらあなたの中に、死んだ妹の影を見ているのかもしれない。あなたに、変な云い方だけど、甘えたいのかもしれない」

「そうだとしても、わたし――」

冴子は不思議な胸の高鳴りに戸惑いながら、自分の気持ちを言葉にした。

「心配してくださったと聞いて、嬉しいです。そんなに心配してくれる人、わたしにはあまりいないから」

俊記はまた微笑むと、部屋を横切って窓辺に立った。

窓には淡い水色のカーテンが引かれていた。俊記はその端を少しめくりあげ、外を覗き見た。南向きの部屋らしく、眩しい陽光が隙間から射し込んだ。

「今朝がたまでぐずついてたんですけどね、もういい天気ですよ」

からりとした調子で、俊記が云った。逆光のせいで表情は窺えなかった。

「調べた結果を、聞いてくれますか。こんなときに、いやかもしれないけど」

「いやだなんて」

冴子は枕から頭を上げた。

「何か分かったら知らせてくださいって、わたしがお願いしたんですから」

人の死に関する話はもうたくさんだと思いながらも、俊記の報告を聞かねばならないという気持ちが、それ以上に強くあった。

ありがとう、と云って、俊記は窓辺を離れた。

「まず、図書館ですね。火曜日の午前中に、僕は市の図書館へ行って、三十五年前を見当に新聞の縮刷版を調べたんです。三十五年前という数字は必ずしも当てにならないと思っていたし、何月の出来事かも分からない。下手をすると一日じゃあ済まないな、と悲観して取りかかったんですが――」

壁ぎわに置いてあった椅子を引き寄せて、俊記は腰を下ろした。

「昭和二十六年の五月十三日、でした。その記事が、あったんです」

「昭和二十六年……」

「三十五年前、です。噂のとおりでした」

俊記は両膝の上に肘をのせ、やや前屈みになった。

「聖真女学園高等学校・聖真寮の特別室で、当時二年生だった岩倉美津子《いわくらみつこ》という生徒が死んでるんです。灯油をかぶって焼身自殺、と新聞は報道しています。浴室で、シャワーの水を出しっぱなしにして、という記述もあった。遺書は発見されなかったが、教師や生徒たちの証言などから、異常な心理状態における発作的な自殺、と判断されたといいます。

だからつまり、あなたが聞いた『伝説』は、でたらめどころか、かなり事実に忠実なものだったわけです。『ミツコ』という名前も一致してますね。ただ、その解釈が違う。ミツコは『魔女』で、火刑に処されたのだ、というのが噂の中での解釈なんだから。

実際のところ、美津子はなぜ死んだのか。自殺だったのか、あるいは誰かに殺されたのか。新聞の記事だけではもちろん、判定のしようがありません。けれども、一つ思うのは——」

無精鬚のせいでよけいに細く見える顎を、俊記は指でさすった。

「噂っていうのは、たとえどんなに事実をデフォルメしてしまったものであっても、どこかにその出来事の本質を突いた一面を含み持っているものだ。そう思うんです。時としてそれは、単なる事実の記録よりも鋭く鮮やかに、僕らに出来事の実相を見せてくれる」

冴子が曖昧に首を傾げるのを見て、俊記は軽く頭を掻きながら、

「ええとですね、要するに、噂といっても莫迦にはできないという話です。もっとも、だからといって、三十五年前の事件が殺人だったと断定するわけにはいかないけど。その可能性も、少なからずあるってことですね。今回の恵の事件と同様に、宗像家から警察へ、何らかの圧力がかけられた可能性も当然、考えられる。とにかくね、『伝説』の原型となる事件が存在したのは確かだったわけです。――もう疲れちゃいましたか」

「いえ」

冴子は首を振った。

「大丈夫。続けてください」

「気分が悪いのなら……」

「いいえ、全然」

内容はともかく、俊記の話に耳を傾けていると、なぜかとても落ち着いた気持ちになった。冴子はせいいっぱいの明るい表情で、

「本当に大丈夫。だから、続けてください」

「じゃあ――」

と、俊記は背筋を伸ばし、

「とにかくそれで、一つの確認が得られたわけですね。このことが現在の事件とどうつながってくるかは、いろんな考え方があると思うんですが、ここではあとまわしにするとして。図書館を出ると、さっきも云ったとおり、僕は警察署へ向かいました。そこで新たな事件の発生を知らされて、その日はもう刑事に話を聞くどころじゃなかったんだけれども、次の日――きのうですね、あなたの容態を訊きにここへ来たあとでもう一度、警察へ出向いてみたんです。そうしたら、予想外の情報を手に入れることができたんですよ。

藤原っていう刑事さんと会って、話をしたんですけどね」

「藤原……」

聞き憶えのある名前に、冴子は声をこぼした。

「あれ。知ってるんですか」

「ええ。あの、このあいだ——堀江さんの事件があったとき、いろいろと質問された人で」

「そうだったんですか」

俊記は睫毛の濃い黒眼がちの目をしばたたかせながら、

「叩き上げのヴェテラン刑事で、でもあと何年かで定年なんだとか。恵の遺体を確認にいったときにもちょっと言葉を交わしていて、そのときの彼の、何か含みのあるような云い方が気になってたんです。この事件はまず自殺として片づけられることになるだろうな、って」

「じゃあ、あの刑事さんも？」

「ええ」

俊記は頷いて、大きく長い息を吐いた。

「疑っている、と云ってましたよ。恵の死について、そして三十五年前の岩倉美津子の死についても……」

4

「結局のところ、私がこの年にして冴えない平刑事でいるのも、あのときあの事件にこだわってしまったから——要領よく割り切ることができなかったから、なんでしょうな」

警察署の近くの安っぽい喫茶店の一席で、砂糖とミルクをたっぷり入れたコーヒーをちびちびと啜《すす》りながら、藤原は語った。

「三十五年前といえば、私は警察に入って巡査になって、まだ何年めか、というころでした。将来は一線の刑事として、ばりばり活躍したいと思っていた。この職業に、何と云うか、ある種の幻想を持っていた時期でもあった。——ま、ぶっくさ云うのはやめましょう。いずれにせよ、そんな私だったから、あの事件が単なる自殺としてなるべく穏便に処理されようとしたとき、強い抵抗を感じたわけです。

高取さん。あなた、どの程度のことをご存じなんです？」

「学園の生徒たちのあいだに伝わっている話と、きのう図書館で調べた過去の新聞記事くらいのもの、ですが」

積極的な藤原の話しぶりに、俊記は少なからず驚いていた。それは彼が警察官という人種に対して抱いていた、漠たる偏見のせいでもあった。

「まあしかし、それだけの材料があれば、今回の妹さんの件と引き合わせて疑ってかかるには充分でしょうな」

藤原は背広のポケットから皺くちゃのハイライトを取り出し、一服つけた。

「ひととおり、あなたが知らないだろうと思われる事実を説明しましょうか」

「お願いします」

「三十五年前に死んだ生徒の名は、岩倉美津子。戦後はずっと使用されていなかった、例の特別室を開放したというだけあって、父親は大変な資産家、かつ名士だったようです。この娘が、あの部屋の浴室で焼け死んだわけですな。灯油をかぶって、マッチで火をつけた。おそらく事前にシャワーの水を出しておいて、自分が息絶えたあと、その火が建物に燃え移らないようにしたんだろうと、そういう見解でした。ただ、新聞には載っていなかったと思いますが、さらに一点、普通の焼身自殺とは違ったところがありましてね」

「というと？」

「どうも美津子は、火に包まれる前に、喉を剃刀《かみそり》状のもので切っていたみたいなんですな」

「そう。というのも、現場からはそれらしき刃物が見つからなかったんです」

「剃刀状の？」

「それじゃあ……」

「他殺の可能性が大だ——と、捜査員の誰もが思ったに違いない。ところが、いかんせん焼死体というのはあのとおりの代物でしょう。喉の状態もかなりひどくて、その傷の深さもはっきりしなかった。しかし、死後に焼かれたものではないという所見は確かだったので、おそらく死のうとして喉を切ったが死にきれず、部屋にあったストーヴ用の灯油を使ったんだろう、と。そんなふうに私は、当時の上司から聞かされました。要するに、他殺の線は切り捨てよう、ということです」

「現場から刃物が消えていた事実は無視して？」

「そうです」

「強引ですね」

「まったくそのとおりですな」

藤原は苦々しげに煙草の煙を吐いた。

「警察の上のほうにある圧力がかけられたのだと知ったのは、だいぶあとになってからでした。あまり具体的な話は控えますが……当時この町の市長で、あの学校の理事長でもあった宗像倫太郎の力が働いたと想像するのは、まあ、若造だった私にもむずかしいことではなかった。宗像倫太郎といえば、政治家であり実業家であり、そのうえ相当に有名な教育者でもあったと聞きますがね、それだけにスキャンダルは何としても避けねばならなかったと、そういうわけでしょうな。

しかしながら、やはり私には納得できなかった。若かったんだ、と云ってしまうとそれまでですがね、つまるところはそのおかげで——賢く体制に従うことができなかったせいで、その後の出世を棒に振ってしまった」

「岩倉美津子の、自殺の動機についてはどうだったんでしょう」

「いちおう、それらしい説明はなされましたよ」

藤原は胡麻塩頭を撫でながら、

「奇妙な娘だったのは確かみたいですな。精神的なところに少々、問題があったらしい。自分のことを、その、『魔女』だなどと云っていたとも聞きます」

「魔女って……本当ですか」

「ええ。そう自称して、かなり好き勝手なふるまいをしていたらしい。自分には魔力があるとか、逆らうと恐ろしい目に遭うぞ、とか云ってね。学校のほうもまあ、彼女の親の手前、あまり口が出せなかったってことです。あの『聖真』が、と驚きたいところですがね、そうせざるをえないような力関係があったんでしょう」

「力関係、か。いやな言葉ですね」

「だからまあ、油をかぶる動機はあったと云えなくもない。ただし、私にはむしろ、そういった美津子の性行は、自殺よりも他殺の動機になりうるものと思えた」

「分かります」

「三十五年前の事件は、ま、そういうことです。今となってはもう、手の出しようもない。生徒たちの噂話以外は、思い出されることもない。警察内部ではいまだに、あの事件について語るのはタブー視されてますよ」

言葉を切って、二本めの煙草に火をつける藤原を見つめながら、俊記は云った。

「恵――僕の妹の件については、卒直な話、どう思われますか」

「衝動的な自殺」

藤原はややぶっきらぼうに答えた。

「これが警察の見解ですな」

「しかし、それは……」

「そうですよ。最初に高取さん、あなたが云ったとおり、今度の事件に対してもまた、昔と同じような圧力がかかった。そのとおりです」

「じゃあ、やっぱり妹は」

「ちょっと待ちなさい」

藤原は煙草を指に挟んだまま、緩く手を振った。

「だからって、何も他殺と決まったわけじゃない」

「その疑いはあるわけでしょう？」

「疑いは、ね。あくまで疑いですよ」

「証拠がないのは分かってます」

思わず声高になっていたのに気づき、俊記は声を抑えた。

「たとえば、岩倉美津子のときと同じような刃物の傷や何かは、妹の場合、なかったんですか」

「何とも云えませんな」

と、藤原は答えた。

「私は、いま云ったようなわけで、警察の中ではあまり良い立場にないんですよ。要注意人物ってとこですかな。だから、仮にそういう事実があったとしても、私の耳には入ってこない。上のほうで情報がカットされてしまう可能性があるわけです」

「そうですか。――でもね、僕はやはり、あれは自殺じゃなかったと考えます。感傷的な意見としてではなく」

「ほう」

「だって、そうでしょう。今回の事件はまるっきり、三十五年前の事件と同じ状況で起こってるんです。偶然の一致とはとうてい考えられない。どこかに誰かの、何らかの作為があるとしか思えない」

「自殺にさいして妹さんが、かつてあの部屋であったと聞いていた事件を真似た、とは考えられませんかな」

「どうして――」

俊記は声を詰まらせた。

「どうして、妹が真似なきゃならないんですか」

「それは云いっこなしだ。自殺者の異常心理の分析など、しようと思えばいくらでもできるでしょう」

「――ありえませんよ」

俊記はいささか自嘲的な気分になって、

「感傷的な云い方でしょうか」

「ふむ。しかし的外《まとはず》れではない」

「えっ」

「本音を云えば私も、妹さんが自殺したという説には賛成じゃありません。普通の自殺にしちゃあ、あまりにも状況が不自然すぎる」

「殺された、と？」

「そう断言するのにも、実は抵抗があるんですな。確かに妹さんの事件は、三十五年前の事件と酷似していて、そこに何らかの作為を感じさせる。しかし、他殺と考えるにしても、いったいなぜ犯人はそんな犯行方法を選ぶ必要があったのか。これは問題でしょう」

「――そうですね」

「まあ、いくらそう思ってみたところで、今の私には、当局の見解に逆らってまで今回の件に首を突っ込む元気がない。たとえ元気があったとしても、平刑事としての身分じゃあ、あの学校へ行ってあれこれ調べることもままならないんですよ。宗像倫太郎の娘であるあそこの校長の目が、いつも光ってましてね。まったくもう、こうなると何のための警察か分かったもんじゃない」

藤原は丸い顔を皺だらけにして、複雑な笑みを作った。

「おとといときのう、連続して起こった殺人のことは？　むろんご存じでしょうな」

「ええ、いちおう」

「最初は私もその捜査に加わっていたんですがね、きょうになってきっちり外されてしまいました」

「え？　ということは、つまり……」

「またしても、い、いい、ってわけです」

ああ、それで――と、俊記は思った。藤原の口がこうも軽いのは、そのせいだったのか。

刑事は空になったカップを脇にのけて、テーブルに片肘をついた。

「おとといの一人めは、寮の庭で殺された。凶器は刃物。包丁やナイフのたぐいと思われるが、現場に残されてはいなかった。性的な暴行の形跡はなかったものの、おそらく変質者による通り魔的な犯行だろうという線がまあ、客観的に見ても強かったんですな。

ところが、きのう発見された二人めの死体は、手口からして同じ犯人の仕業らしいんですが、この状況がどうも変だ。どうも解《げ》せない――と、私でなくても感じるようなものだった。変質者の犯行にしてはおかしな点が目立ったんです」

「具体的に聞かせてもらえますか」

「いいでしょう。どうせもう、私には関係ないことだから」

藤原はもう片方の肘もテーブルに上げて、組み合わせた両手に顎をのせた。

「被害者は中里君江といって、先に殺された堀江千秋と同じ二年の生徒でした。何でも彼女は、おとといの夕方に寮内で不祥事を起こしたらしい。罰としてその夜は、謹慎室という離れみたいな建物があって、そこに閉じ込められていたんですな。

ところがきのうの朝、この謹慎室の入口の鍵が外から壊されていた。山村トヨ子という例の管理人が、朝食を運んでいって気づいたそうです。室内にはそして、中里君江の姿がなかった。近辺を捜索してみたところ、謹慎室からいくらか離れた場所にある池のはたで死体が発見された。——と、こういうわけです。

同じ変質者の犯行だということも、もちろん考えられなくはない。だが、そうだとすると犯人は、たまたま謹慎処分を受けてそこにいた生徒を、犯人のほうもたまたま見つけて、襲撃をかけたという話になる。しかも、あの夜はひどい雨だったでしょう。あんな悪天の中を、はっきりした目的も目標もなしにうろついていたとは、いくら異常者でもちょっと考えられない。とすれば、これは外部犯による行き当たりばったりの犯行ではなく、むしろ……」

「中里君江がその夜、謹慎室に入れられていることを知っていた——内部の者の仕業ではないか、と？」

「そう考えるほうが自然でしょう」

「確かに」

俊記は冷めたコーヒーカップを口に運びながら、

「その、入口の鍵を保管していたのは誰だったんですか」

「なかなか鋭いところを突いてきますね」

藤原はにやり、と笑った。

「原という、その日の寮監に当たっていた教師。それから、彼女もその日は寮に泊まり込んでいたという宗像校長。この二人です。内部の人間もすべて疑ってかかるとして、鍵が壊されていたという事実から、いっけんこの二人は除外できそうですが、どっこいそう素直にはいかない」

「そりゃあそうでしょうね。鍵を使って部屋に入ったりしたら、それだけで、犯人はすなわち鍵を持っていた人物だと知れてしまう。たとえ鍵を持っていたとしても、それを使う莫迦はいませんね」

「そのとおりです」

「刑事さんは本当に、二つの殺人の犯人は内部の者だと？」

「断言はできないが、少なくともきのうの時点ではね、私だけじゃなく捜査陣全体の目が、その可能性に向かおうとしていたんですよ。なのに、きょうになって急遽《きゅうきょ》、それを切り捨てる方向へ動きだしたんですな、上からの指示で。犯人はやはり外部から侵入した変質者だろう、と。そして、云ってみれば〝前科者〟である私は、真っ先に担当から外されてしまったわけです」

「宗像家の圧力、ですか」

「殺人犯が学校関係者の中にいる、なんてことになったら、そりゃあ名門『聖真』にとっては大打撃でしょうからな。たとえ事実を曲げてでも、ここは何とかしなきゃならない」

「そこまで宗像の力は大きいんですか」

「そうなんでしょうな」

「何とかして、捜査を内部に向かわせる方策はないんですか。犯人は相当量の返り血を浴びただろうし、凶器もどこかにあるはずですよね。ルミノール反応を調べれば、それこそ簡単に」

「無理ですな」

藤原は厚い下唇をぐいと突き出し、宙を睨みすえた。

「一刑事の力じゃあどうにもならんような状態なんですよ、ここの警察は」

「しかし、そんな……」

「まあ、もう一つ、今度はあの寮の建物の中ででも派手な殺人が起こってくれればねえ。さすがに捜査方針も、変更を余儀なくされるでしょうが」

やにで黄色く汚れた歯を剝き出して、藤原は卑屈な笑いを見せた。

「不謹慎ですな。これじゃあ、本当に刑事失格だ」

5

「高取さん。わたし……」

冴子は血の気の失せた唇を震わせながら、すがるような目で俊記を見つめた。

「わたし……わたし……」

「えっ」

俊記は驚いて口をつぐんだ。

「すみません。つい話すのに夢中で。気分が悪くなったんですか。だったら、看護婦さんを」

「違うんです」

冴子は大きくかぶりを振った。

「そうじゃなくて、わたし」

「どうしたんですか」

「もう、だめです。怖くて、もう」

「怖い？　そりゃあ無理もない。だって、身近な人間が立て続けに……」

「違うんです」

と、冴子は繰り返した。が、どうしてもその先の言葉を続けられない。

俊記は困惑の面持ちだった。椅子から立ち上がり、ふたたび窓辺に向かう。そのましばらく腕組みをして黙り込んでいたが、やがて――。

「やっぱり、迷惑でしたよね」

そう云って、冴子の顔に視線を戻した。

「あなたの同情に甘えすぎてしまって。こんな話、聞いて気分のいいわけがない。病室まで押しかけてきて、こんな……非常識でした。許してください」

俊記は目を伏せて、病室のドアに向かった。

「ありがとう、和泉さん。またお会いすることがあれば、今度こそ楽しい話を」

「あ……」

冴子は身を起こして、

「あの……わたし、迷惑だなんて」

「いいんですよ」

いたわるように云って、俊記は微笑んだ。

「じゃあ、これで」

「高取さん」

（待って）

ドアに手を伸ばす俊記。冴子はわれ知らず、ベッドから飛び出していた。

「待ってください」

冴子は俊記の腕にしがみついた。驚いて振り向く俊記。その胸に夢中で頭を押しつけて、しゃにむに首を振った。

「違うの。違うんです。わたし、自分のことが怖いんです。わたし、よく分からないけど、二人を殺したのは自分じゃないかって……」

「何を」

俊記は声を詰まらせた。

「いったい、和泉さん」

「助けて」

冴子は首を振りつづけた。痩せているのに、俊記の胸はこんなにも厚い。震える自分の身体はこんなにも小さい。――涙がとめどなく溢れ出した。

「お願い。わたし、独りぼっちなんです。わたし……」

いつしか俊記の手が、子供をあやすように冴子の髪を撫でていた。

「何があったんですか」

落ち着いた声で、俊記は云った。

「さあ、ベッドに戻って。良かったら、僕に話してください。いったい何が、あなたをそんなに怯えさせているのか」

俊記に抱えられるようにして、ベッドに戻った。涙を拭うのがひと苦労だった。乱れた呼吸を整えながら、そっと俊記の顔を見た。

「話してくれますか」

さっきの椅子に腰を下ろしながら、俊記は優しく云った。

「僕が相談相手になれるなら、何でも」

「——ありがとう」

やっとの思いで、そう応えた。自分の取った行動が急に恥ずかしくなってきて、頬が熱くなるのを感じた。

俊記は真摯なまなざしで冴子を見すえ、深く頷いた。

「話してくれますね」

促され、さらにいくらか戸惑ったのち、冴子は訥々《とつとつ》と語りはじめた。

6

「そんな事情があったなんて」

ひととおりの話を聞きおえると、俊記はそう呟いて天井を仰いだ。

「あなたが宗像校長の姪だなんて、思いも寄りませんでした。宗像家についてはさっき、ずいぶんひどい云い方をしてしまったな」

「気にしないでください」

冴子は俊記の顔を見つめながら、

「宗像なんて、どうでもいいんです」

「しかし……」

「わたし、ずっと和泉のままでいるほうが良かった。何も知りたくなんてなかったんです」

「何と云っていいか、僕は……」

俊記はシャツの胸ポケットを探りかけて、はっと手を止めた。恵の死以来、煙草をやめたままでいるらしい。

「それで、和泉さん」

短い沈黙ののち、俊記は云った。

「あなたはその――夢遊状態の中で、自分が人を殺したんじゃないか、と本気で疑っているんですか」

「だって――」

冴子は消え入るような声で答えた。

「だってわたし、何も憶えてないから。クラスのみんなに魔女だって云われて、事件の犯人だろうって云われて……あのときも、違うって云い返しながら、でも本当に違うのかって、自分でも思えてきて」

「自分がやったっていう、確かな記憶もないわけでしょう。だったら」

「でもわたし、心のどこかできっと、堀江さんや中里さんを憎んでたと思うんです。だから、何て云うか、わたしの心の中にわたしの知らない何かが棲んでいて、今のわたしの意識がなくなるとそれが表に出てきて、もしかしたら……」

「そんなふうに、悪い想像にばかり囚われちゃだめだ。ほら、よくあるでしょう。どこか身体の調子が良くないとき医学書や何かを調べて、少しでも似た症状を見つけると、ああ自分はこの難病なんじゃないかとかね、そこまで気にしなくてもいいようなところまで心配になってきたり」

「それとはまた……」

「同じようなものですよ」

俊記はきっぱりと云った。

「とにかくまず、自分を信じることです」

「そんな……無理です、わたし。本当にわたし、自分が何をしたのか思い出せないんだから」

「あなたは人殺しができるような人じゃない。僕が保証しても、だめですか」

冴子は熱い瞼を掌で押さえた。涙がまた溢れ出しそうだった。

「ありがとう。でもわたし、やっぱりだめです。信じること、できない。それに、今でも耳に蘇ってくるんです。あのときの、クラスのみんなの声。魔女、魔女……っていう。みんな憎しみでいっぱいの目をして、何かに取り憑かれたみたいに」

「今ではもう後悔していますよ。集団ヒステリーのようなものだったんです」

「でも……」

「そうですね。――じゃあ」

俊記は小さく何度も頷きながら、

「あなたが自分を信じられるようになるためには、あなたが云うその、記憶の赤い空白ですか、そいつを埋めてやるほかないってことですね。つまり――」

俊記は穏やかな、けれども力強い声と口調で語った。

「僕は心理学者でも何でもないけれど、あなたの記憶の空白や赤い眩惑感、それからときおり夢遊病のような状態になってしまうのも、すべては幼少時のトラウマに関係する問題だと思うんです」

「トラウマ？」

「心の傷、みたいなものです。で、その傷の原因は十中八九、十二年前に起こった〝事故〟にあるだろうと。だから、それがどんな事故だったのかを調べ出して、あなたの心の無意識の部分に不自然な形で押し込められているそのときの記憶を、現在のしっかりした意識のもとに取り戻せれば。そうすればあなたは、今のように不安定な状態から抜け出せるはずです」

「──本当に？」

「きっと」

俊記は冴子をじっと見つめた。冴子は震える指を強く組み合わせ、小さく頷いた。

「だけど、どうやって？　伯母さまは、いくら訊いても話してくださらないし」

「僕が調べてみますよ」

俊記は自分の胸に手を当てた。

「ただし、いいですか、和泉さん。あなたも覚悟をしなけりゃならない」

「覚悟？」

「そうです。あなたの心が十二年前の事故の記憶を消し去ろうとしているのは、それがあなたにとって、よほどショッキングな、忌まわしい出来事だったからに違いない。これはね、あなたの伯母さんが云うとおりだと思うんです。だから、それを知るには相応の覚悟が必要だろう、と」

（忌まわしい出来事……）

冴子の頭に、夢で見たクリスマスの夜の光景が（……めりー……）瞬《またた》く。あれが

(……くりす……ます）光景が。

りすます）そうなのだろうか。あの、血の海のような（……めりー、く

「怖いですか」

と、俊記が訊いた。

「――ええ。でも」

俊記の黒い瞳を、冴子はまっすぐ見つめ返した。

「わたし、やっぱり知らなきゃ。でないとわたし、このままじゃ気が狂ってしまいそう。――高取さん。お願いしても、いいですか」

「独りぼっちなんでしょう？」

俊記はベッドの端に置かれた冴子の手に、そっと自分の手を重ねた。

「僕も、同じだから」

「ああ……」

冴子はもう一方の手で、こぼれる涙を拭った。

「ありがとう。わたし……」

「さっそく調べてみます」

俊記は冴子の手をぎゅっと握りしめ、そして放した。

「何か判明すれば、すぐに連絡しますから。それまではとにかく、疑心暗鬼にならないように。いいですね」

冴子が頷くのを見て、俊記は優しく微笑んだ。

「僕は信じてますよ、あなたを」

†

†

†

姉が、嘘をついた。

今度の誕生日にくれると約束したオルゴール。赤いビロード張りにたくさんの宝石をちりばめた、きれいな小箱。——蓋を開けると、物哀しい異国のメロディが、透きとおった音色で奏でられた。

大事にしていた小鳥が死んだとき、泣きじゃくる少女に姉は約束した。少女が前から欲しがっていた、その自分のオルゴールをあげるから、と。

なのに……。

庭の叢《くさむら》で、行方不明になっていたユキの死体が見つかったその日、姉は今まで見たこともないような怖い目で、少女を睨みつけた。そして云ったのだ。

「あなたが殺したのね」

(ユキは「しけい」にされたの)

応えるまもなく、

「オルゴールはもうあげないわ」

吐きつけるように、姉は云った。
(……うそつき)
その夜、少女はナイフを握った。
(うそつきは、わるいこと)
ナイフは姉の左腕を傷つけ、赤い血に濡れた。

第8章　贖罪《しょくざい》の山羊

1

「いずれまた、お会いすることもあるだろうなとは思っていましたよ」

小柄な初老の刑事は、神妙な顔で俊記を見た。

「しかし、あの生徒さんが宗像校長の姪だとは知らなかった。それにねえ、今ごろになって校長の妹——宗像加代の名を聞こうとは」

「疑ってらしたんでしょう？　三十五年前のとき」

「ええ。昨夜、電話でも少し云いましたがね、宗像倫太郎が事件を自殺で済ますように力を加えたのだと聞いても、どうもその、何かひっかかったもんですから」

「それはつまり、学園の名誉のためだけでなく、宗像家そのものの名誉に関わる問題であれば……」

「そうです。おそらく彼は——というより宗像家は、どんな手段でも講じたに違いなかろう、と」

九月十九日、金曜日の午後一時。

先日と同じ喫茶店の一席で、高取俊記はふたたび藤原刑事と向かい合っていた。きのうホテルに帰ってから俊記は、もらっていた名刺を頼りに、藤原に電話をかけたのだった。冴子の話を聞いて、実は一つ思いついたことがあった。まずはそれを確認してみたかったのだ。

その思いつきとは——。

現校長の宗像千代は冴子の伯母、すなわち冴子の母親の姉に当たる人物だ。冴子によれば、千代は現在、五十四歳。岩倉美津子が焼死した三十五年前の事件のとき、彼女は十八か十九で、高校を卒業したばかりだったという計算になる。

その千代の妹であり、冴子の母である人物——宗像加代は、では、そのとき何歳だったのか。

加代のはっきりした年齢は、冴子も知らされていない。だが、仮に千代と二歳違いだったとすれば、三十五年前には十六か十七……。

冴子が「聖真」に入れられている事実から考えて、千代や加代もまた同じ高校の出身だった可能性が高い。とすると、あるいは当時、宗像加代が「聖真」の二年生で、問題の岩倉美津子と同級だった可能性もあるのではないか。

だったらどうなる？　というところまで、確信をもって考えたわけではない。が、もしもそうならばこれは、俊記はもちろん冴子にとっても未知の人物である宗像加代の、その後の消息を知るための絶好の材料になりうるだろう、と思ったのだ。

なぜなら、もしも加代が美津子の同級生だったとすれば、事件に不審を抱いていた藤原のような刑事はおそらく、宗像家の人間である彼女の存在に対して、多かれ少なかれ疑いの目を向けただろうから。――彼は考えたかもしれない。加代こそが美津子を殺した犯人ではないか、と。名門「聖真」のためだけでなく、宗像家そのものから犯罪者を出さぬため、宗像倫太郎はどうしても事件を自殺として片づける必要があったのではないか、と。

いささか強引な想像かもしれない。こんなふうに考えるのは、誰よりも冴子に対しての裏切りだろうか、と躊躇しつつも、俊記は藤原に自分の考えを述べた。そして幸か不幸か、それは的中していたのだった。

「確かにね、死んだ岩倉美津子と同じクラスに、宗像倫太郎の次女・加代がいると知ったとき、私は彼女を疑ってみましたよ」

と、藤原は電話で語った。

「しかし、何一つ証拠があったわけじゃない。他殺事件としての捜査は結局、ほとんどなされなかったんですから。それこそ単なる想像というか、勘というか。宗像という権力に対する青臭い反発心ゆえの、根も葉もない疑いだった――と、今では思っていますがね」

「根も葉もない疑い」と聞いて、俊記はいくらか安心した。加代を三十五年前の事件の犯人と見なすのは、決して彼の本意ではなかったからだ。知りたいのはその後のこと、だった。

宗像加代のその後の人生についての何某かの情報が、もしかしたら藤原の手にあるのではないか、と思った。こちらの事情をある程度、話したうえで尋ねてみたところ案の定、彼は知っていた。

「もう十年以上も前の話になりますな。あなたが云っているのはたぶん、あの事件のことでしょう」

「知っておられるんですね」

「細部までは憶えてませんがね、だいたいのところは」

「できればその、なるべく詳しく、その事件について知りたいんです」

「そうですな。じゃあ――」

俊記から冴子の素性を聞いて、藤原は少なからず興味を持ったようだった。

「新聞のスクラップがね、うちにあるんですよ。気になった事件の記事をずっと保存してあるんです。そいつを今晩、調べてみますから。そうだな、あしたの昼過ぎにでもまたお会いしましょうか」

そして、今――。

刑事は鞄から茶色い表紙のスクラップブックを取り出し、俊記の前に置いた。

「その、初めのページにありますよ。あまり詳細な記事ではありませんがね。ゆうべ読み返してみて、かなり思い出したこともあるから、私の知識を補ってお話ししましょう」

「お願いします」

と頭を下げ、俊記はスクラップブックを開いた。

雪の別荘地　父娘《おやこ》無惨

そんな見出しが、目に入った。

「宗像加代は『聖真』を卒業すると、姉・千代のように大学へ進むこともなく、この町の宗像の家にとどまって、父母のもとでいわゆる花嫁修業をしていたようですが」

藤原は煙草に火をつけ、話をはじめた。

「実際の結婚は、だいぶ遅かったんですな。宗像家の内部の事情は知りませんが、まあ、ふさわしい相手を探すのに時間がかかったのか、加代の選り好《えごの》みが激しかったのか、その辺でしょう。――で、加代が結婚したのは彼女が二十八の年。相手は大河原《おおがわら》肇《はじめ》という、彼女よりも十歳近く年上の男だった」

「そのとき、姉の千代のほうは？」

「千代はその二、三年前、今の夫と一緒になっています。こちらも、当時としてはかなり遅い結婚ですな」

「なるほど」

「小さな町のことですからね、宗像といったこの町一番の名士の娘となると、その結婚の噂はいやでも耳に入ってきたものです。もっとも私にしてみれば、それは単なるゴシップ以上の意味を持っていたことになりますが。

さて、と。その大河原という男が、つまりはあの生徒さん――和泉さんですか、彼女の父親になるわけですな。彼は静岡のほうの、これもまた相当な資産家の息子で、結婚当時、すでにいくつかの会社を任されていたといいます。宗像家のほうは、千代が婿養子を取っていたからそれで良しというわけで、加代は大河原家へ嫁に行った。――とまあ、ここまではべつに問題のない話でした」

藤原は唇の端に煙草をくわえ、スクラップブックを指さして俊記の注意を促した。

「昭和四十八年十二月三十一日の新聞記事です。今から十二年と九ヵ月前になりますか」

「十二年九ヵ月……」

「宗像加代が三十九歳、冴子さんが四歳かそのくらいのときですな。記事を読んでみてくれますか」

「あ、はい」

俊記は、相応に古びて変色したその新聞の切り抜きに視線を落とした。

「ええと……三十日午後二時ごろ、長野県北佐久《きたさく》郡軽井沢《かるいざわ》町《まち》の大河原肇さんの別荘で、肇さん（四十七）と長女・圭子《けいこ》ちゃん（六）が刺殺されているのが発見された。肇さんは静岡県静岡市在住の会社社長で、クリスマスから正月にかけてを別荘で過ごすため、妻の加代さん（三十九）、圭子ちゃん、次女・冴子ちゃん（四）の家族三人を連れて、二十三日夜から当地に滞在中だった。加代さんと冴子ちゃんは同別荘内にて、無事でいるところを保護されたが、二人とも身体的・精神的に衰弱が激しく、いまだ有効な証言は得られていない。警察では、このところ頻発している別荘荒らしの仕業という見方で捜査を進めている」

「まあ、それが事件の概要なわけですが」

藤原の声に目を上げた俊記は、納得のいかぬ面持ちで、

「これは……じゃあ刑事さん、宗像加代はこの事件で亡くなってはいない？」

「そういうことですな」

藤原はゆっくりと頷いた。

「彼女が死んだのは、もっとあとになってから——その事件から五、六年経ったころなんです」

「五、六年後？」

「ええ。ここのとなりの町の、ある精神病院で」

「何ですって」

俊記は腰を浮かせ、思わず大声を上げた。

「いったい、それは」

「まあまあ、落ち着いて、高取さん。驚かれるのも無理はないが、宗像校長が十二年

前の事件のことを和泉さんに話したがらないというのは、おそらくその辺の事情が噛んでるんでしょう。誰だって云いにくいもんですよ。母親は気が狂って死んだんだ、とはね」

「どういうことなのか、順を追って説明してもらえますか」

「お話ししますよ」

藤原は、短くなった煙草をなごり惜しげに灰皿で揉み消した。

「ただし、この話をあの生徒さんに伝えるかどうかは、慎重に考えたほうがいい。よろしいですかな」

2

九月二十日、土曜日。

きのうは結局、俊記からは何の連絡もなかった。

十二年前にあったという事故について、彼は調べてくれると約束した。けれど、いったい何を糸口に調べるつもりなのだろうか。

冴子はいくらかの後悔の念を自分の心に見つけ、やりきれない気分になった。

記憶の中の〝赤い空白〟を埋めることによって初めて、わたしは今の不安定な状態から抜け出すことができる。――俊記の考えは正しいと思う。だが、その空白に秘められているものの正体を想像するとき、冴子はほとんど原始的なまでの激しい恐怖に囚われるのだった。

覚悟が必要だ――と、俊記は云った。冴子は覚悟したつもりだった。けれども……。

独り病室に残され、物思いにふける時間が重なるにつれて、あのときの決心は揺らいでくる。

どうしてもやはり、怖いのだ。恐ろしいのだ。

十二年前の出来事――そこに赤い（緋い！）、真っ赤な血の色とにおいを感じ、心が悲鳴を上げるのだ。思い出したくはない、思い出してはいけない！と。

あんなことを俊記に頼んだのは、間違いだったのだろうか。いや、そもそも彼に自分の悩みを打ち明けたこと自体が……。

（……違う）

冴子は目を閉じ、首を振る。

（あれで良かったんだ。あれで……）

わたしは独りぼっちなんだ——と、俊記に云った。僕も同じだから——と、俊記は云った。あなたを信じている、とも云ってくれた。

今、その彼を信じられなくて、この先いったい何を信じることができるだろう。彼はきっと、失われた過去を探し出してきてくれる。そのときには、そうだ、覚悟を決めてそれと対峙しなければならない。対峙して、わたし自身の真実を知らなければならない。自分の内なるものに対する恐怖と、今は戦うべきときなのだ。今そうしなければ、わたしはこれからもずっと、正体不明の赤い呪縛を引きずりながら、巨大な不安と疑惑を自分の内側に向け、怯えつづけなければならない……。

過去と未来に向けられた感情と理性が、冴子の中で不断にもつれあい、ぶつかりあっていた。

ややもすれば、心が挫《くじ》けてしまいそうだった。すべての現実から逃げ出し、心の片隅に硬い殻を作って閉じこもってしまいたい気持ちにもなった。早く俊記に来てほしかった。早く彼の声が聞きたかった。そうすればきっとまた、戦う勇気が湧いてくる——と、冴子は信じていた。

*

守口委津子が病室を訪れたのは、その日の午後二時ごろのことだ。

学園の制服姿でベッドのかたわらに立った彼女に、冴子は最初、恐れと疑いのまなざしを向けた。

あの日——四日前、魔女という言葉を吐きつけるように浴びせながら、じりじりと詰め寄ってきたクラスメイトたち。その憎悪と嫌忌《けんき》に満ちた目が、まざまざと心に蘇る。助けを乞う思いで、冴子が委津子を見たあのとき……。

首を振りながら冴子のそばから離れていった委津子の目にもまた、明らかにほかの少女たちと同じ光があった。積極的に声を上げこそしなかったものの、彼女もまたあのとき、冴子に「魔女」を見ていたに違いないのだ。

「ごめんなさいね」

冴子の視線を受けると、委津子は小さな声でそう云った。

「ごめんね。あのとき、あたし、あたしたち……」

冴子は黙って横を向いた。

「怒ってる？　だろうね。でも、あのときはみんなどうかしてたのよ。あたしも怖くなっちゃって……ううん、あなたのことが怖くなったんじゃなくって、あのときの教室の雰囲気が」

委津子を責める気持ちは毛頭なかった。冴子だって彼女の立場に立たされたなら、たとえ窮地に陥っている人物の潔白を信じていたとしても、とうてい自分一人で庇《かば》うことなどできなかっただろう。

「あなたが窓から落ちてしまって、みんなとにかくびっくりしちゃってさ。綾さまがすぐに救急車の手配をしたんだけど、駆けつけた先生にはホントのこと、云えるはずもなくて、それで……」

何か言葉を返そうと思ったが、何と云っていいか分からなかった。わざわざ見舞いに来てくれた委津子の気持ちを、疑うつもりはもうない。けれど、だからといって素直にそれを喜び、すぐさま彼女を受け入れる気にもなれず……。

「ごめんね、和泉さん」

委津子は床に膝を落とし、ベッドの端に両手を置いた。

「あたし、生きた心地がしなかった。命に別状はなくて、大した怪我《けが》でもなかったたって、先生に聞くまで。もしものことがあったら、あたしたちが殺したみたいなものだもん。そうなってたら、あたし……」

今にも泣きだしそうな委津子の声。冴子は視線を戻して、

「もういいから」

やっとの思いで、そう応じた。

「仕方なかったんだから」

「仕方ないことなんてないわ」

「でも、あのとき関さんが……」

「あんなの嘘っぱちでしょ」

委津子は急に口調を強めた。

「あの人、きっとあなたを魔女にしたかったのよ。中里さんの事件がなくても、そのうちきっと、あたしや高取さんみたいに……」

「えっ？」

冴子は驚いて委津子の顔を見直した。

「それって……」

云ってしまった自分の言葉に、委津子のほうも驚いた様子だった。両手を口に当てて、ふくよかな頰をひくりと震わせた。

「ね、守口さん。いま云ったの、どういう意味？」

「ええと……ん、そうね」

委津子は何ごとか決心したように、ゆっくりと目を閉じ、開いた。

「迷う必要もないか。──そうだよね。そう。あたし、きょうはそのことを話しちゃおうと思って来たんだ。あなたに知らせておいたほうがいいと思って」

「──魔女のこと?」

「魔女……うん、そう」

委津子はちょっと首を傾げて、

「和泉さん、どこまで知ってるの」

「どこまでって……ほとんど何も」

「高取さんが魔女だったのは知ってたよね。それから、中里さんがあたしのこと、そんなふうに呼んだのも」

「ええ、それは」

「どうして高取さんやあたしは魔女なのか。ずいぶん変に思ったでしょ。特に高取さんの場合は、その直後にあんなことになったから」

委津子はいくぶん声をひそめ、冴子のほうに顔を寄せた。

「だいたい魔女っていう言葉の感じがね、不吉なのよね。でも、だから、その言葉のせいで、全部がこんなにいびつな形になっちゃったんだと思う」

「いびつな形?」

「うん。やってること自体は、もしかしたら何でもない、よくあるようなことなの。だけど……」

委津子はさらに声をひそめ、「ね、和泉さん」と続けた。

「この話、今ここで打ち明けても、先生には云わないって約束してくれる？　でないとあたし、もうあのクラスにはいられなくなっちゃうから」

なぜ？　と訊こうとして、冴子は口をつぐんだ。委津子の顔には、強い怯えの表情があった。

「分かった」

冴子は頷いた。

「先生には、云わないから」

「ありがと」

委津子はベッドに両手をのせたままの恰好で、ぺこりと頭を下げた。

「魔女狩りって、知ってるでしょ」

やがて、委津子はそう云った。

「昔のヨーロッパで、おまえは魔女だって云われた女の人が、裁判にかけられて何人も火あぶりにされたっていう」

「知ってる——けど？」

「うちのクラスで行なわれてたのは、それなの。魔女狩り。魔女裁判」

「ええっ」

冴子は一瞬、耳を疑った。

「どういうことなの」

「順番に話すね」

委津子はベッドから離れ、ぐったりと椅子に腰を落とした。

「そもそものきっかけはね、今年の春——五月ごろ、あの開かずの間——特別室のドアの鍵を、クラスの誰かが見つけたことだった。茶話室の戸棚の後ろに落ちてたんだって。落としたコインが棚の後ろに転がり込んじゃって、そのとき偶然、見つけたらしいの。だから最初は、何の鍵だか分からなかったんだけど、拾った子が綾さまにそれを見せたら、綾さまが、もしかしたら特別室の鍵じゃないかって。

あたし思うんだけど、それで綾さまはあんな、魔女狩りなんてことを思いついたんだ。和泉さんも知ってるでしょ？　あの部屋にまつわる話……魔女の伝説」

「三十五年前の事件、ね」

「そう。だからきっと、そうなんだ。——綾さまって、すっごい、きれいで何でもできて、クラスの女王さまみたいな人だったから、彼女が何かやろうって云うと、誰も反対なんてしなかった、できなかったの。最初はみんなびっくりしたはずだけど、でもね、気がついたらもう、クラス全体がそういう雰囲気になっちゃってて、どうしようもなくて……。

いつもさ、うちの学校のみんなって、ちょっとしたことでも先生に叱られて、ぶたれたり、独房に入れられたりしてるでしょ。規則でがんじがらめで、罰則を与えられてばっかり。だからみんな、どこかウックツしてたのよね。だから、捌《は》け口が欲しかった。いつも罰せられる側だから、そうじゃなくて罰する側——罰を与える側になりたいって、そんな気持ち」

「罰を与える側……」

冴子は思い出した。寮に入った最初の夜、恵が洩らした言葉のいくつかを。

(規則を破った場合には、ささいなことにもいちいちペナルティがあるの)

(ここは狂ってるって、さっき云ったでしょ)

(そもそもの原因はきっと、この異常なほどの厳しさなんだと思う)

「綾さまもね、何でもないように見えて、実はすごく不満を感じてたんだと思うの。だって、あの学校、あの寮、あの先生たち……ぜんぜん普通じゃないし。何で自分たちだけがこんな？　って思わないほうがおかしいでしょ。

でね、綾さまの発案で、それが始まったの。初めはちょっとしたゲームのつもりみたいだったんだけど……」

「魔女狩りの、ゲーム？」

「そう。綾さまが〝委員長〟。お取り巻きのあの四人——堀江さんと中里さん、関さん、桑原さんが〝委員会〟の幹部」

「委員会？」

「〝魔女狩り委員〟って、みんな呼んでるわ。魔女裁判の裁判官でもあって、綾さまが当然、裁判長。——それでね、五月の終わりに第一回の裁判にかけられたのが、あたしだったの」

委津子は大きく息をついた。

「どんな生徒が魔女にされるかっていう基準は、べつに決まってないの。誰かが『あの子は魔女だ』って云えば——でもって、委員会が、っていうより綾さまがそれを承認すれば、その生徒は裁判にかけられちゃうの。要は誰でもいいんだよね。イケニエみたいなものなんだと思う。

あたしが魔女にされたのは、いつもあたし、バカばっかり云ってるでしょ。うちの学校のみんなってたいてい変におとなしくて、どっちかっていうと暗いほうなのに、あたし、根が楽天的なのかホントにバカなのか知らないけど、いつもつまんない冗談ばかり云ってさ、よく笑うんだよね。いやなんだ、あんなふうに暗く沈んだ雰囲気って。だからきっと、そういうところが癇《かん》に障《さわ》ったんだと思うの」

「たったそれだけのことで？」

「そうよ。けど、それで充分なのよね。とにかく何か、ほかのみんなとは違うところがあれば。——特に綾さまが転校してきてからは、うちのクラスの子ってみんな、おんなじ顔になっちゃってるから。ほらね、みんないつもツンと澄まして、あんな喋り方して……だから、みんなとちょっとでも違うとすごく目立つの。みんなと違えばそれで、イケニエとしての資格は充分ってこと。

そんなわけであたし、裁判にかけられたの。放課後に教室で、クラスの全員が招集されて、正面に裁判官が並んでね、被告のあたしはその前に坐らされて。弁護士や検事はなし。裁判っていってもホント、名ばかりのものなんだけど。みんながあたしをコクハツして……ううん、告発っていうほど大したことじゃないの。要するに、みんなであたしに云いたい放題、悪口を叩きつけるわけ。そのあと、あたしが『魔女』なのかどうか多数決を採って、それから裁判官が相談して、最後に裁判長がハンケツを下すの。つまり何て云うか、みんなの気分が盛り上がればいいんだよね。そのための〝儀式〟とでもいうか、そんな感じ。

判決は『有罪』だった。そうして、あたしはケイを受けることになった」

「ケイって?」

「刑罰の〝刑〟よ。ショケイされることになったの。どんな処刑かっていうと、ここで出てくるのが、あの特別室で。魔女にされた者はね、あの部屋にひと晩、閉じ込められるの。魔女は魔女の部屋に入れ、入れ、って」

冴子は息を呑んだ。委津子は小さく横に首を振りながら、

「思い出すとやっぱり、ぞっとする。綾さまたち五人に夜、消灯時間を過ぎてからあそこへ連れていかれて。——和泉さん、あの中を見たことないよね」

「ええ」

「すっごい不気味なの。広くて埃だらけで、家具や何かにはぜんぶ白い布が掛けてあって。——最初に浴室を見せられてね、ここで昔、魔女が火あぶりにされたのよって云われて。そのあとひと晩中、外から鍵をかけられてね、出してもらえなかった」

「そんなことを……」

冴子は信じられない気持ちで、委津子の怯えた顔を見すえた。

「どうして先生に云わなかったの」

「云えるわけないよ」

委津子は強くかぶりを振った。

「告げ口なんかしたらそれこそ、やっぱりあの子は魔女なんだって云われて……そうなったらもう、学校やめるしかないもん。

とにかく一度、刑を受ければ済むからって自分に云い聞かせて、あたし、怖くてたまんなかったけど、我慢した。それで、魔女の罪は償われたわけ。何日間かはまだ誰も口を利いてくれなかったんだけど、そのうちそういうこともなくなって……。

ところがね、高取さんの場合はちょっと違ったのよ」

3

「高取さんが魔女にされたのは、七月の中ごろのことだった」

委津子は続けた。

「あたしの件が終わると、しばらくは魔女裁判、なかったの。みんなある程度、欲求不満が解消されたんだと思う。だけど、それもあんまり長くは続かなくて。

高取さんが訴えられたのは、やっぱりね、彼女がクラスの中でちょっと変わった存在だったから。無口で、友だちが少なくて、でもどこか芯の強そうなところがあったでしょ、彼女。ほら、みんなが怖がってる原のチビザルに、あんなふうに向かっていったりね。そのせいなんだと思うの。

たぶん、高取さんをいちばん面白く思ってなかったのは、委員会の人たちだったんじゃないかな。彼女、綾さまたちをバカにしてるみたいなとこ、あったから。もしかしたら当の綾さま自身が、彼女を魔女にしたかったのかもしれない」

冴子の脳裡に、城崎綾たちの顔が浮かんだ。最初の日、そしてその次の日、恵の名が出るたびに妙に冷たく表情をこわばらせていた、彼女たちの顔が。

「七月に高取さんは、あたしのときと同じように裁判にかけられて、ショケイされたの。処刑に立ち会ったのも同じ……綾さまたち五人だったはず。

そのときの様子がどんなだったのかは知らないけど、ただあたしの場合と違ったのは、それが済んでも、綾さまたちの彼女に対する態度は相変わらず冷たかったってこと。クラスのみんなもそれに引きずられて……夏休みがあって、二学期が始まってもね、高取さんはやっぱり魔女として見られてた。あなたも気づいてたでしょ？」

「——ええ」

「あたしと違って、たぶん彼女は強すぎたんだと思うんだ。処刑されても参ったりしなかった。先生に云いつけるような真似こそしなかったけど、でも何て云うか、綾さまたちに反抗してた。口には出さなかったけれど、どこか態度に出ちゃうのよね。だから……」

いつか俊記が語った恵の性格（どこかつっぱってて、頑なになりがちな）（純粋で、優しい）（正義感も強くて）（それを照れて隠そうとする、みたいなところが）を思い返し、冴子には委津子の云わんとするところが、何となく分かる気がした。

「あのね、和泉さん」

委津子は改まった調子で云った。

「あの日のこと、憶えてる？　あの日——あたしがあなたを図書室へ案内した日」

冴子は頷いて、

「それが？」

「あの日、あなたが保健室へ行った事件で、原のオバサンが癇癪を起こしたよね。あれがホントにまずかったんだ」

「あのとき、高取さんがわたしを助けてくれたから？」

「そう。よけいな真似をして、って、みんな思ったに違いないの。悪いのは彼女だ、彼女はやっぱり魔女だ、って」

「そんな」

「一度処刑されたにもかかわらず、反省の色が見られないっていうんで、あのときあなたが保健室へ行ってるあいだに、委員会が彼女の二度めの裁判を決めちゃったの。そしてあの日の放課後、それが行なわれることになった」

「まさか、それをわたしに知られないようにするために……」

「そうなの」

委津子は目を伏せた。

「転校してきたばっかりで何も知らないあなたに、魔女狩りゲームのことを知らせるのは危険だから。しかもあなた、校長先生の姪だっていうし。いずれ知らせるにしても、もう少し様子を見てからにするつもりだったらしい。そこであたしが、あの六限目のあと、あなたを図書室へ連れていけって命令されて。そのあいだに教室で、高取さんの裁判があったのよ。

あのときあたし、あなたが調べものがあるからって図書室に残るようだったから、教室へ戻ってみたんだ。ホントは、あなたが寮へ帰るまで見張ってるようにって云われてたんだけど。

教室の雰囲気は変……異様だった。ちょうどこのあいだの、あなたが窓から落ちたときみたいな。あんな大声は誰も出さなかったけど、でも何だか、とても怖い雰囲気で。高取さん、完全に魔女扱いされて……それでまた、処刑されることに決まって」

あの日、遅くに部屋へ帰ってきた恵は冴子に、例の池まで散歩に行ってきたのだと告げた。気分がむしゃくしゃするときにはよく行くのだ、と云っていた。

(そんな理由があったなんて……)

それから、あの夜ふと耳にした恵の独り言(どうってことない。どうってこと、ない)。自分に云い聞かせていたような、あの呟きは……。

「じゃあ、その〝処刑〟が行なわれたのが、あの日の夜だったの?」

委津子が無言で頷くのを見て、冴子は「ああ……」と声を洩らした。

恵は耐えていたのだ。このあと自分がふたたび理不尽な「刑」に処されるのを分かっていて、そのことを冴子に話しもせず、それどころか、冴子がよけいな心配をしないよう、薬を飲んで早く眠るようにとまで云って。そして――。

あの夜、あの部屋で彼女は死んだ。

「なぜ?」

絞り出すような声で、冴子は訊いた。

「なぜ、彼女は死んだの」

「──知らない」

委津子は力なく答えた。

「怖くて……それと、みんなに魔女呼ばわりされるのがつらくて、自殺したんだって。誰かがそう云ってたけど」

「だったら、自殺に使った灯油は？」

冴子は声を高くした。

「彼女、あそこに閉じ込められていたんでしょう？　初めからそのつもりで、灯油を用意しておいたなんてはずは……」

「分かんないわ」

委津子の顔は蒼ざめていた。

「でもこんなこと、先生や警察の人に云えるはずがないもん。みんな、自分たちが彼女を追いつめたんだと思って怯えてるけど、それでも黙ってるしかなくて」

「城崎さんたちは？　何て云ってるの」

「何とも。けれどあたし、関さんに云われたわ。高取さんの自殺が魔女狩りゲームのせいだとしたら、これはクラスみんなの責任だって。ゲームの話を誰かほかの人に洩らすのは、みんなに対する裏切りだって」

「じゃあ、どうしてわたしに？」

「耐えきれなかったから。それに、あなたにだけは云っておかないとって思ったの。このあいだあんな目に遭ってさ、これでもしも、クラスの事情を何も知らないであなたが学校に帰ってきたら、また何かひどいことが起こりそうな気がして」

「――そう」

冴子は天井を見つめた。ありがとう、とはどうしても云えなかった。

「和泉さん。あたし、どうしたらいいんだろう」

委津子は丸い目の端を細かく震わせた。

「堀江さんが殺されたでしょ。そして、次の日に中里さん。先生は、誰か異常者がうろついてるんだ、すぐに警察が捕まえてくれるって云ってるけど、クラスのみんなは怖くて仕方ないのよ。だって、殺されたの、二人とも委員会の人だから。高取さんの霊が祟《たた》ってるんだとか、ひょっとしたら彼女が実は生きてて、なんて本気で云いだす子もいるの。これでもしも、また誰かが……」

そのとき、病室のドアがノックされた。委津子はびくっとして口をつぐみ、冴子は頭を起こしてドアのほうを見た。

「はい？」

「面会の方です」

と、看護婦の声が聞こえた。

「はい。――どうぞ」

まもなくドアが開き、高取俊記が部屋に入ってきた。

4

「魔女狩り、か」

俊記は憮然《ぶぜん》と腕を組み、云い落とした。

「ありがとう。話してくれて」

守口委津子はもういなかった。冴子の紹介で俊記が恵の兄だと知ると、心底から驚いた様子で、挨拶もそこそこに出ていってしまったのだ。

無理もない――と、冴子は思った。

冴子に真相の一端を打ち明けた矢先、予想もしない人物が現われたのだ。みずからも関係していた異常な〝ゲーム〟の、云ってみれば〝被害者〟となった少女の兄――

その前で、あれ以上どうして何気ないふうを装えるだろう。

委津子が去ったあと、冴子は迷った末、彼女から聞いた話を俊記に伝えた。

先生には云わない、と委津子に約束した。千代には決して云わないつもりだし、警察に話すつもりもなかった。しかし、俊記にだけは話さずにいられなかった。

「信じられないようなことですよね」

眉を寄せて黙り込んだ俊記から目をそらしながら、冴子は云った。

「おとなしくて、先生の云いつけをちゃんと守る生徒がほとんどなのに、みんなでそんな……」

「いや。きっと、そうであるからこそ、なんでしょう」

俊記は云った。

「普段はおとなしい、従順なお嬢さまの集まり。学校の規則に縛られて、何かというと教師からペナルティを科される。そんな環境だからこそ、いったん自分たちが〝裁く側〟にまわってその味を知ってしまうと、それに酔ったみたいになってしまう。

恵やあなたから、いくらか学園内の事情を聞いているから、何となく分かるような気がします。やっていることはいま流行りの〝いじめ〟と同じだけれども、それが『聖真』という、ある意味で極端な閉鎖社会の中で起こると、何て云うのかな、そう、彼女――守口さんが云ったとおり、形がいびつになってしまうんだ。〝いじめられっ子〟に『魔女』という名を付けたのが、そのいびつさの象徴ですね」

彼は冷静だった。冴子はそこに、恵や綾とはまた違う「強さ」を見ていた。

「いわゆる魔女騒ぎがかつて、厳格な規律に縛られたカトリックの女子修道院の中で頻発した、という話を聞いたことがあります。『聖真』は宗教校ではないけれど、何か類似したものを感じますね。

和泉さん、〝贖罪《しょくざい》の山羊《やぎ》〟っていう言葉を知ってますか」

「さあ」

「〝scapegoat〟という英語の訳です」

「スケープゴート?」

「ええ。罪をあがなうため、神に捧《ささ》げる生贄《いけにえ》の山羊。人々の不平や怒りをそらすための身代わり、みたいな意味で使われます。たとえば、ナチスのユダヤ人迫害。ユダヤ人が、当時のドイツ国民の不満を転嫁するためのスケープゴートとして利用されたわけです。中世ヨーロッパの魔女狩りも、よく引き合いに出されますね。

それとこれとはまた違うのかもしれないけれど……つまり、スケープゴートっていうと普通、管理する側が、当該集団をコントロールするために作り出すものだから。

この場合は違うんですね。抑えつけられている生徒たちの中から、城崎綾というその少女のイニシャティヴによって、自分たちのフラストレーションを解消する方法として持ち上がってきたものなのであって……」

俊記は組んだ腕を解き、あまり眠っていないのか、充血した目を強くこすった。

「ああ、何だかつまらない御託を並べてしまいましたね。今はもう、いいでしょう。恵がなぜ魔女だったのか、それだけでも分かったんだから」

「でも、彼女が死んだ理由はまだ」

「何かがあったんだと思いますよ。きっと何かが……二度めの〝処刑〟が行なわれた夜に」

俊記はそこで口をつぐみ、少しうつむいて目を閉じた。やがて大きく肩で息をすると、ベッドで上半身を起こした冴子の顔を見やり、

「ところできょうはね、僕の報告を聞いてもらおうと思って来たんです」

と云った。

「例の、十二年前の事件のことが分かったので」

「あ……」

思わず声を洩らし、冴子は身を硬くした。

「本当に分かったんですか」

緊張で胸が締めつけられた。俊記は頷き、そして告げた。

「約束どおり、僕はあなたの過去を探し当ててきました。こんなに早く分かるとは思っていなかったけれど。——きょうはその報告をするつもりで来たんですが、その前に、和泉さん？」

「はい」

「もう一度、あなたに確かめておきたい」

「確かめる？」

「あなたの気持ちを、です。たぶんこの話は、あなたにひどいショックを与えるでしょう。聞かなければ良かった、とさえ思うかもしれない。それでも、聞く勇気がありますか」

「わたし……」

決めたはずの覚悟が、見る見るしぼんでいった。巨大な不安に押し潰されそうな気分になりつつ、冴子は俊記の口もとに視線を定めた。

「高取さんはどう思うんですか。わたしがそれを、知ったほうがいいかどうか」

「僕はあなたを信じてます。そう云ったでしょう。僕は、僕がいま見ているあなたを信じている。どれほどあなたが自分を謎だと思っていても、せめて僕の云うこと――僕があなたを信じているということを信じてくれるなら……まわりくどい云い方ですね。こんな云い方しかできないのが悔しいけど」

「いえ。――分かってます。勇気を持て、ってこと」

「ああ」

俊記は髪を搔き上げた。

「そう。僕はあなたに勇気を持ってほしい。今のままでいるのは、あなたにとってきっと良くないと思うから」

「――話してください」

と、冴子は云った。

5

俊記の話を聞くうちに冴子は、心のどこか奥深くでかすかに蠢いていたものが、少しずつ動きに大きさを加えながら浮上してくるのを感じた。

その事件の記憶は今でもやはり、自分の中にひそんでいる。これまでずっと厚い殻に隠されていて、こちらから見ようとしても見えなかったそれがようやく、おぼろげながら見えてきそうな……。

……昭和四十八年、十二月。

大河原冴子——当時の自分の名前。軽井沢の別荘で起こった二重殺人。父と姉が血の海に倒れ、母と自分は生き残った。それから……（それから？）。

「……事件の概要はこんなところです」

俊記が言葉を切ったのを機に、冴子は訊いた。

「じゃあ母は、そのとき死ななかったということに？」

その点が、いちばんひっかかった。

冴子に対して和泉の両親は、そして宗像千代も、こう云ったのだ。十二年前の事故で、冴子は両親と姉を一度に失った——と。

「そうなんです」

俊記の声は重々しかった。

「もう少し、事件の詳しい状況を聞いてもらう必要がありますね。大丈夫ですか」

「——はい」

せいいっぱいの力を込めて、冴子は頷いた。

「大丈夫です。話してください」

「それじゃあ……」

俊記はゆっくりと頷きを返し、話しはじめた。

「あなたたち四人が別荘へ行ったのは、十二月二十三日の夜からだったといいます。クリスマスと正月をそこで過ごし、三箇日《さんがにち》明けには静岡へ帰る予定だった。

ところがちょうどそのころ、大河原肇氏が経営していた会社の一つで、何か緊急の問題が持ち上がって、氏の部下が別荘に連絡の電話を入れたんですね。それが二十八日のことで、この電話には誰も出なかった。翌日にも部下は電話したんだけど、やはり誰も出ない。さらに翌日――三十日になっても連絡がつかないので、これはおかしいと思って地元の警察に通報した。そこで警官が様子を見にいって、やっと事件が発覚したわけです」

事件の現場は別荘の居間で、大河原肇と圭子――二人の被害者は部屋の中央あたりに、折り重なるようにして倒れていた。凶器は大ぶりの肉切り包丁。犯人が外から持ち込んだものか、もともと別荘の台所にあったものかは不明で、これは死体のそばに落ちていたという。

そして――。

母親の加代は、二階の寝室のベッドにいた。殺された二人の血で汚れた服を着て、警官が発見したときには、つけっぱなしのテレビを虚ろな目で眺めていたという。

その時点で、加代の精神は完全に異常を来《きた》していたらしい。警官が何を尋ねても、口を半開きにして低く笑うばかり。階下の居間へ連れていかれると、急に泣きだして死体に取りすがり、かと思うと、大声で調子の外れた唄を歌いだしたり、笑いだしたり……というようなありさまだった。

さらにその後、現場に駆けつけた初動捜査班は、居間のソファの下に潜り込んで眠っている一人の少女を見つけた。それが、冴子だったのだ。

少女の身体は母親と同様、父親と姉の流した血にまみれていた。怪我はなかったのだが、空腹と寒さのため、肉体・精神ともに衰弱が激しく、すみやかに病院へ搬送されたものの、数日間は生命が危ぶまれたという。意識を取り戻したあとも、しばらくは口も利けない状態が続いたらしい。やがてようやく捜査官の質問に答えられるようになったとき、少女の幼い心からは、それまでのいっさいの記憶が失われてしまっていた……。

「……遺体の状態から、二人が殺されたのは発見の四日から六日前——二十四日から二十六日のあいだと推定されました。事件発生後、二つの遺体と同じ屋根の下で、気の狂ったお母さんと二人、あなたは何もできずにひたすら誰かの助けを待っていたわけです。ものを食べることも、かかってきた電話に出ることもできないほど、恐怖に怯えきって。

事件の捜査はまず、強盗殺人の線で進められたそうです。ただ、それにしては家の中を物色した形跡がなかった。大河原氏の人間関係はきれいなもので、氏に対して強い怨みを持つような者も見つからず……では一種の殺人狂の仕業か、とも考えられたといいます。

けっきょく犯人は捕まらなくて、事件は迷宮入りになったんですが、捜査陣の中には、加代――あなたのお母さんが犯人なのではないか、と疑う向きもあったらしい。要するに、加代は夫と娘が殺されるのを見て気が狂ったのか、それとも気の狂った加代が二人を殺してしまったのか、が争点となったわけです。

しかしそこのところは、彼女の精神状態がもとに戻らない限り、あるいは幼いあなたが記憶を取り戻さない限り、どうにも判断の下しようがなかった。有効な証言をできる人間が誰一人いない。現場の状態にしても、正気を失った加代が、他意もなくあちこちを触《さわ》ったり動かしたりした可能性がある。そんなわけで、捜査は壁に突き当たらざるをえなかった」

「そのあと母は、どこに？」

ひどい息苦しさを覚えながら、冴子は訊いた。俊記は硬い表情で、

「初めは地元の病院に収容されて、そこから博心会《はくしん》病院という綜合病院の精神科に転院したそうです。相里のとなりの、栗須《くりす》市にある病院です。宗像家のほうが引き取った形になったんですね。あなたが和泉家に引き取られたいきさつについては、さすがにあの刑事さんも知らなかったんですが」

「まさか、母はまだそこで……」

「いや」

俊記は首を横に振った。

「お母さんはその病院で、入院の六年後に亡くなったんです」

「病院の中で、ですか」

自分の顔から血の気がひいていくのを、冴子ははっきりと感じた。

「つまり母は、気が狂ったまま……」

「僕が刑事さんから聞いた段階では、その話は噂の域を出ないものだったんですよ。宗像加代が何年か前に他界したのは確からしいけれども、実際にはどこでどういう亡くなり方をしたのか。彼女が病院で狂死したというのは、町の噂にすぎなかったのか

もしれない、と。

だから。そんな噂をあなたに伝えるわけにはいかないから——」

俊記は両手を拳にして、膝の上にのせていた。

「きょうの午前中、訪ねてきたんです。その博心会病院を」

6

「うまいぐあいに精神科の担当医に会えて、じかに話を聞くことができました。最初は当然、難色を示されたんですけど、あなたの名前を出して事情を説明すると……」

「やっぱり母は、そこで？」

「ええ」

「いったい母は、どんなふうに気が狂っていたんでしょうか」

冴子は乱れた髪を掻き分け、そっとこめかみをさすった。さっきからその奥で、小さな、疼《うず》くような痛みが続いていた。

「病状についてはむやみに話すわけにはいかない、と云われました。患者のプライバシーに関することは家族か、然《しか》るべき筋を通してでないと話せない、と」

「でも……」

「ただ、かなりの重症だったとは云っていました。そして、六年前の冬——その何ヵ月か前からひどい拒食症になっていたそうで、結果的にはそれが原因で命を落とされた。病院の一室で——医師と、それから宗像千代さんが見守る中で」

どうして自分が、宗像の家や父方の大河原家に引き取られず、血のつながりのない和泉の家へ養女に出されたのか。その理由が、冴子にはようやく分かってきた。

い、い、い、い、い、い、い、

（気の狂った女の娘だったから）

そういうことなのだ。

い、い、い、い、

（気の狂った女の……）

母・加代の発狂の原因がどこにあったか。——恐ろしい事件に遭って気が触れたのか、それとも加代自身の狂気が事件を引き起こしたのか。真相がどうであれ、とにかく冴子が、その狂女の腹から生まれた娘である事実には変わりがなかった。だから宗像や大河原は、家の名誉と世間体のため、冴子を〝追放〟したのだ。

い、い、い、い、い、い、

（わたしの中には、狂気の血が流れている）

冴子は頭を抱えた。こめかみの疼痛《とうつう》がだんだん強くなってくる。

俊記の話で、幼いころの記憶が抜け落ちている理由は分かった。生理の時期になるとなぜあんな悪夢を見るのかも、説明がつきそうだった。

赤い色はやはり、血の色なのだ。父と姉の死体を目の当たりにし、その血にまみれて何日間かを過ごした――そのとき、心に刻みつけられた傷の色なのだ。

（……めりー、くりすます）――外は白い雪。

（……キヨシ……コノヨル）――テレビから流れ出す歌声。

（……やめて！　やめて！）――女の子の悲鳴。

（……おかぁさん！　たすけて！　……）

（あの夢が、やっぱり……）

そのとき、わたしは何を見たのだろうか。父と姉が殺される場面を、この目で見ていたのか。犯人の顔を見たのかどうか。

はっきりと思い出すことは、まだできそうにない。けれど、その疑問と母の発狂という事実を引き合わせて心に思うとき冴子は、これまでよりもいっそう大きな不安と恐れにかられるのだった。

気の狂った母。精神病院で死んだ母。そして、その身体から生まれた自分……。

（わたしは狂っているの？）

意識を失い、夢遊病者のように夜を彷徨《さまよ》い歩いたわたしの目は、十二年前の幻を見ていたのだろうか。もしもそのときその目に宿っていたのが、何かしらの狂気の色だとしたら……。

「高取さん。もしかして、わたし」

胸の上で組み合わせた手をわななかせながら、冴子は俊記を見た。

「もしかして、わたしも母と同じように……」

「莫迦を云うんじゃない」

俊記の声は、思いがけぬほどに厳しかった。

「しっかりと僕を見て、聞きなさい。確かに、あなたのお母さんは精神病院で亡くなった。母親がそんな死に方をしたと知ったら、自分の中にあるものを疑いたくなるのも当然でしょう。だけど、いいですか？　誰から生まれたか、なんてことはね、一人の人間の今ある形の、ほんの一要素にすぎないんです」

「でも――でも……」

「僕や恵を見てください。僕たちの父親は、はっきり云って、どうしようもないクズのような人間だ。おのれの損得だけしか考えられない、腹黒い、血も涙もないような、ね。あなたが自分の血に狂気を疑うんだったら、同じ理由で僕も、自分と父親の血のつながりを恐れなくちゃならないわけで……」

俊記の云うことが正しいのかどうか、冴子には分からなかった。けれども、いま彼は懸命に自分を励まし、助けようとしてくれている。その気持ちは痛いほどによく分かった。

「ありがとう、高取さん」

冴子は俊記に向かって、震えの止まらない手をそっと差し出した。俊記の大きな掌が、その上に置かれた。冴子は必死の思いで、俊記の手を握りしめた。

「わたし、信じてみます」

冴子は云った。

「でも、やっぱり自分の中に、分からないことがたくさんあって。たとえば堀江さんや中里さんが殺された夜、どこでどうしていたのか、とか。何も憶えてないから。だから、もしかしたらって、やっぱり」

「それは……」

「それだけは、どうしようもないんです。何の根拠もなくただ信じるだけなんて、できない」

俊記が口を開こうとするのを、冴子は首を振ってさえぎった。

「だから、早く犯人が捕まってくれたらいいと思います。そうしたら、自分じゃないって確信できるから。——大丈夫。今はまだわたし、自分のことを全部は信じられないけど、そのぶん高取さんを信じてみます」

「和泉さん」

俊記は冴子の手を強く握り返した。冴子は熱く火照った顔を伏せた。

「あの——」

やがて冴子はゆっくりと目を上げ、訊いた。

「あの、死んだ母がどこに埋葬されたのか、分かりますか」

「病院で教えてくれましたよ」

俊記は答えた。

「相里市内にある宗像家の菩提寺《ぼだいじ》に、ちゃんと位牌《いはい》が納められているそうです」

「一つ、お願いをしてもいいですか」

「僕にできることなら、もちろん」

「退院したら一度、その母のお墓に連れていってほしいんです」

冴子は心の中に母の面影《おもかげ》（……おかあさん！　たすけて！）を探った。しかしそれは、忌まわしい事件の記憶とともに（……おかあさんっ！）、その奥深くに封じ込められたままだった。

「母に、お別れを――本当のお別れを云いたいんです」

（そしてわたし、忘れてしまおう）

（知らないうちに消えてしまったり、人に奪われたりするんじゃなくて。わたしのほうから、いやな過去のすべてにさよならを……）

俊記の腕が、冴子の細い肩に伸びた。冴子は目を閉じ、力強く暖かい俊記の手にそっと頬を寄せた。

†

†

†

誰のせいでもなかった。

父のせいでも、母のせいでも、姉のせいでもなく。ましてや、少女自身のせいでもなく……。

少女は血と戯《たわむ》れる。歪み、捩《ね》じれた美意識と倫理観に衝き動かされて。

どこまでも赤く、血の色に浸りつつ。

少女の心は一つの方向へ——悪魔と神が同居する深い淵《ふち》へと、歩みを速める。

その淵に付けられた名を、少女は知らない。

知らずに少女は戯れつづける。

「狂気」と呼ばれる、その暗い深淵《しんえん》に引き寄せられながら。

「今夜からパトロールはないそうですけれども、大丈夫。寮内でも泊まり込みの先生を増やして、夜間の見まわりを行なってもらっていますし、生徒の皆さんには、夕方以降は決して外へ出ないよう徹底させています。みんなが充分に注意をしていれば、めったなことはないでしょうから……」

そんな千代の言葉の端々に何かしら、隠そうとしても隠しきれない怯えが感じられたのは、気のせいだろうか。

(本当にもう、事件は起きないの?)

ほかの誰よりも千代自身が、その答えをいちばんよく知っているような気が、冴子にはした。

＊

夕食を外のレストランで済ませたあと、午後八時をまわったころ、冴子と千代は寮に帰り着いた。

「私も今夜はこちらに泊まっていますから、気分が悪くなったり、何か変わったことがあったりしたら、すぐに知らせるのですよ」

ひとけのない玄関のロビーで立ち止まり、千代は意外なほどに優しい声で云った。

「部屋に戻ったら、早くに休んでしまうように。それから、戸締まりにはくれぐれも気をつけて。いいですね」

「はい」

冴子は頷き、それから長身の千代の顔を見上げながら、

「あの、伯母さま」

「何ですか」

車中からずっと、冴子は迷いつづけていた。自分が過去の事件を知ったことを、千代に話そうか話すまいか。すべて話して、母の死にまつわるあれこれを問いただしてみようか、とも。

「あの……」

喉もとまで出かかった言葉を、冴子は呑み込んだ。

(やっぱり今は、やめておこう。――もっと心の整理がついてから)

「いえ、何でもないんです。すみません」

「そうなの？」

千代は少しばかり不審げなまなざしを向けて、

「何でもないのならいいけれど。本当に今夜からここに戻っていいのですね」

「はい。大丈夫です。ご心配をおかけしてすみません」

「いいんですよ」

と云って千代は、冴子の肩を軽く叩いた。

「さあ、部屋に。——おやすみなさい、冴子さん」

＊

部屋へ向かう途中、三号棟の階段の下で、管理人室に入ろうとしている山村トヨ子と出会った。冴子に気づくと彼女は動きを止めて、幽霊でも見るようにきょとんと目を見張った。

「ああ……和泉さん」

トヨ子はドアを離れ、冴子に近づいてきた。

「もう大丈夫なんですか。教室の窓から落ちたと聞いて、心配してたんですよ」

「おかげさまで、もう」

「近ごろ物騒なことばかりだから。気をつけてくださいね」

「ありがとうございます」

トヨ子はなおも物云いたげに冴子の顔を見つめていたが、

「あの、何か？」

冴子が問うと緩くかぶりを振り、小さく息をついて管理人室に入っていった。

二階の廊下では、顔を知っている何人かの生徒とすれちがった。

冴子の姿を認めると、少女たちは驚いて足を止め、視線を泳がせた。冴子は、ややもすればうつむいてしまいそうになるのをこらえ、できるだけまっすぐ目を上げて、彼女たちに会釈した。彼女たちは皆、同じようにどぎまぎしていた。

315号室のドアは施錠されていた。

冴子は千代から渡されていた鍵でドアを開けると、恐る恐る部屋に入った。

室内の様子に大きな変化はなかった。物の位置が少し変わっているのは、管理人か誰かが掃除をしてくれるさいに動かしたのだろう。恵の荷物もすべて、もとのままだった。近いうちに引き取りにくる――と、最初ここを訪れたときに俊記は云っていたが、そんな暇が先週の彼にあったはずもなかった。

とにかくまず、シャワーを浴びたかった。まる六日間の入院で、身体も髪もすっかり汚れている。こんな状態で行動を起こす気にはなれない。

生理は入院中に終わっていた。シャワーを済ませ、新しい下着をおろして着ける。それだけで、いくらか気持ちが落ち着いた。

濡れた髪を乾かすと、冴子は恵が使っていた机の前に立った。

「高取さん」

と、声に出して名を呼んだ。

たった二日間の友だちだった。彼女が生きていたら、きっとこの部屋でもっといろいろな話ができただろうに。そうして本当に彼女と親しくなれたなら、俊記ともいつか、違う形で出会っていたかもしれない。

(どうして、わたしに話してくれなかったの)

それはたぶん、彼女の思いやりだったのだろう。転校してきたばかりの気の弱そうな少女によけいな不安を抱かせまい、という。けれど——。

どれほど話してしまいたかったことだろう。どれほど誰かに助けを求めたかったことだろう。

恵は自殺したのではない——と、冴子は今や確信していた。

恵の持っていた「強さ」は、決して彼女に、現実から逃げることを許さなかったはずだ。たとえその強さが、内面の孤独をごまかすためのものだったとしても、だ。心が挫けて独り唇を嚙みはしても、そのせいで死を選ぶような真似は、決して……。

それに——。

何よりも冴子は、俊記の言葉を信じていた。

(恵は自殺したんじゃない)

幾度となく彼の口から聞いた、その言葉を。そして——。

(何かがあったんだと思いますよ)

クラスで行なわれていた「魔女狩り」の話を聞いて、彼は云った。

(きっと何かが……二度めの〝処刑〟が行なわれた夜に)

そうだ。何かがあったのだ。そのせいで、恵は死んだのだ。

(今度はわたしが、それを調べる番……)

死んだ恵のために。俊記のために。それだけではない。恵の死の真相があるいは、その後の二つの殺人に関係してくるのではないか、とも思うのだ。

委津子も云っていたではないか。千秋と君江、殺された二人の共通点は〝委員会〟のメンバーだったことだ、と。つまりあの二人は、二人とも恵の〝処刑〟に立ち会っていたわけだ。もしも、そのつながりに重要な意味があるとしたら……。

「高取さん」

と、冴子はふたたび名を呼んだ。これは恵に向かってではなかった。心に焼きついている俊記の、真摯なまなざしに向かって——。

（お願いです。わたしに、勇気を）

†

どうしてなのか分からない。いやだと思っても止めようがない。

心のどこかにある深淵から、どくどくと溢れ出てくるもの。

逆らえない。抑えられない。どうしても。

（逃すわけにはいかない、いかない、いかない）

2

一階の奥――３０４号室のドアを、冴子は静かにノックした。

「はい」

すぐに中から返事があった。

「どなたですか」

桑原加乃の声だ。

「和泉です」

「えっ」

ドア越しに、加乃の驚いた顔が見て取れるようだった。

「和泉冴子です。ちょっとお話があって」

加乃のルームメイトは関みどりのはずだった。みどりの声が聞こえてこないのは、入浴中なのか、あるいは部屋にいないのか。冴子としては、加乃一人でいてくれたほうがありがたいのだが。

いくらか間《ま》があって、ドアが細めに開かれた。

「きょう退院して、帰ってきたんです」

冴子は云った。

「いきなり、すみません。でも、どうしてもお訊きしたいことがあって」

「さあ。何でしょうか」

加乃は普段どおりの澄ました声で云ったが、表情には強い狼狽があった。

「実は、亡くなった高取さんの件で」

「ああ……」

加乃は額に手を当てて、少し後ろによろめいた。冴子から目をそらし、ドアを閉めようとする。

「待って」

冴子はすかさずドアのノブを握って、

「待ってください。わたし、知ってるんですよ。高取さんがなぜ、魔女だったのか。クラスで何が行なわれていたのか」

「私は、何も」

「嘘です」

「何も存じません」

「嘘」

ドアを閉めようとする力は弱々しかった。

「逃げないで、桑原さん」

まっすぐに見つめる冴子の目と、加乃の怯えた目が合った。

「ああ……」

と、加乃はまた声を洩らした。すうっ、と力が緩んでドアが開いた。

「――どうぞ」

加乃は云った。

「みどりさんは今、茶話室に行ってらっしゃるから。できれば、彼女が戻ってくるまでに」

部屋に入って冴子は、床に置かれている大きなスーツケースに気づいた。

「桑原さん、これは？」

「どうぞ、おかけになって」

加乃は冴子に椅子を勧めると、自分は手前のベッドの端に腰を下ろした。

「ご覧のとおりです」

「じゃあ……」

冴子は室内を見まわした。手前のほうの机が加乃のものらしいが、その机のまわりも造り付けの棚の中も、きれいに片づけられている。

「あすの朝には私、ここを出ることに決めました」

「出るって……まさか」

「学校も、ほかに」

加乃の細い目はじっと、行儀よく揃えた自分の膝に向けられていた。

「手続きはもう済ませてあります。先生や管理人さんにも、きょうご挨拶を」

「どうしてなんですか」

訊くと同時に冴子は、はっと胸に手を当てた。

「やっぱり桑原さん、高取さんの事件に……」

「やめて」

うつむいたまま、加乃は強くかぶりを振った。

「そのことは、もう」

「でも、桑原さん」

「怖いから、逃げるんです。この学校にはもう、一日もいたくない」

かぶりを振りながら、加乃はゆっくりと視線を上げた。

「和泉さん。このあいだはあんなことになってしまって……ごめんなさいね。べつにあなたが憎かったわけではないの。気がついたらみんな——私も一緒になって、あんな……。

怖かったんです、みんな。みどりさんも、私も、きっと綾さまも」

「それはあなたたちが、高取さんを魔女扱いしたから？」

加乃はその問いには答えず、

「このままここにいたら、私も、千秋さんや君江さんと同じように殺されてしまう。私には分かります。私たちは狙われているって」

「誰に狙われてると思うんですか」

「誰だか分からない。けれどもずっと——あなたが入院していらっしゃるあいだもずっと私、いつもどこかから誰かに、じっと見られているような気がして」

「桑原さん」

心臓の鼓動が速くなるのを感じながら、冴子は力を込めて訊いた。

「教えてください。あの夜——高取さんの二度めの処刑が行なわれた夜、あの部屋でいったい何があったのか」

「それは……」

加乃はふたたび顔を伏せた。

「だめ。——云えない」

「そんな、どうしても云えないような出来事があったの？　だったら——もしもそれが理由で、あなたたちがそこまで怯えているんだったら、わたしが恐ろしい想像をしてしまっても文句は云えませんよね」

「恐ろしい想像？」

「そう」

冴子はきりっ、と加乃を睨みつけた。

「高取さんは自殺したんじゃなくて、あなたたちに殺されたんだって」

「違うわ」

加乃は両手で顔を覆った。

「違うわ。殺したんじゃない」

「自殺だったって云うんですか。そんなの、ありえない。彼女はあなたたちに閉じ込められていたんでしょう？　だったら、どうやって灯油を手に入れたの？　仮に彼女が事前に用意しておいたんだとしても、あんなこと——自分で自分の身体に火をつけておいてからシャワーに飛び込むなんて普通、できるはずがない」

「あれは——」

加乃の小さな唇から、蚊の鳴くような声が洩れた。

「あれは、事故だった」

「事故？」

「——ええ」

「事故って……でもそんな、どうして」

加乃は顔を覆った手を、そろそろと膝に下ろした。長い髪のうちかかった細い肩が、小刻みに震えていた。

「聞いてくれますか。そして、信じてくれる？」

「本当のことを話してくれるのなら」

「――ええ。これ以上、私には無理。黙っているなんて無理。話しても、なかなか信じてもらえないでしょうけれど……」

加乃は顔を伏せたまま、ぽつぽつと語りはじめた。

「あなたはもう、たいていのことを知ってらっしゃるみたいね。たぶん、委津子さんあたりからお聞きになったのね。あの夜……ええ、そうです。私たち――綾さま、千秋さん、君江さん、みどりさん、そして私の五人は、高取さんをあの部屋――『魔女の部屋』に呼び出しました。

高取さんは七月に一度めの裁判を受けて、あの部屋にひと晩、閉じ込められたんですけど、委津子さんのときとは違って、その後も私たちを恐れるでもなし、媚《こ》びるでもなし。前とまったく変わったところがない、反省の色が見られないって、そんなふうに思われていた。だから、特に綾さまが、今度は何としてでも彼女に音《ね》を上げさせてやろうって、そうおっしゃって。私たちも、あの魔女裁判に関わっているときは、何て云うか、すごく奇妙な心地――あとで思い出すと恐ろしくなるくらい残酷な気分になっていて……それで。

それであの夜はみどりさんが、一階《した》の物置から灯油を持ち出してきたんです。ジュースの空き瓶に入れて」

「何で灯油なんかを？」

「魔女の処刑は火あぶりと決まってるから、と」

「そんな……」

「いいえ。誰も本気で火をつけようなんて、思ってはいなかったの。高取さんを浴室に入れて、みんなで取り囲んで。そのうちみどりさんが、瓶の灯油を振りかけながら『魔女よ、退散しろ』って、そんなふうに始めたものだから……」

（……狂ってる）

「狂ってる」

思わず冴子が発した言葉に、加乃はみずから頷いた。膝の上で組み合わされた白い手に、透明な滴が落ちた。

「そう、ね」

加乃は洟《はな》を啜り上げ、しばし声を詰まらせた。

「みんな……私もきっと、異常な目をしていたんだと思います。狂っていたのかもしれない。自分たちが『魔女』の名を与えた彼女を、どんなふうにしてより魔女らしく扱うか。そんな思いで、とにかくいっぱいで。あの場の雰囲気にすっかり取り憑かれて、夢中になって」

(何て……)

「気がつくと、今度は綾さまが、みどりさんの持ってきたマッチを手にして……まるで映画に出てくる悪魔祓《ばら》いみたいな感じで、『おまえに裁きを与える』『許してほしくば、跪《ひざまず》いて助けを乞うがいい』と。そして、マッチに火を……」

「何てことを」

「みんな、どうかしていた。本当にどうかしてた。

高取さんは、何をされても頑なに口をつぐんだままだった。声一つ上げず、私たちを睨みつけていた。きっと彼女も、私たちが本気で火をつけるはずがないって、そう思っていたんでしょう。そんな彼女の態度がまた、私たちの心を昂らせた。

いつのまにか、五人全員がマッチを持っていました。そうしてとうとう、火のついたマッチを彼女に向かって投げてしまった」

加乃は瘧《おこり》がついたように激しく肩を震わせた。

「本当にね、あっと云うまのことでした。誰も、声も出せなかった。高取さん自身の叫び声も、なかったように思います。彼女の服や髪にマッチの火が燃え移って、慌てて誰かがシャワーの水を出したときには、もう……」

「どうして、すぐに警察に知らせなかったの！」

叫ぶような冴子の問いかけに、加乃はまた肩を震わせた。

「警察に……なんて、できたはずがない」

「でも、あなたたちのしたことは」

「誰もそんな勇気がなかった。みんな完全にうろたえてしまって……いえ、綾さまだけは、それでも比較的、冷静で。火が消えたのを見届けると、このことは誰にも喋ってはいけない、黙っていれば高取さんは自殺したということになるからって、そうおっしゃって。だからもう、私たちはその言葉に従うしかなかった。指紋が付いていそうなものをぜんぶ拭いて、部屋の鍵を置いて。灯油の瓶は浴室に残して、シャワーの水は出したままで……」

「それで隠し通せると思っていたの？」

「大丈夫よ——と、綾さまがおっしゃったから。みんなが秘密を守る限り、ばれることはない、と」

加乃はのろりと顔を上げた。

いつだったか朝の食堂で言葉を交わしたときの、物静かで涼しげな目の色は、見る影もない。涙で濡れ、赤く腫れた瞼。おろおろと宙を彷徨《さまよ》う視線。

「高取さんが亡くなったあと、あなたの部屋に千秋さんが移ることになったのは——あれも、綾さまが千秋さんに、そうするようにと命令されたのでした」

「城崎さんが、命令？」

「ええ。あなたが魔女狩りの件をどの程度、知っているのか。それが一番の心配だったから。だから、それとなく千秋さんに偵察させようと」

（偵察……）

瞠目し、表情を凍らせた冴子に向かって、加乃は懇願するように云った。

「だけど和泉さん、本当にあれは事故だったんです。誰も高取さんを死なせる気なんてなかった。本当に……」

†

（逃すわけにはいかない）

（ああ、まただ。またあれが……）

巨大な緋色の渦。——轟々《ごうごう》と激しく、暗い深淵の底から。

逆らえない。どうしても。

（血を）

囁きが。耳の奥で。頭の中で。

(血の、あ、が、な、い、を)

3

柱に掛けられたアンティークな振子時計が、九時半の鐘を一つ打った。

ベッドに腰かけたまま、冴子が出ていったドアに虚ろな目をやっていた加乃は、その音でようやくわれに返った。

冴子は何も云わずに部屋を去った。加乃が、自分の話したことは誰にも云わないでくれと頼んだのに対して、肯定とも否定ともつかぬ曖昧な頷きを返したあと、逃げるように出ていってしまった。

(なぜ話してしまったんだろう)

加乃は脂汗の滲んだ白い額に、そっとハンカチを当てた。

絶対に喋ってはいけなかった。他人に知られれば最後、彼女もみどりも、そして綾も、一人のクラスメイトを死に至らしめた人間として一生、世間から後ろ指をさされるだろう。警察で尋問され、正気を疑われ……あげく、今度は自分たちが「魔女」になってしまうのだ。精神鑑定を受け、裁判にかけられ、そのあとは……。

(魔女よ、退散しろ)

あの夜、知らず知らずのうちに加乃も、その言葉を恵に投げつけていた。ほかの部屋に聞こえないように——という気づかいだけは怠《おこた》ることなく、囁くような、けれども力のこもった声で。

(魔女よ……)

異常な、それだけに甘美な興奮に支配され、彼女たちは恵に向かって言葉を放ちつづけた。鼻を衝く異臭に恵はすぐ、みどりが振りかける液体が何かを悟ったに違いない。なのに、恵は悲鳴の一つも上げなかった。真一文字に唇を結んだまま、狂気に憑かれた五人を哀れむような目で見ていた。その目が彼女たちを、さらなる狂気へと走らせたのだ。

クラスで魔女狩りをしよう——と、最初に綾が云いだしたときは驚いた。

ひどい、莫迦げている——と、綾の神経を疑ったものだったが、結局のところ彼女は、この学園の生徒たちが潜在的に抱いていた〝裁く側〟への欲求を、正確に捉えていたことになる。

ゲームの一種だと割り切ろうとしても、当初はやはり、誰もが罪悪感にさいなまれていた。ところが、その罪悪感はやがて、自分たちが「魔女」を裁くのだ、裁いているのだ、という不思議な快美感に塗り込められていったのだった。

「ああ……」

加乃は重く長い溜息をつき、よろりとベッドから立ち上がった。

綾は強い人だ――と、いつか冴子に云った憶えがある。それは、彼女が加乃にはない〝毒〟を、その完璧な美しさの中に含み持っていると――いや、その〝毒〟があるからこそ、彼女の美しさは完璧なのだと感じていたからだった。

加乃は、東京の某有名私大に教授の職を持つ父の末娘として生まれた。母はいくらか名の知れた華道家。桑原家は代々、優秀な学者を輩出してきた名家だった。

優しい父。優しい母。優しい二人の兄たち。――無菌室のような、暖かく平和な家庭で、何の不自由もなく加乃は育ってきた。家庭や学校で、彼女は常に素直な「良い子」だった。不満や憤りや鬱屈といった感情は、彼女とはずっと無縁のものだった。

ただ一つ悩みがあったとすれば、それは〝無菌室育ち〟ゆえの気の弱さ。

小学生のころも中学生のころも、加乃はえてしてクラスのいじめっ子たちの標的になった。ちょっとした攻撃で、すぐにめそめそと涙をこぼす彼女を、彼らは（やあい、泣き虫）（弱虫のお嬢ちゃまぁ……）さらにいじめた。それでも加乃は決して、自分をいじめる子供たちに逆らったり、彼らを憎んだりはしなかった。どんなにいやな思いをしても、家に逃げ帰ってしまえば必ず、自分を愛し、優しく慰めてくれる人々がいたから。

二人の兄は、父に続くべく大学院に進学していた。末娘の加乃を、父はこよなく愛したが、彼女に学問を押しつける気はなく、母親のように昔かたぎの淑やかな女性になってほしいと願って、高校をこの「聖真」に決めた。

加乃は、父の意向をべつにうとましく思うでもなく、云われるままにここへやってきた。さすがに最初は、今まで経験したことのないような学園の厳しさをかなりつらく感じたものだったけれど、そのうちそれにも慣れていった。家族と離れているあいだの、さまざまな悩みごとや不満はすべて、心の片隅にかけたカーテンの向こうにしまいこんでおこうと決めて、とりたてて大きな感情の波に呑まれもせず、ぼんやりと日々を送っていた。

（泣き虫で弱虫の……）

（温室育ちのお嬢さま……）

だからよけいに、綾のような存在が現われたとき加乃は、その妖しい〝毒〟を含んだ魅力に抗えなかったのだった。

「ああ……」

　ふたたび長い溜息をつき、加乃はのろのろと浴室へ向かった。この寮での最後の夜を眠る前に、心を掻き乱す忌まわしい思い出を少しでも、汗と一緒に洗い流しておきたかった。

　冴子は事件の真相を誰かに話すだろうか。

　黙っていてくれるとは思えない。そんなことができるはずはない。

（たぶん、伯母の宗像校長に。そうなったら、私たちは……）

　話してはならなかった。けれども話さずにはいられなかった。

　千秋が殺されたときにはまだ、さほど切実な恐怖はなかったように思う。夜中に外へ出たところを変質者に襲われたのだ、という教師の説明にも、いくらかの説得力があった。

　しかしその次の日、謹慎室に入れられていた君江が殺されて、恐怖は一気に膨れ上がった。

　何者かが私たちの罪を裁こうとしているのだ。そんな思いに囚われた。

　何者なのかは分からない。もしかしたらそれは神か、あるいは悪魔なのかもしれない。五人が恵を殺した〝罪〟を知って、その五人に〝罰〟としての死を与えようとしているのだ。

この一週間足らずのあいだ、どれほどすべてを誰かに打ち明けてしまおうと考えたことか。このままこの恐怖に震えつづけているよりも、いっそ全部を明るみに出したほうが楽だと思った。かろうじてそれを思いとどまったのは、同室のみどりの、そして学校で出会う綾の視線のためだった。

冴子は誰かに話すだろう。だけどもう、それでいい、そのほうがいい——と、加乃はみずからに云い聞かせた。

いくら隠し通そうとしても、罪は罪だ。自分の犯した罪からは（私たちが、高取さんを死なせたんだ）どうしたって逃れられはしない。たとえこの学校を去って、正体不明の殺人者の手からは逃げおおせたとしても。

浴室に入ると、加乃はちょっと考えて、ドアを開けたままにしておいた。この何日か、閉まっている扉を開くのが怖くて仕方なかったからだ。

浴槽に入り、カーテンを引く。熱くしたシャワーの湯を頭から浴び、小学生のころから伸ばしている髪を丁寧に指で掻き上げた。

とにかくあすは一番にここを出て、東京へ帰ろう。家に帰って、そう、決心がつけば父親に（お父さまなら、きっと分かってくださる）事情を打ち明けて……。

……と、突然。

クリーム色のシャワーカーテンが、何者かの手によって開かれた。振り向くいとまもなく、右の肩口を襲う鋭い衝撃。

加乃は前のめりに身を崩し、カランに激しく頭をぶつけた。

「え……？」

わけが分からなかった。とにかく身を起こそうとした。するとまた、今度は背中の中央あたりにざくり、と衝撃が。

衝撃が痛みの感覚と結びついたのは、肩から胸へ、シャワーの湯に混じって流れ落ちる真っ赤な色を目にしてからだった。

「あ……あ……」

あまりに唐突なその色彩に一瞬、意味を取りかねた。だがすぐに、それが自分の身体から溢れ出す血の色だと理解し、加乃はやっとおのれの置かれた状況を悟った。

（そんな……）

冴子が出ていったあと、部屋のドアに鍵をかけるのを忘れていた。そこから誰かが入ってきたのだ。誰かが（誰が？）、ひそかに（私を殺すために？）。

（私は、死ぬの？）

ざくり、とまた衝撃。そして痛み——激しい痛み。
（……ああ）
さらにまた、衝撃が襲う。白い裸身を染め変える、深紅の血の洪水。
加乃は激痛に呻き、あえぐ。痙攣する。意識が徐々に薄らいでいく。
（ああ……そうだ）
服を着なくちゃ——と、薄らぐ意識の隅で考えていた。
（こんな場所で、こんな恰好のままで死ぬなんて）
腕を浴槽の縁に伸ばす。
（服は、そこ……その……そこの、脱衣籠の……）
殺人者はその腕をめがけて、血に染まったナイフを振り下ろした。
「あぅ……」
（……お願い。服、を……）
殺人者の冷酷な目に見守られながら、まもなく——。
血だまりと化した浴槽の底で、加乃は最後の声をごぼりと洩らし、息絶えた。

†

（あと二人）

4

ノブに手をかけたとき、部屋の中から小さな悲鳴が聞こえたような気がした。

関みどりは手を止め、眼鏡をかけなおしながら痩せた首を捻った。

「加乃さん？」

ドアを押すと、抵抗なく開いた。鍵がかかっていない。

私たちは狙われている。恵を死なせた罪を誰かが裁こうとしている。そう云って、この数日間あれほど怯えつづけていた加乃が、ドアに鍵をかけていないのは妙だなと思った。

学校から帰ると、食事以外は決して部屋を出ようとせず、いくら綾やみどりがなだめても、頑強に首を振り、いずれは自分たちも殺されるのだと訴えていた。そしてとうとう、この学校をやめて寮を出ていくとまで……。

単に施錠を忘れているだけ？　それとも、誰かが部屋に来ているのか。

「加乃さん」

ドアを開け、中に入った。室内に人の姿はなかった。

トイレだろうか。それともお風呂？

「加乃さん」

もう一度、名を呼んだところでみどりは、左手奥のドアの向こうからかすかに水の音が聞こえてくるのに気づいた。

(シャワー、か)

「お風呂なのね」

みどりは床のスーツケースに目をやり、低く息をついた。

(やっぱり加乃さん、出てくのか)

浴室の音に耳をそばだてながら、自分のベッドでごろりと横になる。

さっきまで茶話室で、綾と話をしていた。先週の事件以来、たいがいの生徒たちは午後九時を過ぎると部屋へ戻ってしまうから、茶話室にいたのは綾とみどりの二人だけだった。そこで二人は、今後の相談をしていたのだ。

その前に食堂で、冴子が退院して寮に帰ったらしい、と知った。その冴子に対してどのような態度を取るべきか、というのがもっぱらの話題だった。

先日、君江の死が分かったときの教室での一件は、やはりまずかったと思う。綾はそのせいでしばらくみどりに腹を立てていたようだし、みどり自身もおのれの行動を思い返し、あれは短絡的すぎたと反省していた。

あのときは、千秋に続いて君江が殺されたことと、その前夜に冴子の姿を目撃したこともあってとにかく、激しく気が動転していた。冴子が二人を殺したのだ、と本気で思い込んでしまったのだ。

綾にしても、あのときは同じだったに違いない。クラスのみんなもそうだ。

誰の口からともなく「魔女」という言葉が出はじめ、それがあの場の方向を決定的なものにした。冴子は、彼女たちにとっての新しい魔女となった。——新しい魔女。しかも、自分たちにリアルな〝死〟をもたらす本物の魔女を冴子の中に見出して、彼女たちは恐れ、叫び、詰め寄った。

みんな、狂っていたのだ。

綾にしても、あのときの教室にいて冷静を保てたはずがない。事実、〝裁判長〟たる彼女が冴子を「魔女、ね」と認めたひと言で、教室のヒステリックな空気は一気に暴走しはじめたのだから。

幸い、窓から落ちた冴子の命に別状はなかった。となりの一年生のクラスでは、ちょうどあの時間の自習が図書室で行なわれていて、騒ぎを聞いた者はいなかった。加えて、冴子が本当のことを教師に告げた様子もなく、みどりたちは胸を撫で下ろしたものだった。

「よく考えてみると、みどりさん」

あのあと綾に云われた。

「和泉さんが千秋さんや君江さんを殺したというのは、あまり現実的なお話ではありませんわね」

冴子が犯人だと思い込んでしまった理由の一つは、自分たちが高取恵を死なせたという罪悪感だった。自分たちの罪を、もしかしたら冴子は知っていて、だから恵の復讐を始めたんじゃないか――と、そんなふうに思考が短絡してしまったのだ。

しかし、本当に冴子が恵の死の真相を知ったのだとしても、そのためにあんな殺人を実行するものだろうか。教師や警察に打ち明ければ済む話なのに。なのに、みずからの手で委員会のメンバーを殺しはじめるなんて……。

綾の云うとおり、確かにそれはおよそ非現実的な考えかもしれない。

仮に冴子が犯人だとすれば、彼女は人殺しに快感を覚えるサイコパスなのか、あるいは死んだ恵の怨念が彼女に乗り移っているのか（サイコパス？　怨念？　……まさか）。まさか、そんなことが……。

退院してきた冴子には先日の謝罪をして、彼女があの日の出来事を他言しないように仕向けなければならない——と、綾は云っていた。あのとき彼女に浴びせた言葉をすべて取り消して、あれは誤解だったんだと訴えれば、あの子の性格ならおとなしく頷いてくれるだろう、と。——けれど。

果たしてそう簡単に納得してくれるかどうか、みどりは大いに不安だった。

冴子は犯人じゃないと思い直しつつも、一方でどうしても、心にひっかかるものもあった。君江が殺された夜に見かけたあの人影、だ。暗い廊下をふらふらと歩いていった、あの後ろ姿は……。

何かの見間違いだろう、と綾は云う。

あの夜の雨の中を、パジャマ姿のままで？　独房の君江を殺すために？——ありえない、常識では考えられない、と云う。

そう云われれば、そうかなとも思えてくる。——が。

あの後ろ姿は（あれは……）やはり、冴子だった。背の高さも、華奢な体格も、背中に垂らしていた長い髪も……あれは、確かに（……あいつだった）。

今のところ綾は、事件は警察の見解どおり外部の変質者の仕業で、千秋と君江がその犠牲になったのは偶然にすぎない、という考えらしい。だが、みどりにはどうしても、そう信じきることができなかった。

(綾さまのおっしゃることが、間違ってるわけがない)

そうだ。綾は常に正しい。綾の言葉は絶対だ。しかし……。

この学園に入学する前、東京の某私立女子中学で、みどりはかなりの「ワル」だった。怠学。喫煙。フジュンイセイコウユウ。万引きやシンナーで警察に補導された経験も、幾度かある。

誰もグレたくてグレたんじゃないよ(……いつも口にしてた云い草)。グレたくてグレたんじゃない。二つ年下の妹(あたしよりも器量よしで真面目で、勉強もできる……出来の良すぎる妹)――周囲の目がいつも、親も親戚も教師も、あまりにもその妹と自分を比較して見るから……(劣等感。嫉妬。逃避。捩《ね》じれた自己主張。……あ、あ、たまったもんじゃない)。

そんなみどりが、かろうじて中学を卒業したあと、この名門「聖真」に入学できたのは、ひとえに父親の奔走があったからだ。大手出版社の重役である父は、学園の宗像校長と以前から懇意にしていたらしい。要はそのコネを使って、出来の悪い娘をここに押し込んだわけだった。

入学当初は、むしろそこに父の親心を感じて、これまでの自分を改めようと誓ったものだった。が、やがてこの学園の実態を知るにつれ、自分は親にとって最も外聞体裁の良い方法で、世間の目から、そして出来の良い妹から〝隔離〟されたのだ――と分かってきたのだ。

（つたく、たまったもんじゃなかった）

忌々しい規則の山。くそ面白くもない勉強。生徒の〝罪〟を探すのに血眼《ちまなこ》の教師たち。おとなしいばかりでまるっきり話の合わないクラスメイトたち。――これならいっそ、女子少年院にでも入れられたほうがましだ、とさえ思えた。

おそらく学園側にとっても、みどりは学年一番の「問題児」だったに違いない（入学してから半年のあいだで、あの暗い独房に何度、閉じ込められただろう。教師たちの鞭《むち》を何度、喰らったことだろう……）。

本当にもう、たまったもんじゃなかった。一刻も早く、退学にでも何でもなりたかった。少なくとも、そう、綾が来るまでは。

綾との出会いは、計り知れない影響をみどりに与えた。それまで彼女の心のうちでくすぶっていた、妹への劣等感をはじめとする感情の鬱積が、綾という、あまりに自分と比ぶべくもない存在と接することで吹き飛んでしまったのだ。

世界が百八十度ひっくりかえったような気持ちだった。何だかんだと云いつつも、人はけっきょく世界の中心に自分を置きたがるもの——なのに、いつしか綾を中心として世界を見ている自分に気がついた。

綾が笑う。綾が歩く。綾が話す。——綾のすべてが、みどりを感動させ、彼女の造る世界の中へとみどりを引き込んでいった。

綾の前では、態度や言葉づかい、考え方や顔の表情までもが、彼女の影響を受けてしまう（あたしに限った話じゃない。千秋さんだって、君江さんだって、ほかのみんなだって……）。そしてそうなるに従って、みどりにとってもこの学園での生活が、さほど苦痛ではなくなってきたのだった。

（綾さま……）

今や、みどりは綾を、ほとんど崇拝——神格視していると云ってもいい。その意味で、みどりと千秋にはかなり共通したところがあった。

クラスで始まった「魔女狩り」についても、みどりは綾に全面的な信頼を寄せ、どこまでも彼女についていくつもりだった。高取恵の〝事故〟にしても——恵を死に追いやった責任の多くの部分は、あのときあの部屋に灯油を持っていったみどり自身にあったのだが——、綾の云うとおりにしていれば、決して悪いようにはならないと信じていたのだ。

それでも、今回ばかりは綾の言葉を無条件に受け入れられない。

外部から異常者がやってきたと考えることと、それが内部にいると考えることと、いったいどちらがどう「現実的」なのか。可能性が多少、異なる程度の問題ではないのか。

もしかしたら冴子が、本当にそのような人間（サイコパス？　殺人狂？）なのかもしれないのだ。あるいは、この寮に住むほかの誰かが（誰が？）……。

そう考えると、みどりもまた加乃と同じように、ここから逃げ出してしまいたいという思いに取り憑かれそうになる。

シャワーの音が、止まった。

みどりは身を起こし、浴室のドアに目をやった。

「加乃さん？」

声をかけてみた。

「ねえ、加乃さん」

返事はない。シャワーの音がなければ、今の声で充分に聞こえたはずだが。

「お風呂なんでしょ、加乃さん」

少し声を高くした。それでも返事はない。

（どうしたんだろう）

部屋のドアに鍵がかかっていないと気づいたとき感じた不審が、ふたたびじわりと頭をもたげた。

「返事してくれない？　加乃さん」

――沈黙。

みどりはベッドから降り、そろそろと浴室へ向かった。

ドアの前に立つと、軽くノックして耳を澄ました。……ちゃぷ……ちゃぷん……水の滴る音が、かすかに聞き取れる。

「加乃さん」

もう一度声をかけて返事を待ってから、そっとドアのノブを握り、まわしてみる。

――まわった。みどりはドアを押し開けた。

「うわっ！」

ドアを開けるなり、シャワーカーテンの異状に気がついた。クリーム色のカーテンに散った、まだらのような赤い染み。

「加乃さん！」

浴室内に転がり込み、カーテンに飛びついた。浴槽の中は、バケツいっぱいの絵の具をぶちまけでもしたように、おびただしい赤で溢れ返っていた。

そして、背中が。生々しい傷がいくつも口を開けた、加乃の背中が。

「あ、あああああ……」

襲われたのだ、今度は加乃が。するとやはり、誰か気の狂った殺人者が今、この寮の中にいるということに……。

冴子だ、とみどりは思った。

（やっぱりあいつなんだ）

彼女が退院して寮に帰ってきたとたん、新たな被害者が出た。これは決して偶然じゃない。

（偶然なもんか！）

「加乃……」

そこでやっと、みどりは気づいた。

さっきまではシャワーの音が聞こえていた。それが、つい今しがた止まった。その間、ずっと自分は部屋にいた。そしてここには、この加乃の死体が……。

誰かがシャワーを止めたのだ。誰かがまだ（いる！）ここにいるのだ。

心臓が凍りついた。全身が金縛りに遭ったように硬直した。

この中に？　この狭い空間の……ということは？

振り向くのと、ドアの陰から人影が躍り出るのとが同時だった。叫び声を上げるまもなく、殺人者のふるったナイフがみどりの胸を抉《えぐ》った。

助けを求めようと開いた口が、開ききったまま停止する。喉の奥から、げほっ！

赤い血反吐《ちへど》が飛び出した。

「こ、こ……」

（こん畜生っ）

鮮血の噴き出した胸を押さえながら、みどりは肩から殺人者にぶつかっていった。相手（黒い雨合羽……）は、ぎょっと身をひいた。半開きになっていたドアから、みどりは外へ転げ出た。

絨毯の上に顎から突っ伏した。その拍子に眼鏡が吹っ飛んだ。

急激に力が抜けていく。反撃しようにも、身体が云うことを聞かない。霞む目を見開き、必死で右手を前方へ差し延べた。五本の指が、わなわなと震えながら虚しく宙を摑む。

「誰か、助け……」

喉が縮み上がり、うまく声にならない。

「誰、か」

ずぶっ、という鈍い音。太腿の付け根に走る激痛。

「だ……」

なおも声を出そうとあがきつつ、みどりは絨毯に爪を立てて這《は》い進んだ。浴室内に残っていた下半身が、ずるりと外に引き出される。

胸と太腿の傷口から、身体中の血液がどくどくと流れ出していた。

（何ていっぱい……血）

この瘦せた身体のいったいどこに、こんなにたくさんの血が入っていたんだろう。薄れていく意識の隅で、そんなつまらない疑問がちらつく。

「助け……」

（……綾……さま）

首の後ろに、血まみれのナイフが深々と突き立てられた。

同時に途切れる声。がくりと床に落ちる顔。……

殺人者はゆっくりとナイフを引き抜き、息絶えた少女の服でその刃を拭った。黒いフードの下から、

……ふふ
狂気に病んだ笑いが洩れる。

……うふふふ
(あと、、、一人)

そのとき――。

「桑原さん？　――関さん？」

廊下に出るドアの向こうから、声が聞こえてきた。

「何かあったの？　桑原さん、関さん……」

†　†　†

「どうして、あなた」

彼女は驚いて振り向いた。少女は何も答えず、両手を後ろにまわしたまま静かに部屋に入った。

「いったい、何を」

少女はにたり、薄笑いを見せ、背中に隠し持っていた剃刀を振りかざした。

「何なの」

彼女はおろおろとあとじさった。

「やめて。近寄らないで」

あらん限りの声を張り上げているつもりらしいが、彼女の喉は思いがけぬ事態に萎縮し、弱々しく震えるばかり。

少女は躊躇なく、彼女に切りかかっていく。

しばらくののち――。

浴室のタイルの上に、鮮血にまみれた彼女の身体が横たわっていた。

掻っ切られた喉から、面白いように溢れ出る血。あおむけに倒れた身体は、ぴくぴくと痙攣を続けている。

白い顔に笑みを貼り付けたまま――。

少女は血で汚れた剃刀をポケットに入れ、代わりに一本の透明な瓶を取り出した。

そうして中の液体を、まだ息のある彼女の頭と服に注ぐ。つん、と立ち込める異臭。

そして、次はマッチ。

玩具で遊ぶ子供の手つきで、火をつける。燃え上がった小さな炎の色を、タイルに広がる血の色と比べるように見つめてから、少女はそれを、彼女の頭にぽいと投げ落とした。

ぼっ……！

黒髪が炎に包まれる。見るまに炎は、彼女の服に燃え広がり……。

彼女の身体がびくり、大きく動いた。熱に爛《ただ》れはじめた唇から、獣のような呻きが洩れる。

肉を焼かれ、のたうつ生き物の断末魔――。

少女は身をひき、満足げに目を細めた。

第10章　暴かれた魔性

1

「桑原さん？——関さん？」

３０４号室のドアの前。冴子は不吉な予感にさいなまれつつ、二人の名を呼んだ。

「何かあったの？　桑原さん、関さん……」

加乃の話を聞きおえて自室に戻ったのが、三十分足らず前。あれから冴子は、加乃が語った恵の死の真相を誰にどう伝えたものか、一人で考え、悩んでいた。

誰にも云わないで、と加乃に頼まれた。それでもまず、俊記には知らせなければならない。問題はそのあと、だった。

この話を聞いて、俊記はどうするだろう。警察や学校に、事件の真相を訴えることになるのだろうか。

　真実が明るみに出たときの加乃たちについて考えると、どうしても胸が痛んだ。もしも許されるならば、真相は自分と俊記の心の中だけにしまっておきたい、とも思えた。そうすると、自分にすべてを打ち明けた加乃があのあとどうしているのか、無性に気にかかりはじめたのだ。

　さっきは、秘匿《ひとく》を哀願する加乃をなかば無視するようにして、あの部屋を去ってしまった。彼女の言葉にどう応じたらいいのか、分からなかったから。

　もう一度、加乃と話をしよう。

　そう思い立ち、冴子は部屋を出た。関みどりがすでに帰ってきているかもしれないが、そのときには彼女も交えて。できれば、そう、みずからの意志で警察へ行くように説得してみよう。

　こうしてふたたび、冴子はこの部屋の前にやってきたのだった。ところが――。

　ドアに近づいたとき、室内で何か妙な声が聞こえた。普通の話し声ではない。もっと原始的な響き……何か、動物の鳴き声みたいな。

　はっきりとは聞き取れなかった。しかし確かに今、ドアの向こうからそれが聞こえてきたのだ。

「桑原さん？　関さん？」

返事を待った。ことり、とも音は返ってこない。

冴子はノブに手を伸ばし、思いきってドアを押し開けた。

「桑原……」

部屋に踏み込んだとたん、声が凍った。電灯はついているのに、誰の姿もない。

視線が室内を巡り、奥の絨毯に散っている色を捉えた。何かしら、突然とんでもない異世界に飛び込んだような感覚だった。冴子は口を押さえ、ぎりぎりいっぱいに目を見開いた。

（あれは？）

ベッドの陰になってはっきりとは見えない。けれども、グレイの絨毯に点々と飛び散ったその赤黒い染みは、ある確かな力をもって、冴子の心を激しい恐怖へと（……めりー、くりすます）導いた。

（あれは……）

歩を進めるにつれ、ベッドの向こうにあるものの姿が見えてくる。

「……あっ。ああ……」

それは床に倒れ伏した人間の身体、だった。短い髪から察するに、加乃ではない。

「……関さん」

みどりの痩せっぽちの身体が、禍々しく赤い血の海に（……やめて！　やめて！）沈んでいた。首筋に開いた肉の裂け目が、彼女を死に落とした第三者の存在を告げていた。

「あ……あ……」

急激に込み上げてくる吐き気に、目がくらんだ。両手で胃のあたりを押さえ、冴子はふらりと（……おかあさん！　たすけて！）後ろによろめいた。

（わたしじゃない）

膝が震え、崩れそうになるのをこらえながら、冴子はぶるぶると頭を振った。

（わたしじゃなかった）

部屋の明りがそのとき、とつぜん消えた。

驚いて、反射的に入口のほうを振り返った冴子の目に、外の廊下へ飛び出していく黒い人影が映った。

「あっ！」

ようやく大声を発することができた。

「誰？」

今のあれは……（犯人？）そうだ、犯人だ！

冴子が来たとき、みどりを殺した犯人はまだこの部屋の中にいたのだ。冴子が開けたドアの陰に身を隠していたのだ。

（追いかけて！）

心の中で叫ぶ声がした。

（あいつがみんなを殺したんだ）

（早く追いかけて！　早く！）

不思議と膝の震えが止まった。冴子は意を決し、入口へと駆け戻った。

廊下に出ると、左手に犯人の後ろ姿が見えた。黒いマントのようなものをなびかせて、猛スピードで走り去っていく。

（追いかけて！）

あのマントのようなものはどうやら、ビニールの合羽《かっぱ》か何からしい。返り血を浴びても、あれならきっと洗い落とすのも容易だろう。

まっすぐに延びた薄暗い廊下の突き当たり。曲がり角の手前には階段がある。そこで一瞬、人影は立ち止まった。

「誰か！」

冴子が叫ぶのを聞いて、人影はすぐさま階段のほうへ折れた。

「誰か！　人殺し！」

少し遅れて階段の下まで行き着いたところで、冴子は上階《うえ》から降りてきた人間と鉢合わせした。

「きゃっ」

悲鳴を上げて飛びのいたのは、守口委津子だった。

「和泉さん？」

委津子は驚きの目を向けた。

「いったいどうし……」

「誰かこっちに来たでしょ」

「えっ」

「いま誰かが、階段を昇ってきたでしょ？」

「あ、うん。すごい勢いで、上へ」

「顔を見た？」

「ううん。何か黒いフードをかぶってて……まさか」

「犯人なの！」

愕然《がくぜん》とする委津子を残して、冴子は階段を駆け昇った。呼吸が苦しかった。入院中にほとんど運動をしていなかったせいだろう、思うように足が動いてくれない。

二階の廊下に出た。

右手に延びる三号棟のほうには、人影は見当たらなかった。左に折れ、本棟の廊下に踏み出す。すると——。

（いた！）

かなり距離が開いてしまっていた。長い廊下のずっと先——二号棟への枝分かれから一号棟へ向かうあたりに、黒い影の動きが見えた。

「待って！」

足をもつれさせながらも、冴子はふたたび駆けだした。——が。

廊下の奥の薄暗がりで、ふっと相手の姿が見えなくなったのだ。

「あ……」

（どこに行ったの？　どこ？）

一号棟のほうへ逃げたのだろうか。それとも部屋のどれかに……？

突き当たりまで行き、一号棟の廊下を確かめた。誰の姿もない。曲がり角には三号棟と同様に階段があったが、ここからまた階下《した》へ降りていった可能性もある。

「ああ……」

(……見失ってしまった)

身体の力が急に抜けた。なおもしばらく暗い廊下と階段に目を往復させたあと、冴子はぐったりと肩を落とし、踵を返した。

(警察に、連絡を)

動悸《どうき》を鎮めつつ、棒のようになった足を動かした。

(殺されていたのは関さんだった。じゃあ、桑原さんは……まさか、彼女も？)

寮の校長室がこのあたりだったことに、ふと気づいた。

(伯母さまに知らせなくちゃ)

そう思って歩を止めたのが、まさにその部屋のドアの前だった。冴子は迷わずドアに飛びついた。

「伯母さま……校長先生。校長先生！」

ノックをしながら呼びかけたが、返事はなかなか得られなかった。

「冴子です。校長先生！　大変なんです。開けてください！」

さらに何度かドアをノックしてようやく、ゆっくりとノブがまわった。

「冴子さん？」

細く開かれたドアの隙間から、千代の顔が覗いた。

「どうしたというのですか」

低い声で問う千代の顔は、なぜかひどく蒼ざめていた。薄暗い明りの加減でそう見えただけなのかもしれないが、冴子には一瞬、それがとても奇妙に感じられた。

「304号室で、人が殺されてるんです」

冴子の言葉に、千代は大きく目を剝いた。

「まさか……本当に？」

「はい。わたし、犯人らしき人影を見て、追いかけてきたんです。なのに、この辺で見失ってしまって」

「犯人を？」

「そうです」

冴子は強く頷いた。

「伯母さま。犯人はこの寮にいるんです。早く、警察を」

「分かりました」

応じる千代の声は、細かく震えていた。少しうわずっているようにも聞こえた。

「私が通報しますから、あなたは自分の部屋に戻って。いいですか。今夜はもう、絶対に外へは出ないように」

「は、はい」

「さあ、早くお戻りなさい」

「はい……」

のろのろと廊下を引き返す冴子。その背後で、校長室のドアの閉まる音が、いやに荒々しく響いた。

2

いったん部屋に戻ると、冴子は財布や手帳の入ったポーチを持って階下へ走った。俊記に連絡を取ろうと思ったのだ。

一階に降りたところで、加乃とみどりの部屋のほうから、誰かが死体を発見したのだろうと思われる悲鳴が聞こえたが、かまわず玄関のロビーへ向かった。受付窓口に置かれたピンク電話の受話器を取り上げると、小銭を放り込み、俊記が滞在しているホテルの番号をまわす。

「相里パークホテルです」

「615号室の高取さん、お願いします」

「少々お待ちくださいませ」

回線がつながれるまでの何秒かの時間が、この上なくもどかしかった。

やがて「もしもし？」と俊記の声が聞こえてくるなり、冴子は叫ぶように自分の名を告げた。

「和泉さん？　どうしたっていうんですか」

「あ、あの……また事件が」

「何ですって？」

冴子はもつれる舌で、事情を説明した。

「犯人を見たんですか」

「はい。でも、誰だったかまでは」

「いや。僕が云いたいのは、それであなたの無実が確かだと分かったたってこと」

それから俊記は厳しい口調で、

「警察にはもう知らせたんですね」

「はい、伯母さまのほうから。でも、何だかおかしな感じで」

「おかしな感じ？」

「あ、はい」

先ほどから漠然と持ちはじめていた疑念を、冴子は俊記に話した。

「わたし、犯人を追いかけて、途中で見失ってしまったんです。そのとき犯人は、どこか近くの部屋に逃げ込んだようにも思うんですけど、もしかしたら……」

「逃げ込んだのが校長室だったのでは、と？」

「確かなわけじゃないんです。だけど何となく、そんなふうに思えてきて」

さっきの千代の、ひどく蒼ざめて見えた顔、うわずった声。まるで見られてはまずいものを隠してでもいるかのように、細く開けたドアから外を覗き見て……。

受話器を握る手が、震えて仕方なかった。

「高取さん。わたし、どうしたらいいか分からなくて」

「うーん」と低く唸ったあと、俊記は云った。

「じゃあ、いいですか？　あなたはすぐに部屋へ戻って、ドアに鍵をかけて、何があっても外へ出るんじゃない。今から藤原刑事に連絡を取ってみて、そのあとすぐに僕もそっちへ向かいますから」

「来てくれるんですか」

「行きます。だから、落ち着いて。いいですね」

「はい。あの、高取さん、わたし……」

ふいに胸の奥から込み上げてきた熱い感情。それをそのとき、冴子は「あなたが好きです」という言葉で解き放とうとした。そんなことを云っている場合ではないと分かっていた。けれど、どうしても今、その言葉を口にしてみたかった。

ところが――。

「いた!」

背後で突然、金切り声が轟《とどろ》いた。

「いたわ。ここよ!」

「えっ?」

振り返ると、廊下に通じる両開き扉の向こうに、こちらを指さしている少女の姿があった。同じクラスの生徒だ。

「ここよ。誰か来て!」

引きつった顔を口にして、少女は叫んだ。

「どうしたんですか」

受話器から俊記の、驚いた声が。

「今の声は何ですか、和泉さん」

答えようとしたところで、少女の声がまた轟いた。

「人殺し！」
二、三人の生徒の姿が、廊下の奥に現われた。
「あそこよ。早く！」

興奮に目をぎらつかせながらこちらへ向かってくる少女たちを見て、冴子は慄然とせざるをえなかった。

「もしもし、和泉さん？　大丈夫ですか」

受話器が手から滑り落ちた。

「――なに？　何なの？」

冴子は少女たちに問いかけた。

「しらばっくれて！」

先頭の少女が叫ぶ。

「みどりさんと加乃さんが殺されたわ。隠してもだめよ。あなたが殺したんでしょ」

「えええっ？」

「あなたが帰ってきたとたん、また人が殺されたのよ。もう云い逃れはできないわ」

「あ、あの……」

「――違う」

冴子は驚き、強くかぶりを振った。

「違います。そんな……」

「嘘つき！」

「となりの部屋の子が見たんだから」

別の少女が云った。

「様子が変だから廊下を覗いてみたら、あなたが血相を変えて、加乃さんたちの部屋から出ていくのが見えたって。何かあったのかと思って部屋へ行ってみたら、みどりさんと加乃さんが」

「違います」

「人殺し！」

「わたしは、ただ」

「人殺し！」

「やっぱり、おまえは魔女なんだ」

「そうよ。魔女よ！」

「違う……」

さらに数人の少女たちが駆けつけてきた。廊下の薄闇の中、彼女たちはゆっくりと冴子のほうへ迫ってくる。

「魔女だ!」

何本もの白い指が、冴子に突き刺さった。

「人殺しの魔女!」

(この前と同じだ)

「魔女!」

その異常な空気の振動に、冴子はおののいた。持っていたポーチが、するりと手から落ちる。この前と同じ……いや、あのときよりもずっと血走った目。恐怖と憎悪に満ち満ちた声。

「ほっといたら、次は誰が殺されるか分からないわ」

「校長の姪だから、警察も手を出せないんだ」

「魔女よ」

(違う)

「人殺し!」

(違う)

「気が狂ってるのよ」

(違う！)

今、狂っているのは(わたしじゃない！)彼女たちのほうだ。激しく怯えている。そしてそれを解消するための憎しみで、完全に理性を失っている。いくらこちらが事情を説明しても、耳を貸してくれそうにない。このまま捕まれば、何をされるか分からない。

「魔女！」

「捕まえろ！」

「殺されるのはごめんよ！」

(高取さん！)

冴子は目を閉じ、心中で叫んだ。

(早く来て。助けて……)

少女たちの足音が迫る。叱りつける教師の声がどこかで聞こえたが、誰も振り向こうとしない。ぎらつく視線を束にして冴子に向け、口々に罵りの言葉を吐きながら、じりじりと間《ま》を詰めてくる。

冴子は後ろ手に、受付窓口の横のドアを探った。

（逃げなきゃ）

ノブの冷たい感触が手に当たった。

（お願い。開いて）

カチッ、と手応えがあった。開いている。

身をひるがえし、冴子はそのドアの向こうに飛び込んだ。

3

冴子の身に何かがあった!?

「もしもし、和泉さん？　大丈夫ですか」

声を大きくして呼びかけるが、返事はない。

受話器を耳に押し当てて、俊記は懸命に向こうの気配を探った。

冴子とは別の少女の声がいくつも、重なり合うようにして聞こえた。早口で、しきりに何ごとか喚《わめ》き立てている。

（人殺し……）

（魔女……）

そんな単語を声の中に拾い、俊記は愕然とした。

声の主はおそらく、冴子のクラスメイトたちだ。冴子が犯人を追跡し、自分に電話をかけているあいだに、彼女たちの誰かが新たに起こった事件を発見した。そしてそれを、退院して寮に帰ってきた冴子の仕業だと考えたのではないか。

「和泉さん？　和泉さん！」

いくら呼びかけてみても、やはり返事はない。

「いけない。こりゃあ……」

受話器を置くと、俊記は大急ぎで上着をひっかけた。冴子から電話がかかってくるまで眺めていた一枚の写真をポケットに捩じ込み、部屋を飛び出す。

（彼女が、危ない）

冴子が退院してくるや否や、またしても殺人が起こった。しかも、例の〝委員会〟のメンバーがまた、今度は寮の中で殺されたというのは、ある意味で最悪の事態だったのだ。

事件を知ったクラスの少女たちは、先週冴子を窓からの転落に追い込んだときと同じ——いや、そのときとは比べものにならないほどに大きな疑いと恐れを、彼女に向けたに違いない。その結果、ふたたび冴子の中に「魔女」を見つけ、それを糾弾しようとするような集団心理が暴走を始めたのだとすると……。

(彼女が危ない!)

ホテルのロビーを突っ切って外へ駆け出ると、客待ちのタクシーをつかまえた。乗り込むとすぐ、運転手に一万円札を渡し、大急ぎで「聖真」へ行ってくれと頼む。

ここからだと、あの寮まで二十分か三十分かかる。その間、無事でいてくれればいいが。

乱れた息が整ってきたところで俊記は、藤原刑事への連絡をすっかり失念していたことに気づいた。しまった、と思ったが、車を停めてもらって電話をしている余裕などない。

事件の通報が宗像千代によってなされていれば、俊記が向こうへ到着するころにはとうに警察が来ているはず。であれば、冴子の身の安全もとりあえず確保されるだろう。だが、しかし――。

さっきの電話で冴子が洩らした、千代その人が怪しいという疑惑。もしもそれが的中していたとしたら……。

俊記は歯ぎしりする思いで、窓の外を流れる夜の街並みを睨みつけた。

(宗像校長が犯人？　そんなことがありうるんだろうか)

ふと思い出し、ポケットに突っ込んであった写真を取り出した。

きょうの昼間、藤原から俊記宛てに郵送されてきたものだった。先日会ったとき、まだしばらくはこの町にいるので、と云って滞在場所を伝えておいた。何かもっと、彼のほうで知らせてくれることがあれば、と考えたからだ。

同封の手紙に、冴子の記憶を呼び覚ます手助けになるかもしれないので、とあった。できれば近いうちにまたお会いしたい、とも。

窓から射し込む街灯の光に頼って、古びたその写真に目を凝らす。

前後三列に整列した、制服姿の少女たち。写真の下方には、各生徒の氏名が印刷されていて……。

しばらくそれを見つめるうち、俊記はぴくりと眉を震わせた。

(ちょっと待てよ)

車内が暗くて、はっきりと見直せない。が、いま一瞬、頭に浮かんだのは……。

(そんな、まさか)

たったいま自分の感じたことが、どうしても信じられなかった。戦慄に、全身の皮膚がぞくりと粟立った。

シートに深く背を預けて目を閉じ、俊記は両の瞼を掌で押さえた。

4

冴子が逃げ込んだのは、受付窓口の奥の事務室だった。

ドアをロックして、室内を見まわす。暗がりの中、正面右手の壁にもう一枚のドアがあることに気づいた。

夢中でそのドアに駆け寄った。

これをロックしてしまえば、この部屋には誰も入ってこられない。騒ぎが収まるまでここに閉じこもっていれば、と考えたのだ。——が。

ノブの中央の突起を捻っても、ドアはロックされなかった。

「ああ……」

(鍵が壊れてる)

背後のドアを打ち鳴らす音は、狂気じみて激しさを増してくる。やがて、「あっちの廊下にまわるのよ」と叫ぶ声がした。

冴子は慌てて目の前のドアを開け、事務室を飛び出した。

短い廊下に出た。

右はすぐに行き止まり。左へ行くと本棟を貫く廊下に出るが、そちらからは少女たちの声が近づいてくる。

廊下を挟んだ正面に、またドアがあった。

祈る気持ちでそれに飛びつく。ドアは開いた。

中は闇。――漂う臭気で、食堂の調理場だと分かった。

手探りで前へ進む。闇のどこかで、突然の闖入者に驚く小動物の気配がした。

目が慣れてくると、調理台の向こうに白いカウンターが見えた。焦って足がもつれてしまい、床に置いてあった何かの箱を蹴飛ばした。重心を崩し、振り上げた腕が台上の鍋に当たった。派手な音を立てて、鍋が床に落ちる。

カウンターを乗り越え、やっとの思いで食堂に出た。

明りの消えた広い部屋。窓のカーテンを通して射し込む外灯の光が、闇に仄白い。

調理場のドアが開かれる音が聞こえた。

冴子はとっさに、食堂の真ん中に据えられた大テーブルの下に身を潜り込ませた。

このときばかりは、自分の身体の小ささがありがたく思えた。両側から押し込まれた椅子のあいだを、鼠《ねずみ》のように這い抜ける。なるべく外から見えないところへ――闇の奥へと身を進め、必死で荒い呼吸と動悸を鎮めた。

しばらく経って、食堂に入ってくる少女たちの足音……。

「いないわ」

「どこへ行ったんだろう」

「逃げられた」

「見つけるのよ」

「そうよ。逃がしたら、きっとまた誰か殺されるわ」

うわずった少女たちの声が、闇に響く。冴子は絨毯に額をこすりつけるようにして身を丸め、息を殺した。

「廊下に逃げたんじゃない？」

「追いかけるのよ」

複数の足音が、慌ただしく鼻先を通り過ぎる。まもなく廊下に出る扉を開ける音が……と、そこで。

「綾さまだわ」

叫ぶように、誰かが。

「彼女は見つかって？」

と、城崎綾の透きとおった声が聞こえた。

「玄関のところから追いかけてきたんですけど」

誰かが答えた。

「早く探し出しなさい」

綾は冷ややかに言葉を放った。

「彼女は魔女よ。私たちを皆殺しにしようとしているのだわ」

食堂の闇が、

――魔女よ……

――魔女……

――魔女……

――魔女……

少女たちが口々に発する声で、異様なざわめきに揺れる。

「先生がたが怒っておられるけれど、かまう必要はありません。あの人たちは何も分かっていないのですから」

「そうよ」

「分かるわけないわ」

「校長先生の姪だもの」

「あたしたちが捕まえるんだ」

「魔女を捕まえるのよ」

「魔女を……」

…………

…………

足音と声が、外へ流れ出ていく。

食堂はやがて、夜の静寂を取り戻した。テーブルの下にひそんだまま冴子はただ、震えの止まらぬ身体を抱きかかえるばかり……。

5

タクシーが寮の前に着く。

閉ざされた門を乗り越えると、俊記は玄関に向かって全速力で駆けた。

夜は暗かった。

星明りの一つもない真っ黒な空の下、鬱蒼と茂る山毛欅《ぶな》の並木に挟まれた小道は、今までに歩いたどの道よりも長く、闇に満ちて感じられた。敷きつめられた砂利が、忌々しいくらい足にまとわりつく。にわかに吹きはじめた生ぬるい風に、木々がこぞってざわめきはじめる。

ようやく玄関に辿り着くと、大きな両開きの扉をがむしゃらに打ち鳴らした。

「開けてください。誰か開けて！」

腕時計を見た。

十一時過ぎ。冴子の電話が途切れてから、もう四十分近くが経っている。

警察が来ている様子はまるでなかった。ということは……？

「開けて。誰か、ここを開けるんだ！」

体当たりして破れそうな扉ではなかった。ほかへまわろうかと踵を返しかけたとき、鍵の外れる音がして扉が開いた。

俊記はするりと中へ滑り込んだ。扉を開けた女がひいっ、と悲鳴を上げる。

「怪しい者じゃありません」

俊記は、宿直の教師らしきその女性に訴えた。

「大変なことになっていると知って、駆けつけたんです。――生徒たちは？」

相手は怯えた顔で、途方に暮れたような声で答えた。

「あ、あの、二年の生徒が、気がおかしくなったみたいに興奮して、私たちが止めるのも聞かずに……」

「警察に電話を。すぐに！」

俊記は叫んだ。

「この建物の中で、また殺人が起こったんです」

「ええっ？　——は、はい」

うろたえきった女性をその場に残して俊記は、一度ここを訪れたときの記憶を頼りに、建物の奥へと駆け込んだ。

「和泉さん！」

ひと声叫び、耳を澄ます。あちこちから、まるで狂信者が唱える呪文のように、少女たちの声が聞こえてくる。

「和泉さん！　どこなんだ」

薄暗い廊下を階段に折れる。とにかくまず、二階の冴子の部屋へ行ってみるしかない。

「あ、あ……」

階段を駆け昇り、長い廊下に出る。

（どっちだった。右？　左？）

一度だけしか来たことのない場所だ。記憶は曖昧だった。

左右を見渡した。そこで、右手からこちらへ向かってくる人影に気づいた。

（生徒？）

（いや、そうじゃない）

背の高い女性、だった。生徒にしては年齢を感じさせる。のろのろと歩いてくる、その不安定な足取りが妙だと思った。

「誰？」

立ち止まった俊記に向かって、問いかけてきた。

「そこにいるのは誰です？」

いつか聞いた憶えがある——が、何やらひどく苦しそうな声だ。

「怪しい者じゃありません」

さっきと同じ言葉を、俊記は返した。

「誰ですか。男の人？」

このときやっと、俊記は気づいた。

「宗像校長ですね」

恵が死んだときに一度、千代とは会っていた。左右に身を揺らしながら歩いてくる彼女のもとに駆け寄って、俊記は「あっ」と叫んだ。

「どうしたんですか、その……」

土気色の顔。右手で自分の左腕を押さえている。

「何でもありません」

押さえた左腕を隠すように、千代は身を横に向けた。だが、俊記ははっきりと見ていた。薄灰色の部屋着の、左腕の部分が赤黒く濡れているのを。まず間違いなく、それは血の色だった。

「あなたは……高取恵さんのお兄さん、でしたか」

千代の表情は苦悶《くもん》に歪んでいた。

「どうしてあなたが」

「和泉さんから電話があったんです」

「冴子さんから？」

「ええ。それより宗像さん、その怪我は？」

「大した傷ではありません」

「しかし、顔が真っ青だ」

俊記は千代の横にまわりこみ、彼女の左腕に手を伸ばした。

「つぅ……」

千代の口から呻き声が洩れ、がくんと膝が折れた。

「ひどい傷じゃないですか」

部屋着の袖をずっくりと濡らした血は、袖口を伝い、床に滴り落ちている。

「宗像さん。あなた、犯人に」

「な、何を……」

「校長室に逃げ込んだ犯人に刺されたんじゃあ？」

そのときだ。

「きゃああああああ……!!」

どこかで誰かの凄まじい絶叫が、洋館に漂うすべての闇を裂いて響き渡った。

6

——魔女を捕まえろ……

――魔女を……

――魔女を……


クラスの少女たちが、冴子を探しに廊下へ繰り出していったあと、城崎綾は独り食堂に残った。

薄闇の中に佇み、その闇の色よりも深い黒髪をしきりに撫でつけながら、心の混乱を懸命に抑える。

(冷静にならなければいけないわ。こんなときこそ、冷静に)

目を閉じ、大きく深呼吸をする。一回、二回……。

(――ほうら。そうして何度も深い息を繰り返していると、だんだん気持ちが落ち着いてくるだろう?)

(お父さま……)

(――さあ、綾。話してごらん。いったい何があったのかな)

(ああ、お父さま)

(あの人が――あの人がいけないのよ。あの人が、だって……)

小学校四年生の春。その日、初めてやってきた家庭教師の若い女。

「城崎先生のお嬢さまの家庭教師をさせていただけるなんて、本当に私、光栄です」

彼女は、父が当時、特別講師として招かれていた大学の大学院生だった。

「可愛いお嬢さまですね。――綾さん、きょうからどうぞよろしくね」

屋敷の二階にあった綾の勉強部屋で。父が出ていくのを見送ったあと、彼女は云った。

「素敵なお父さま。あんな素敵なお父さまを持って、綾さん、幸せね」

綾は、そんなことは当然だと云わんばかりに、それでもやはりすこぶる良い気分で、深く頷いたものだった。

「本当に素敵なお父さま」

窓辺に向かいながら、家庭教師の女は繰り返した。

「それに、お母さまも」

(オ、カ、ア、サ、マ、モ?)

「さっき玄関でお会いしたのよ。城崎先生にふさわしい、きれいでお上品な方」

(何を云うの)

(あんな人の、どこが)

幼い少女の心に瞬間、激しい憤りの炎が燃え上がった。女は開いた窓に身を寄せ、外の景色に目を馳せていた。その背中めがけて突き出された、小さな二本の手。

悲鳴。——そして、静寂。

呆気《あっけ》なく窓から転落した女の身体は、もう二度と動くことがなかった。今でも耳にこびりついている、あのときの救急車のサイレン……。

「どうして、なのかな」

泣きじゃくる娘の頭を優しく撫でながら、父は尋ねた。

「どうしてそんなことを？」

(あの人が、あんなふうに云うから)

「あんなふう？」

(そうよ。お母さまのことを、お父さまにふさわしい人だなんて)

それだけの説明で、父は許してくれたのだ。

「綾が悪いんじゃないよ。綾は何も悪くない。少しも気に病む必要はない。綾はお父さんを想って、そうしてくれたのだね」

(ああ、お父さま……)

大きく深呼吸を。一回、二回、三回。

手近なテーブルの下から椅子を引き出し、綾は静かに腰を下ろした。

城崎家の末娘、城崎綾。年の離れた二人の姉は、すでに学業を終え、そこそこの良家に嫁いでいる。

Ｔ＊＊大学の建築学科を首席で卒業し、今や世界的な名声を持つ建築家の父。子供のころからずっと、綾にとって父は、ほかのどんな人間と比べるべくもない、理想の男性でありつづけてきた。

今年で四十八歳になるが、昔と変わらず若々しい。ハンサムで知的な面立ち。垢抜《あかぬ》けた身のこなし。上品で落ち着いた声、話しぶり……。

綾は父を愛した。そして父もまた、幼い時分から人並み外れて美しい容姿を備え、優れた才能を示した末娘の綾を、ほかの誰よりも愛した。自分の妻よりも、二人の上の娘よりも……誰よりも、だ。

まだ年端《としは》も行かぬころから、綾は彼に聞かされてきた。

「私がこの世でいちばん愛しているのはおまえだよ、綾。おまえは素晴らしい私の娘。私だけの芸術品だ。おまえが望むものは何だって手に入れよう。何だってしてやろう。おまえはこの家の王女さまなのだからね」

その言葉にたがわず、彼は綾の望みをすべて叶《かな》えてくれた。欲しいものは何でも与えられたし、どんなわがままも受け入れられた。そしてそのぶん綾は常に、彼にとっての最良の娘でありつづけた。

「あたし、大きくなったらお父さまのお嫁さんになるね」

小学校低学年のころまで、二人きりでいるときに綾がしばしば口にした言葉。父は嬉しげに目を細め、満足げに頷いていた。やがて結婚という制度の意味を知り、父親と娘のそれは許されないことなのだと教えられても、父の花嫁になりたいというその願いは消えなかった。

(なぜって……)

そもそもは、そう、あの女がいたからだ。あの女――彼の妻、綾の母親。

(どうしてお父さまは、あんな女と結婚したのだろう。どうして私は、あんな女の身体から生まれてきたのだろう)

あの人がきれいだって？　とんでもない。

上品で、父にふさわしい女だって？　そんなことがあるものか。

驕慢《きょうまん》で、知性のかけらも感じられない、夫の富と名声の上にあぐらをかいた鼻持ちならない女――。

精神的にとても早熟だった綾は、小学生のころから自分の母親を軽蔑しはじめていた。自分がその娘であることに対して、激しい羞恥すら感じていた。自分の中に父だけではなく、あの女の血が半分流れているということが許せなかった。その事実を信じたくもなかった。

「どうしてお父さまは、あの人と結婚なさったの？」

家庭教師の一件の少し前、父に訊いてみた憶えがある。

「あのころには綾のような人がいなかったからね」

と、父は答えた。それで綾は、いよいよ強く確信するようになったのだ。

父はもう、これっぽっちも母を愛してはいない。なぜなら、彼女は父にふさわしい人間ではないから。父にふさわしいのは、もっともっと美しくて優しくて、頭のいい女性（そう、私のような……）。

小学校の高学年から中学へ。年を追うごとに綾はますます美しく、才気溢れる少女へと成長していった。家庭での教育はもっぱら父が行ない、その他の世話はすべて綾専属の家政婦の手によってまかなわれてきた。

綾にとって、父以外の人間は人間ではないも同然の存在だった。母はもちろん姉たちも、親戚たちも。綾に尊敬と憧憬のまなざしを向ける学校の友人たちも、綾の優秀さを褒めたたえる教師たちも。そしてきっと、父のほうも自分と同じなのだと信じていた。

父と母の夫婦仲は冷めきっていた。綾と父との、傍目《はため》には異常とさえ映ったかもしれない親密さも、その原因の一つだったに違いない。

平日の夜や休日のひとときを、屋敷の音楽室や図書室に二人でこもって過ごす父娘《おやこ》の姿に、あの女はいつも、穢《けが》らわしいものでも見るような視線を送っていた。夫の心を実の娘に奪われてしまった、何て哀れな女……。

(だけどね、綾さん。あなたがどれほどお父さまの心を摑んでいようと、絶対にあなたは、あの人の妻にはなれないのよ)

冷たく燃えていた母の目。——おのれを省みようともせずに振りまわされた、低次元の嫉妬。

(お父さまの妻は私なのよ。あなたはあの人の娘。どうあがいたって、彼を自分のものにはできない。畜生道にでも堕《お》ちない限りはね)

そんな悪態をつかんばかりに、あの女はいつも、愛し合い戯れる夫と娘を眺めていた。醒めた、莫迦にしたような目で。

彼女はおそらく、心の底から娘を憎んだことだろう。

「……死んでしまえばいい」

闇に落ちた自分の声を聞いて、綾はふっと唇を緩め、目を閉じた。

(そうよ。死んでしまえばいいんだわ、あんな女)

　愛する父は今、遠いアメリカの地にいる。父の渡米を知ったときは当然、自分も一緒に行けるのだと思った。邪魔でうっとうしいばかりのあの女がいない、父と二人だけの海外生活を思い描き、期待に胸を膨らませたものだった。――しかし。父は迷った末、教育への影響などを慮《おもんぱか》って、綾の同行を許さなかったのだ。

「お母さんも連れてはいかないよ。私一人で行ってくる」

　不服を示す綾に、彼は云った。

「二年後に帰ってきたとき、おまえがどれほど素敵な女性《レイディ》に成長しているか、楽しみだね」

　そうして綾は、この学園へやってきたのだった。

　来年の夏には、父が帰ってくる。そのときは最高の笑顔で迎えるつもりだった。なのに――。

（……お父さま）

　なのにどうして、こんな事態になってしまったのだろう。

「どうして……」

　この学園に来て、綾が初めて経験したことがある。それは、他人から〝罰〟を与えられることだった。

転校してきてまもないころ、校則違反とは知らず、髪に赤いリボンを結んで登校した。そのとき教師から受けた叱責。掌にふるわれた教鞭。それからそう、授業中に窓の外を眺め、ぼんやりと父のことを考えていたあのときにも……。

家庭においても学校においても、綾の言動を叱ったり罰を与えたりする人間はそれまで、誰一人いなかったのだ。綾は常に、非の打ちどころのない完璧な娘であり生徒であったから、時として犯す失敗や過ちが責められることもまったくなかった。特に家では、母や姉たちが何かしらの綾の罪を咎めようとしても、父がそれを一蹴し、逆に彼女らを責め返してもくれた。

どんなときでも父は許してくれ、守ってくれたのだ。どんなときでも。——あの家庭教師を窓から突き落としたときでさえ。

(それを、この学園の先生たちは……)

けれども、そのような感情を表に出すのは許されないのだと考えた。名門「聖真」の教育方針に不満を抱いたり反抗したりするのは、決して父にふさわしい女性が取る行動ではない、と。

結局のところしかし、彼女の心は耐えられなかったのだ。この世で唯一、父にふさわしい人間である(それはすなわち、いかなる意味においても完璧な女性《レイディ》であるということだ）と信じてきた自分に非を見つけ、裁こうとするこの学園の環境に。裁かれたその経験に。だから……。

魔女狩り。

抑えつけられた心のエネルギーを、彼女は誰かに向かって――教師ではなく、自身の美意識と倫理観を裏切ることのない何らかの対象に向かって、吐き出そうとした。どうしても、そうせずにはいられなかった。

守口委津子を最初の「魔女」として始まったそれは、あるいはその一度だけで、綾の、そしてほかの少女たちの歪んだ欲求を満たし、他愛ない〝いじめ〟の一事例として終わっていたのかもしれない。――ところが。

「あの子の、あの目が……」

あの子の――高取恵の、あの目。

濃い睫毛の下から綾たちを見ていた、あの真っ黒な目。醒めて斜に構えたような、人を小莫迦にしたような、あの目。

そこに綾は、母親の目の色を重ねていたのだった。自分と父の仲をねたみ、それでいて嘲笑《あざわら》っていた、あの女の目の色を。

恵の〝裁判〟――〝処刑〟。その間ずっと、綾は彼女の瞳に母を見ていた。「魔女」

という言葉のすべては、恵を通して母に投げつけられた呪いだった。

そして、あの夜も。二度めの〝処刑〟の夜も……。

綾はぐったりと椅子の背にもたれ、低く呟いた。

「殺すつもりじゃなかった」

いや、違う。私は、殺すつもりだったのだ。

みどりが灯油の入った瓶を取り出したとき。その瓶を恵に向かって振り、マッチを手にしたあのとき。

（おまえに裁きを与える）

（許してほしくば、跪いて助けを乞うがいい）

綾は確かに、父を縛りつけるあの女に対する憎しみと殺意を、眼前の少女に向けて解き放っていたのだ。

隠し通せると思っていた。三十五年前にあの部屋で、同じような状況下で起こった焼死事件が自殺として処理されている事実を知っていたから、〝共犯者〟たちさえ口を割らなければ、真相は発覚しないだろうと信じていた。ところが――。

その〝共犯者〟の一人である千秋が何者かに殺され、続いて君江が殺された。さらに今夜、加乃とみどりまでが。

「最後は私の番？」

やや声高に、闇に問いかけてみる。

「高取恵の復讐？　そんな莫迦なことがあって？」

答える者はむろん、誰もいない。

（……和泉冴子）

（あの子なのよ）

みどりが正しかったのだ。あの転校生がきっと、恵の死の真相を知って、その復讐のために……。

「あの子よ。あの子の仕業なんだわ」

早く彼女を捕まえて、口を封じなければならない。自分が殺される前に。彼女が誰かに真相を話す前に。どんなことをしてでも。たとえばそう、クラスの少女たちがパニックを起こしたあげくの事故に見せかけて……。

……と、そのとき。

どこかにふと人の気配を感じ、綾は椅子から立ち上がった。

「誰？」

少し開いていた廊下の扉に目をやった。

「誰かいるの？」

冴子が見つかったのだろうか。教師の誰かだろうか。

それとも……と、三つめの可能性を自問しようとしたとたん、扉の向こうから黒い影が躍り出した。

「あっ！」

叫んだときには、ものすごい速さで食堂に駆け込んできたその影が、綾の懐に飛び込んでいた。

「きゃあああああああ……!!」

絶叫した。胸を冷たい衝撃が貫き、その一撃が、全身を凄まじい死の恐慌へと突き落とした。

狂ったように両腕を振りまわす。黒い影はひらりと身をかわし、腕は宙を切った。

もつれる足。崩れるバランス。乱れる黒髪。よろっ……よろり……闇の中を舞う、壊れはじめたダンシングドール。

（……動かなくなる）

床にくずおれる身体。

（……死？）

（ああ、まさか……そんな）

窓から落ちたあの家庭教師のように。炎に身を焼かれたあの少女のように。

（動かなく……）

心臓の音が、
どくっ、どくん……

こんなにもはっきりと聞こえる。こんなにも大きく鳴り響いているのに。

（……お父さま）

（……死にたく、ない）

（……死にた、く）

「城崎さん？」

恐怖。驚愕《きょうがく》。当惑。疑念。失意。悔恨。憎悪。……真っ暗な死の淵へとすべての感情が呑み込まれていく中で、綾の耳はかすかにその声を聞いた。

「城崎さん!?」

少女たちの足音が去っても、冴子はテーブルの下にひそんだまま、そこから出られずにいた。

7

(とにかく今は、ここで待つんだ)

暑くもないのに汗が額を伝う。汗を拭うのに手を動かすことすら、ためらわれた。

少しでも身動きすればそのとたん、少女たちがわっと雪崩《なだ》れ込んでくるかも……と、そんな恐怖に囚われていた。

(警察はまだ来ないの?)

(じゃあやっぱり、伯母さまは……)

目を開けていると――見えるのは闇ばかりなのに――、われ知らず叫び声を上げてしまいそうだった。冴子はかさかさに乾いた唇を血の滲むほどに嚙みしめ、強く強く目を閉じた。

そうしてどれほどの時間が(数十分? それとも数秒?)過ぎただろうか。

静まり返った食堂のどこかで、ごそりと何者かの動く気配がした。

(えっ？)

冴子は目を開いた。

(誰かがいる？)

少女たちは出ていったはずだ。

では、いったい誰が。まさか、あの黒い殺人者が？

「……死んでしまえばいい」

低い呟きが(誰？)聞こえた。透明なその声の色は……(城崎さん？)。

しばらくの沈黙ののち、

「どうして……」

さっきよりも少し大きな呟き。

(この声はやっぱり、城崎さん)

彼女がなぜ、ここにいるのだろうか。さっきみんなに冴子を探し出すよう命じたあと、彼女だけはここに残っていたのか。

「あの子の、あの目が……」

呟きは彼女の独り言らしかった。

「殺すつもりじゃなかった」

少しの間をおいて、また。

「最後は私の番？」

やや声を高くして、綾は問いかけた。

「高取恵の復讐？　そんな莫迦なことがあって？　――あの子よ。あの子の仕業なんだわ」

（わたしじゃない！）

危うく声を出すところだった。

（違うの。彼女たちを殺したのは別の人間なの。あの、黒い……）

冴子はよほど、綾の前に出ていって話をしようかと考えた。彼女ならば、もしかしたら冷静に聞いてくれるかもしれない。

いや、しかし――。

綾が冷静だと判断するのは、違う。

闇に響く彼女の声は、ほかの少女たちに比べると決して昂ったものではないが、〝委員会〟のメンバーのうち四人までが殺された今、彼女は誰よりもはっきりと認めているはずだ。次に狙われるのは自分だ、と。

その彼女の心中が、どうして冷静でありうるものか。

冴子を追う少女たちの報告を待ちながら、彼女は必死で恐怖と戦っているのだろう。恵を殺してしまった自分たちへの、容赦のない〝裁き〟に怯えながら。狂乱寸前に追い込まれた精神《こころ》のバランスを、冴子が犯人だと決めつけることによってかろうじて保ちながら。

けれどそれだけに、一刻も早く本当の犯人の存在を知らせなければ、とも思う。

（こんなところにいちゃ、だめ）

冴子は姿の見えない綾の心へ、懸命に念を送った。

（危険だから。犯人はわたしのほかにいるの。早く警察を呼んで。お願い……）

……と、そのとき。

「誰？　誰かいるの？」

綾が問いかけた。自分に向けて発せられた声だと思い（見つかった……）、冴子は身をこわばらせた。

「あっ！」

綾が叫んだ。そして――。

さささっ、と絨毯の上を駆ける足音が聞こえたかと思うと、次の瞬間、凄まじい絶叫が闇を震わせていた。

「きゃあああああああ……!!」

絶叫は長く長く尾を引いた。

続いてひとしきり、複数の人間の息づかい、足音。やがて、どさっ、と重いものが床に倒れる音……（城崎さん？）。

「城崎さん？」

思いきって呼びかけてみた。返答はない。代わりに、低く細く、今にも途切れそうな呻き声が。

「城崎さん!?」

叫ぶや否や、冴子はテーブルの下から飛び出した。

右手にある両開きの扉から、廊下の明りが射し込んでいた。その扉の正面——窓の手前あたりに散ったブラウスの白（……城崎さん）。頭を廊下側に向け、うつぶせに倒れている城崎綾の身体があった。

犯人の姿は見当たらない。すぐに廊下へ逃げたのか。それとも、この広い部屋の闇のどこかに身を溶け込ませたのか。

まろぶようにして、冴子は綾のもとに駆け寄った。

臙脂色の絨毯に、長い黒髪がふわりと広がっていた。華奢な身体が、動力の切れかけた玩具めいて弱々しい痙攣を続けている。胸のあたりから絨毯に染み出し、広がってくる血——その色は、闇を含んで黒かった。

まもなく痙攣が、止まった。死の直前の恐怖を白く凍りつかせて、顔ががくん、と横を向いた。

(ああ、何ていう……)

ぎょろりと剝き出された白眼。鼻筋に刻まれた深い皺。だらしなく舌を覗かせた半開きの口。……薄闇に浮かび上がったその死に顔は、これがあの綾なのかと本気で疑いたくなるほどに醜く歪んでいた。

「城崎さん」

(いっ、いっ、いったいあなたは何だったの？)

それはいつか冴子が、恵に対して抱いたのと同じ謎だった。みずからを「魔女」と呼んだ恵の謎は、しかしもう謎ではない。結局のところ、最大の謎は、そして本物の「魔女」は、城崎綾——この美少女の中にこそあったということなのか。

(いったい、あなたは……)

屈み込んで、綾の肩に手を伸ばそうとしたとき、冴子はとつぜん強い眩暈《めまい》に襲われた。たまらず床に片手をつき、ぶるっと頭を振った。その頭の中で——。

何かが、かすかな音を立ててはじけたような気がした。

……めりー……くりすます

(え？　なに？)

めりー、くりすます

キヨシ……コノヨル……

つけっぱなしのテレビから流れ出す歌声。

ホシハ……ヒカリ……

スクイノ……ミコハ……

(これは、あ、あの夢の)

ミハハノ……

『やめて！』

響き渡る女の子の悲鳴。

『やめて！　やめて！』

(これは……)

これは——ここは、あそこだ。幼いころ連れていかれたあの別荘の、あの居間。

赤く染まった白い絨毯。大柄な男が（……お、お、お父さん！）倒れ伏している。

血に濡れた包丁を手に握ったまま、壁にもたれかかって立つ女。キッチンのほうから顔を覗かせ、泣き叫ぶ少女（……お姉ちゃん！）。

女の目が（……狂ってる！）姉を捉える。居間に駆け込んで父の死体に取りすがろうとする姉の背中に、赤い刃が突き刺さる。

『おかぁさん！　たすけて！』

女を振り返り、絶叫する姉。

『おかあさんっ！』

血まみれの父の背に重なるようにして、崩れ落ちる小さな身体。

「ああ……お母さん」

とつぜん生々しく蘇った記憶に狼狽しつつ、冴子は声を落とした。

あのあと——。

父と姉の浮かんだ血の海を呆然と見つめる幼い冴子を、女が振り返った。それはよく知っている顔だった。信じられなかった。何かとてつもなく恐ろしい化物が、彼女の心に乗り移ってしまったのだ。そう思った。

冴子は泣きながらソファの下に逃げ込んだ。

狂った女はしばらくのあいだソファを叩いたり揺すったりしていたが、やがて低くくぐもった声で笑いながら離れていった。それから彼女は、自分が殺した二人の死体のそばに屈み込むと、気味の悪い啜り泣きや嗚咽《おえつ》を洩らしはじめ……。

「……お母さん」

そうだ。そうだったのだ。あのとき、冴子は見ていた。

十二年前のクリスマスの夜、父と姉を殺したのは母——宗像加代だったのだ。

8

過去と現在——二つの時間《とき》のあいだを行き来しながら、冴子はのろのろと頭を振りつづけた。

眼下に横たわった綾の死体に、血を分けた姉の、そして父の死が重なる。心中に渦巻くのは、狂気に取り憑かれた母の目の光、笑い声、嗚咽。赤い血の色が蠢く巨大な闇が視界を霞ませ、侵蝕《しんしょく》しはじめる。

逃げ込んだソファの下の、わずかな空間。混乱と恐怖、絶望。じりじりと過ぎていく時間。（さむい）怯え、震えながら眠った。（おなかがへったよ）（そとにでちゃだめ）狂女の足音。鳴り響く電話のベル。（だれか）（おかあさん）（こわいバケモノが）（おとうさん）もう動かない。（おねえちゃん）死んでる。（しんでる）（しんで）（しんで）死。死。死。暗い、赤い闇の訪れ……。

（大河原さん？）

警官がやってきたときの声。ほんの一瞬、意識が戻ったのを憶えている。あとはやっぱり闇。赤い緋い、闇の底……。

「和泉さん？」

声（ああ……懐かしい、この声）。

「和泉さん！」

（ああ……）

眼下に横たわった死体——（ここは）（今は）（これは）城崎綾の。

そしてようやく、冴子はわれに返った。振り向くと、食堂に飛び込んでくる彼の姿が（……高取さん）あった。

「大丈夫ですか。さっきの叫び声は……あっ」

俊記の視線が、冴子のかたわらに倒れた少女を捉えて凍った。

「その人は？」

「——城崎さん」

「城崎、綾？」

「――ええ」

「まさか、もう死んでる？」

床に屈み込んだままの姿勢で、冴子はこくんと頷いた。

「何が起こったんですか」

俊記は冴子の手を取った。

「例の犯人が、ここに？」

「――たぶん」

「さあ、立って」

「ああ……高取さん」

堰《せき》を切ったように涙が溢れ出した。冴子は身を震わせ、俊記の暖かな腕にしがみついた。

「みんなに追われて、ここに逃げ込んで、テーブルの下に隠れていたんです。そうしたら彼女が……」

「大丈夫。もう心配ない」

しゃくりあげる冴子の身体を、俊記は力強く抱きしめた。

「大丈夫。もうすぐ警察が来るから」

「高取さん。わたし、思い出し……」

「話はあとで」

と云って俊記は、立ち上がった冴子の震える肩に、その震えを鎮めようとするように両手を置いた。

「それより、宗像校長がひどい怪我をして」

「伯母さまが、怪我？」

「そうです。しかも、どうやら――」

冴子の視界の隅にそのとき、気になるものが映った。

俊記は、冴子の目から綾の死体を隠すようにして立っている。その彼の斜め後ろ。窓に引かれたカーテンが、今……。

「どうやらあなたの伯母さんは、犯人を庇って」

冴子は息を止め、そのカーテンに（今のは？）神経を集中させた。すると――。

ゆらり……微妙な、しかし不自然な動きが。

息を止めたまま、そっと視線を下げる。暗く沈澱した闇を透して、カーテンの下から覗く黒い二本の足が見えた。

「どうしました」

俊記が冴子の様子に気づいた。

冴子は小さく左右に首を振って、カーテンのほうを目で示した。冴子の視線を追ってそれを見つけるなり、俊記はびくっと身をこわばらせ、肩に置いていた手をゆっくりと離した。

「あなたは下がって」

息だけの囁《ささや》きでそう命じると、

「出てこい」

俊記は鋭い声を投げつけた。

「そこにいるやつ、出てくるんだ」

カーテンはしかし、ひらとも動かない。その下に見える二本の足も、動かない。

両手を拳に固めて、俊記は一歩、進み出た。

「逃げようとしても無駄だ。出てこい」

また一歩。さらに一歩、二歩……と、突然。

ばりっ、という音とともに臙脂色のカーテンの布が破れ、鋭利な刃物の切っ先が俊記の鼻先に突き出された。

とっさに身をひく俊記。ところが、破れたカーテンがフックから外れ落ち、勢いよく覆いかぶさってきた。全身をカーテンで包み込まれたような恰好になり、そのままあおむけに倒れてしまう。

冷たい頰に両手を当てて、冴子は竦然《しょうぜん》と立ち尽くした。

殺人者の影が現われた。

黒いフードを目深にかぶっている。大きく肩を上下させながら、カーテンの下でもがく俊記を見下ろす。その右手に握られたナイフの刃。窓から射し込む外灯の光が、ぎらりと反射した。

(彼が殺される)

「やめて！」

叫びながら冴子は、殺人者に飛びかかっていた。

(この人は殺させない)

ナイフをふるおうとする手に、必死でしがみついた。意外なほどに細い手だった。その細さからは想像もできないような凄まじい力で、殺人者は冴子をはねのけようとする。冴子は相手の手首をしっかりと摑んだまま、喉もとめがけて思いきり頭をぶつけていった。

二人の足がもつれ、横ざまにどっと倒れる。その動きに乗じて、殺人者は冴子の手を振りほどいた。

闇を切り裂いて、でたらめに振りまわされるナイフ。五人の少女の命を奪ったその凶刃が、冴子の左腕を掠めた。鋭い痛みが走って冴子がひるんだ隙に、殺人者はすっくと身を起こす。冴子は夢中でその足に組みついた。

「やめて！」

喚き立てる冴子を、殺人者はあっさりと蹴り払った。狂気じみた力。鳩尾《みぞおち》のあたりを膝で突き上げられ、冴子はひとたまりもなく床に転がり伏した。

胃液が喉に逆流してきた。苦痛にあえぐ冴子に向かって、殺人者が足を踏み出す。

「よせっ！」

まとわりつくカーテンからようやく自由になって、俊記が体勢を立て直していた。

「その子に手を出すな」

一喝して、彼は身構えた。殺人者の目が、ふたたび俊記に向かう。

(高取さん……)

痛みに耐えながら、苦く酸っぱい胃液に咽びながら、冴子は懸命に両腕を立てて顔を持ち上げた。

俊記と殺人者――二つの影が、目の前でもつれあい、転がった。

体格では俊記にずっと分がある。だが、文字どおり狂ったように振りまわされるナイフに気圧《けお》され、やがて俊記のほうが殺人者に組み敷かれる恰好になった。

馬乗りになった殺人者が、俊記の喉笛めがけて（危ない！）ナイフを振り下ろす。かろうじてそれをかわす俊記。ずさっ、と絨毯に突き刺さる刃。

（彼が……彼が……）

冴子は必死で身を起こそうとするが、さっきの鳩尾への打撃のせいか、思うように力が入らない。焦燥する。床についた腕と膝が、がくがくと震えた。

ナイフがまた振り上げられた。俊記の手が、相手の腕を摑んだ。

「高取さん！」

やっとの思いで、冴子は立ち上がった。

痛みも恐怖も忘れ、殺人者の黒い背中に飛びかかる。その衝撃で、相手の手からナイフが落ちた。

何かを考える前に、冴子は絨毯に転がったナイフに飛びついていた。

凶器を失い、うろたえる殺人者。その左の肩口めがけて、拾ったナイフを力いっぱい振り下ろした。

「うっ……」

ナイフが肩の肉に突き刺さった。ごりっ、という感触があったのは、刃が骨に達したからだ。

傷を押さえながら、床に転がる殺人者。たらたらと血の糸を引いたナイフの柄を、冴子は両手で握り直し、握りしめる。殺人者を見下ろし、ふたたびナイフを振り上げようとしたところで――。

「いけない」

と、俊記の声が聞こえた。

「だめだ、和泉さん」

「え……」

上体を起こした俊記のほうに目をやる。その一瞬を、殺人者は見逃さなかった。

「きゃあっ！」

強烈なタックルを受けて、冴子の身体が窓まで吹っ飛んだ。激しい音を立ててガラスが割れた。窓の枠でしたたかに後頭部を打った。殺人者の肩の傷から噴き出した血で、顔中がべとべとに濡れていた。

「うわっ、うわあああ……」

生温かい血の感触。額を伝い、目の中に流れ込んでくる。唇のあいだから、口の中にも。

「あ……ああ……」

意識が（血……赤い血……）朦朧としてくる（こんなに……ああ……）。

「やめなさい！」

廊下の扉のほうからそのとき、鋭く叫ぶ声が飛んできた。

割れた窓を背に身を凍らせる冴子。起き上がろうとする俊記。冴子の手から放り出されたナイフに飛びつく殺人者。三人の目が、いっせいにそちらへ引きつけられる。

「やめなさい！」

と、もうひと声。

そこには宗像千代が立っていた。血に濡れた左腕を、だらりと身体の横に垂らしている。しかし、その右手には……。

「冴子さん。高取さん。じっとしていなさい」

厳しい声で命じるや千代は、拾い上げたナイフを構える殺人者に向かって猛然と突進してきた。

「ああっ！」

(伯母さま!)

「宗像さん!」

千代の動きに殺人者は一瞬、たじろぎを見せた。だが、すぐにまたナイフを振り上げる。身を低くしながら、その懐に突っ込む千代。——そして。

「ぐふっ……」

黒いフードの下から呻き声が洩れた。殺人者のナイフが千代に振り下ろされるよりもわずかに早く、千代の突き出した刃物のほうが殺人者の腹部を抉ったのだ。

俊記が照明のスイッチを見つけ、つけた。天井から吊り下がったシャンデリアが光を放ち、闇を追い払った。

「伯母さま……」

なかば呆然としながらも、冴子は千代のほうへよろりと足を向けた。

血まみれになって立ち尽くす千代は眼鏡の奥から、悲しみとも絶望とも取れる、何とも云えない色の目を冴子に、続いて足もとにくずおれた殺人者に投げた。

殺人者は、多くの血で汚れた黒い雨合羽に身を包んでいた。

「ぐ……ぐぅ、ううぅ……」

呻き声が弱々しくなり、身悶《みもだ》えが鎮まっていく。やがてほとんど動かなくなったその者の身体を、俊記がそっとあおむけに返した。

「ごめんなさいね」

と、千代が呟いた。

「もう、こうするしかなかった。私を、許して」

頭にかぶさっていた黒いフードが、ずるりと脱げ落ちた。光に晒されたその者の顔を見て、冴子は思わず口を押さえた。

「ああ」

俊記が低く声をこぼした。

「やっぱりそうだったのか」

聖真寮三号棟の管理人――山村トヨ子の顔が、そこにはあったのだ。

9

ナイフが、血しぶきとともに手から滑り落ちた。

彼女は両手で腹を押さえ、がくりと膝をつき、そして前のめりに床に倒れた。突き刺さった包丁の刃が、その勢いでさらに深く身体を傷つける。

混じりけのない緋色が轟々と渦巻く心の中の風景に、よりいっそう緋《あか》く、おのれの流す血の赤が降り注いだ。

肩の傷が痛い。おなかの至るところが痛い。目が霞む。ひどく霞んでくる。それとは裏腹に、意識を覆い尽くしていた狂気の波が徐々に退いていく。

(私は何だったの？)

彼女は切実に自問した。

(私はなぜ……)

いちばん最初の奇妙な感覚は、和泉冴子の顔を見たときに生じた。新しく寮に入ってきた少女の、不思議な翳りを帯びた大きな褐色の目に、彼女は得体の知れない胸騒ぎを覚えた。

(いったいあれは何だったんだろう)

しかし、それはほんの前触れにすぎなかった。

彼女の中で本当の〝狂気〟が動きはじめたのは……。

(……そうだ、あの夜)

夜中に妙な物音で目を覚ました。そうしてあの特別室の扉が開いているのを見つけた彼女は、息を殺して部屋に入った。そこで見たもの——。

浴室のドアが半開きになっていた。その向こうから聞こえてきた、異様な声。何人かの少女たちが、一人の少女を取り囲んでいた。口々に何ごとか、罵りの言葉を吐きつけていた。

そのときは明りと角度の加減で、少女たちの顔は見て取れなかった。何が行なわれているのか分からず、どうしたらいいかも分からず、彼女はしばらくその場に凍りついていたのだが、やがて恐ろしいことが起こった。取り囲まれた少女の身体が突然、炎に包まれたのだ。

慌てて飛び込もうとしたのだが、どうしてもそのようには動けなかった。激しいショックのせいもあったし、それとは別に、目撃したその光景が、彼女の心の底で長らく眠っていた何者か（それが、あれだったんだ……）を呼び覚ましてしまったせいでもあった。

炎に包まれた少女が息絶えると、残りの少女たちは、自分たちの行ないをいかにして隠し通すか、その相談を始めた。彼女は信じられない気持ちでそれを聞きながら、部屋にあったソファの陰にじっと身をひそめていた。

しばらくののち、少女たちは部屋を出ていった。そしてそのさい、彼女はその五人の生徒たちの顔をしっかりと目に焼きつけておいたのだ。

みんな、名前を知っている二年生だった。——城崎綾。関みどり。桑原加乃。中里君江。堀江千秋。

彼女が校長室のドアを叩いたのはそのあと、だった。

宗像校長に変事を知らせたとき、すでに彼女の心は狂いはじめていたのかもしれない。特別室で大変なことがあった、とは伝えたものの、目撃した事実をそのまま告げることはとうとうできなかった。のちに警察から質問を受けたときも、そうだった。あの夜の出来事は決して誰にも明かしてはならない——と、頭の中のどこかで何者かが命じていたのだ。

あれがいったい何だったのか、死の淵に踏み込みつつある今もなお、分からない。もともと自分の中に棲みついていたものなのか？　ならば、いつから？　気づいていなかっただけで、もしかするとそれはずっと昔からいて、動きはじめる機会を待っていたのかもしれなかった。

やがて——。

彼女の心はどんどんとその、狂気に満ちた何者かの意志に支配されるようになっていった。

その者の狂気が何を求めているのかを知ったのは、堀江千秋の死体が発見されたあの朝、自室で眠りから覚めたときだった。部屋の洗面台に、血で汚れた雨合羽とペティナイフが放り込まれているのを見つけ、彼女は前夜に見た夢（……庭園で、少女を殺した）を思い出した。

　では、あれは夢じゃなかったということなのか（私が、人殺しを？）。

　自首を考えた瞬間もあったが、その考えをあっさりと否定する声が、常に脳裡で囁きつづけていた。

（あの五人の生徒たちは、罪を犯したのだ。私はその罪を裁かねばならない。彼女たちみずからが流す赤い血によって、その罪はあがなわれなければならないのだ）

どこまでも赤い血の色を、心の中の狂気は求めていた。その囁きに逆らうことが、どうしても彼女にはできなかった。

　次の夜、雨の中を歩く少女（和泉冴子？）の姿を見かけた（あれは錯覚だったんだろうか。それとも……）。そのあと眠りに就いた彼女は、ふたたび夢の中で〝裁き〟の〝執行〟を経験した。二人めの〝受刑者〟となったのは、寮内での行動を咎められて謹慎室に入っていた中里君江だった。

　そして、今夜——。

この一週間足らずのあいだは寮内外の警戒が厳しくて、心に巣喰った何者かも行動を起こそうとはしなかった。ところがきょうの夕方、あのときの生徒の一人である桑原加乃が、あすの朝にはこの寮を出るからと挨拶にきたのだった。

（逃すわけにはいかない）

何者かの狂気が囁いた。

（今夜中に桑原加乃を、殺さねばならない）

退院してきたあの娘——和泉冴子と廊下で会い、管理人室に戻った。そのとたん彼女の心は、今度は目覚めたままの状態で、見る見るうちに巨大な緋色の渦の直中《ただなか》へと呑み込まれていった。

雨合羽を着、ナイフを持ち、３０４号室に忍び込んで桑原加乃を殺した。続いて、部屋に戻ってきた関みどりも。そしてその直後、あの部屋を訪れたのが和泉冴子だったのだ。

追ってくる冴子から逃げ、廊下を駆けた。いま正体を知られてはまずい、と感じていた。

自室に戻るわけにはいかなかった。何者かは彼女を本棟の二階へ向かわせ、そこでなぜか、校長室へ逃げ込むように命じた。

宗像校長は彼女の姿を見ると、それですべてを察したらしかった。やがてドアを叩いた冴子を追い返し、警察に連絡する様子もなく、彼女を椅子に坐らせて気を落ち着けるように云った。

（どうしてなんだろう）

彼女――山村トヨ子の意識は、虚しく問いつづける。

（どうして校長先生は、私を――殺人犯を庇うような真似を？）

結局のところ、トヨ子としての彼女に、それを理解することは不可能なのだった。その理由を知っているのは、彼女の心に棲むもう一つの意識――血に飢えた狂気の中にある記憶だけだったのだから。

このあと彼女は、自分をかくまってくれた宗像校長にまで凶刃をふるい、ふたたび廊下へ飛び出した。残る一人の罪人、城崎綾の命を奪うために。

（いったい私は……）

急速に意識が薄れていく中で彼女は、自分に向かって投げかけられた宗像千代の声を聞いた。

「ごめんなさいね。もう、こうするしかなかった。私を、許して」

（……ああ）

命が果てる前の最後の一瞬、混沌の片隅で彼女は呟いていた。

（そうだったのよね。お姉さん）

10

左上腕部の怪我で入院した宗像千代は、多量の出血とショックのため一時かなり危険な状態にあったが、幸いにも一命を取り留めた。

「一番の罪は、もしかすると私やお父さま、そして亡くなったお母さまにあったのかもしれません」

後日、病室を訪れた冴子と俊記を相手に、彼女は語った。

「冴子さん。あなたにこんな話を聞かせるのは酷だと思いますが、今さら隠しても、きっとそのほうが、あなたにとってはもっとつらいことでしょうから……。

加代――あなたのお母さんは、幼いころからちょっと変わったところのある子でした。子供にしては口数が少なくて、いつも一人で、部屋の中や庭の片隅で何か、ぼんやりと物思いにふけっていました。けれども、二つ年上の姉である私のことは、たいへん慕ってくれていたのです」

千代は宙に視線を彷徨《さまよ》わせた。その老いた目の中には、深い悲しみと慈愛が宿っていた。

「父・倫太郎はあのとおりの方でしたから、加代だけではなく私も、子供のころはどちらかと云うと恐れを抱いていた。母は母でとても厳格な人で、私たち姉妹は何かあるごとにきつく叱りつけられたものでした。

加代はよく、私にいろいろな質問をしてきました。中でもとりわけ印象に残っているのは、私が尋常小学校の二年のころでしたか、あの子に『死刑』とは何か、と訊かれたこと。そのとき私は何気なく、悪いことをしたら罰として殺される、それが死刑なのよ――と、そんなふうに答えたのです。いま思えば、その言葉があの子の、もともと普通の子供とは違っていた心の中に、いびつな形で取り込まれてしまったのではないか。そういう気もします。

加代が学校へ行きはじめたころ、私の飼っていた猫が、あの子の可愛がっていた小鳥を殺してしまったことがありました。その直後、無惨な殺され方をした私の猫の死体が庭で見つかった。これはたぶん、小鳥を殺した猫をあの子が『死刑』にしたのだろう、と思うのです」

「死刑……」

冴子は呟き、小さく頷いた。

「小鳥と猫の事件のあと、今度は私自身があの子に襲われてしまいました。私がちょっとした約束を反故《ほご》にしようとした、それをあの子は、きっと〝嘘つき〟の罪だと判断したのでしょう。私は――因果なものですね、あのときもこの左の腕を、あの子に刺されたのでした。

激怒した父と母は、加代を、いわゆる座敷牢《ざしきろう》に閉じ込めました。それまでも、あの子の言動にはしばしば正常ではないものが見られたのですが、あの時点で父も母も、加代の精神《こころ》が持つ異常性に確信を抱いたようでした。

ところが、中学校に上がる時分になると、その異常性はだんだんと影をひそめていったのです。そしてやがて、あの子に月のものが始まった。そのころにはもう、あの子の心はすっかり正常な状態に回復したかに見えました。

のちに私は大学で心理学をかじったのですが、そこで考えてみたのは、月経の始まりが、あの子の心にひそんだ狂気に対する一つのストッパーの役割を果したのではないか、ということ。つまり、あの子の狂気は常に赤い血の色を求めていて、それを行動に移すさいの正当化の手段として、〝罪への裁き〟という使命感が利用されていた。だから、毎月の生理で自分の身体から流れる血を見るようになって、それで血の色を求める異常な欲求が中和され、抑えられていたのではないか。――そう考えたわけです。
その証拠に、あの子が高校二年になって、あの恐ろしい罪を犯したとき……ああ、そうです。三十五年前に起こったあの事件もまた、あの子の仕業だった。学校と寮の厳しい生活と不慣れな人間関係から来るストレスが、おそらく災いしたのでしょう、その数ヵ月前からあの子は、生理が止まっていたのだといいます。そんなとき、クラスに例の岩倉美津子という生徒がいた。加代はたぶん、美津子の行動に何か、あの子にとって決して許せない〝罪〟を見つけ、そしてそれを裁いたのでしょう。

事件は宗像の力で自殺として処理され、加代はひそかに、寮から宗像の家に連れ戻されました。父たちは知り合いの精神科医に加代の診察と治療を依頼したのですが、やがて生理の不順が回復するとともに、あの子の状態は落ち着いていったのでした。

その後の数年間、花嫁修業と称して、加代はずっと家に閉じ込められていました。その間、あの子の様子はしごく正常で、もう再発の恐れはないだろうという医師の診断を得たのち、もちろんそういった事情は内緒で、かねて持ち上がっていた大河原家との縁談がまとめられたのです。

しばらく経って、あの子の最初の妊娠を知ったときには、私たちはずいぶん心配したものでした。何よりも私が恐れたのは、妊娠から出産後までの長い期間、あの子の生理が止まってしまうことで……。

ですが、幸いそれは杞憂《きゆう》に終わり、二年をおいて二人めの子供、つまり冴子さん、あなたができた。加代が三十五の年です。かなりの難産だったとも聞きますが、とにかく無事に子供は生まれた。そのころには宗像の父も母も、加代はもう大丈夫だと安心していて、孫の誕生をたいそう喜んでいました。なのに――。

そうして私たちが、かつての加代の姿を忘れかけていたとき、あの事件が起こったのです」

千代は言葉を切り、しばし冴子の顔を見つめた。冴子はその視線をしっかりと受け止めた。

「十二年前のあの事件の顛末は……もう知っているのですね？　これはあとで分かった話ですが、あの事件が起こる一年以上も前から、加代はしばしば生理の不順を訴えていたそうなのです。

妊娠、出産のときに生理が止まるのは当然のことで、それはたぶん、いったん立ち直り、安定を得たあの子の心に大した影響を与えるものではなかった。けれども、その後のひどい生理不順は、その症状自体に対する不安とあいまって、あの子の心にふたたび狂気を呼び起こす原因になってしまった。そういう説明が可能でしょうか。

あの事件のあと、完全に気の狂った加代を、私たちは宗像の息がかかった病院に入れました。決定的な証拠がないため、警察は加代の犯行とは断定できなかったのですが、あの子の過去を知っている私たちにしてみれば、事件の真相は明らかだった。もっとも、具体的に何があのとき、あの子の殺意を自分の夫と娘に向かわせたのか、それは結局のところ謎だったのですが。

ともあれ、私たち——というよりも私の父と母は、宗像家の名誉を保つため、できるだけ加代を世間の目から隠す必要がありました。宗像家から異常者が出た、その事実を極力、世間に広めないようにすることが、何よりも重要な問題だったのです。生き残った冴子さんを和泉家へ養女に出したのも、同じ理由でした。ひどい云い方ですけれど、殺人を犯した娘の産んだ子供を宗像家に置くわけにはいかない、と。そんなふうに、あのときは特に母のほうが主張したのです。

病院の加代は、事件後一年から二年はかなりの狂暴性を示し、重度の精神病患者として個室に隔離されていました。けれども、治療が続けられるうちに病状は徐々に回復へ向かい、三年めに入って、不順で止まりがちだった生理がもとに戻ったのを契機に、あの子の状態はまた安定しはじめた」

千代はふたたび言葉を切り、かたわらに置いてあったグラスの水で唇を湿らせてから、「ところが——」と続けた。

「ところがそのさい、あの子の心に生じた大きな変化があったのです。

おそらくそう、あの子の心の正常な部分が、忌まわしい自分の過去をすべて消し去ることを望んだのだと思います。つまり、平静を取り戻した加代は、すべての過去の記憶を失ってしまっていたのです。

　そのころ、すでに『聖真』の校長を務めていた私は、父母と相談のうえ、病院の院長にある特別な提案をしました。それは、宗像加代という人間の存在をこの世から消してしまおう——すなわち、記憶を失ったあの子に、本来の過去とはまったく別の、架空の過去を与えてしまおうという提案であり、依頼だったのです。宗像加代なる人間はもう死んだことにしてしまって、あの子には別の人間として、第二の人生を歩ませよう、というわけです。

　宗像家にとってみれば、加代をそのままずっと精神病院に入れておくのは、決して好ましい話ではなかった。といって、記憶をなくしたあの子をふたたび宗像に迎え入れることにも、強い反対があった。誰よりも強固に反対したのは、やはり母でした。自分の身体から生まれた子供が人殺しの狂人であるという、その事実を、彼女はどうしても認められなかった——認めたくなかったから、そんなあの子はわが子ではないと、そう思い込もうとしていた」

「ひどい……」

「そう。ひどい話です。でも、そのほうがあの子自身のためでもある、と私は思いました。狂気に蝕《むしば》まれた恐ろしい過去を引きずって生きるよりも、まったく別の記憶を与えられたほうがよほど幸せではないか、と。

こうして、医師の協力を得てあの子に与えられたのが、山村トヨ子という架空の人物の名前と過去だったのです。

こののち、宗像加代は病院内で死ぬことになります。私たちは医師に加代の死亡診断書を書かせ、葬儀は内々で済ませたと偽って、位牌をお寺に納めました。実際のところは云うまでもなく、山村トヨ子としての記憶を持って、あの子はひそかに退院したわけですが……。

退院後の加代――いえ、トヨ子を寮の管理人として置くことにも、当然ながら父と母の強い反対がありました。そんなことをすれば、せっかく心の奥深くに葬られている加代の記憶が、いつ蘇ってしまうか分からない、と云うのです。確かにその危険はあるかもしれない、と私も思いました。

けれど、あの子をまったくよその世界に放り出してしまうなんて、私にはどうしてもできなかった。結局、常に私が監視の目を光らせているから――と約束して、なかば強引にそれを実行しました。今から六年前の話です。

六年間、トヨ子に危険な兆しは見られませんでした。私はしばしば彼女と会って話をし、彼女がトヨ子であることを確かめ、彼女がずっとトヨ子でありつづけることを祈っていました。私はやはり、不安だったのです。特に、いずれ彼女が更年期を迎えて生理が止まってしまう、そのときのことが……」

千代はふっ、と目を閉じた。

「私は――」

深い皺と隈《くま》で縁取られた瞼のあいだから、見る見る涙が溢れ出た。

「あの子が不憫《ふびん》でならなかった。昔は世間並みの、仲の良い姉妹だったのです。それが、少しばかりあの子の心が歪んだ方向へ成長してしまったばかりに、そしてあの子が、宗像という特別な家の娘として生まれたばかりに……。

あの子をこのままずっとそばに置いて見守っていてやるのが、姉として自分にできるせめてものこと――と、私は思っていたのです。

一年前、あの子をいちばん嫌っていた、というよりも恐れていた母が他界し、私と父は相談のうえ、冴子さん、あなたを和泉家から引き取ろうと決めました。宗像の血を絶やさぬため。それが一つの大きな理由ではあったのですが、少なくとも冴子さん、これだけは信じてほしいのです。あなたを本来の場所に連れ戻し、宗像家の人間として育て上げるのもまた、私たちにできるせめてもの償いだと、私も父もそう考えたのです。幼いあなたを養女に出した——宗像家から追放した、そしてあなたのお母さんの過去を葬り去った、そのせめてもの……。

あなたを寮に迎えるのは危険かもしれない、とは承知していました。あなたがトヨ子の中に、忘れた母親の面影を見出す可能性もあるし、トヨ子のほうがあなたと会って、加代の記憶を取り戻さないとも限らない。けれども、最後に二人がお互いの顔を見たのはもう十二年も前のことで、その間に冴子さん、あなたはすっかり成長してしまっていたから。だから、少なくともトヨ子のほうがあなたに気づく恐れはないだろう——と、最終的な判断を下したのでした。

結局のところ私は、何とかしてあなたとあなたのお母さんを二人とも、自分のそばに置いて……そうすることで、私自身と私の父母が犯した〝罪〟を許してもらおうと願っていたのでしょう。でもそれが、まさかこんな惨《むご》い結果を招くなんて……」

終章

「ああ、そうだ」

長い石段の途中で立ち止まり、俊記は冴子のほうを振り向いた。

「すっかり忘れてた。和泉さん」

「はい？」

冴子は大きな目をきょとんとさせて、俊記の顔を見上げた。

「ええとあの、もしもいやじゃなければ、あなたに渡しておきたいものがあって」

「えっ。何ですか」

「あれ？　何だか、プロポーズでもするようなせりふになっちゃったなあ」

俊記は照れ臭そうに頭を掻いた。

「いえ、もちろんそんなんじゃないんです。あのね、実はこれを」

「――写真？」

俊記がブルゾンのポケットから取り出したものを見て、冴子は小首を傾げた。

「ええ。見てみてください」

「これは——」

手渡されたその写真に視線を落とし、冴子は呟いた。

「これは、母の？」

「そうです。思い出させるのは良くないかもしれないけど、あの日——事件の最後の日、藤原刑事が僕に送ってきてくれたものなんです。何か参考になれば、と」

「高校の、クラス写真ですね」

「下に名前が印刷されています。あなたのお母さんは、二列めの真ん中あたり」

褪《あ》せたモノクロの絵の中に、冴子は母の顔を探した。

「分かりますか」

「——はい」

十七歳の宗像加代は、長い髪を三つ編みにして胸もとに垂らし、不自然なほどに大きく目を見開いていた。

「その写真を、寮へ向かうタクシーの中で見直していてふと、最初にあそこを訪れたとき会った山村トヨ子の顔が思い浮かんだ。そんなことがあるはずがない、気のせいだ、とも思ったんですけど」

「それで、あのとき」

冴子は視線を上げた。

「母の――犯人の顔を見て、『やっぱり』って?」

「そうです」

ふたたび写真に視線を落とす冴子の顔を、俊記は心配そうに覗き込んだ。

「気に障ったかな。刑事さんが、それはもう要らない、和泉さんに渡すのがいちばんいいんじゃないかと。僕も、そう思うから」

「ありがとう」

冴子は俊記を見、そしてまた写真を見た。

「わたしとお母さん、よく似てたんですね」

いつだったか、守口委津子が云っていたのを思い出す。

(きのう見たときに思ったんだ、あたし。あなたの顔、誰かに似てるって)

いま考えると、その「誰か」とは、彼女たちが毎日のように寮で顔を合わせていた山村トヨ子＝加代のことだったのかもしれない。

「こんな目をして……おどおどしてる。何だか自分の顔を見てるみたい」

「いや、それは」

「ううん、分かってます」

冴子は写真から目を離し、微笑んだ。

「母は母、わたしはわたし。——大丈夫。わたしもう、くよくよ悩みません。自分を疑ったり怯えたりするのはもう、やめにするつもり」

「ああ、和泉さん」

「いつか云いましたよね。母のお墓に行って、お別れを云いたいって」

「もちろん憶えてます」

「だからきょうは、そのために来たんです。母に——お母さんに、本当のさよならを云うために。わたし自身の過去にも、です。ありがとう、高取さん。一緒に来てくれて」

九月二十八日、日曜日。

二人は相里市内にある宗像家の菩提寺を訪れた帰りだった。

「ありがとう、高取さん」

と繰り返して、冴子は受け取った写真をバッグにしまった。

「これからどうするつもりなんですか」

ゆっくりと歩きだしながら、俊記が尋ねた。

「さあ。まだ何とも」

すっかり秋の風情が立ち込めた夕暮れの景色に目を馳せ、冴子は風になびく栗色の髪を掻き上げる。

「伯母さまが元気になられたら、相談するつもりです。できれば、お祖父さまともゆっくりお話がしてみたいし」

「何だか、変わりましたね」

俊記は眩しそうに目を細くした。

「そう見えますか」

「何だかとても、強くなったみたいだ」

「もしもそうだとしたら、ぜんぶ高取さんのおかげ」

冴子はそっと俊記に身を寄せ、その腕に手をまわした。

「ふっきれたんです、わたし」

西の空と山々の色を見事に染め変えながら、今しも夕陽が沈もうとしている。遠くに広がるその風景の、目がくらみそうなほど鮮やかな色彩に——。

(何て)

（何て、あかい）

（赤い）

（緋い……）

（何てきれいな……）

（……血）

少女はうっとりと瞳を輝かせ、薔薇色の唇に薄く笑みを浮かべた。

——了

新装改訂版あとがき

『緋色の囁き』の初刊は一九八八年十月。祥伝社ノン・ノベルからの刊行だった。同年九月には講談社ノベルスで『迷路館の殺人』を上梓しているから、綾辻行人の長編第四作だったことになる。九三年にノン・ポシェット（祥伝社文庫）で文庫化、九七年には講談社文庫で再文庫化された。本書はその〈新装改訂版〉である。「館《やかた》」シリーズおよび『どんどん橋、落ちた』の〈新装改訂版〉と同様、主に文章の最適化を意識しつつ細やかに手を入れ、決定版をめざした。

いつものことながら、こんなふうに改まって昔の作品と向き合うのは精神が消耗するものである。あちこちが恥ずかしくてうんざりしてしまう気持ちと、今はもうこのようには書けないよなあという羨望まじりの気持ち。両者が折り合うバランスを探りながらの作業になるわけだが、今回は特に消耗が激しかったように感じる。要因はいくつか考えられるけれども、ここでくだくだ述べるのは控えるとして――。

この機会にやはり、『緋色の囁き』という長編の成り立ちについて、思い出せるあれこれを書き留めておきたい。

発表は前記のとおり一九八八年だったのだが、本作の実質的な執筆時期は一九八六年に遡《さかのぼ》る。今から三十四年前。ノン・ポシェット版の「文庫版あとがき」では、僕は次のように記している。

「この作品の構想を練り始めたのは発表の二年ほど前——一九八六年の夏頃のことでした。第一稿の執筆期間は、だいたいその年の秋から翌八七年の春にかけて。この原稿をもとにその後、幾度かの改稿作業を行なった上、八八年秋にめでたく発表の運びとなったわけでした。」

しかしながら記憶によれば、この記述には若干の事実の改変がある。

実は「八七年の春」の時点で、原稿はすでに幾度か改稿を重ね、ほぼ完成形になっていたのである。その後は八八年秋の刊行が決まってから一度、推敲をしただけ——だった気がする。「ほぼ完成形」の原稿が存在したにもかかわらず発表がそこまで延びたのにはむろん、相応の理由があった。

八六年当時、僕はまだ一介の大学院生だったのだが、いくつもの幸運な巡り合わせのおかげで『十角館の殺人』の商業出版に向けての動きが、ある程度のリアリティを持ちながら進行しつつあった。出版の実現は結局、翌八七年の秋になったので、結果として八六年は僕にとって、デビュー前に与えられたモラトリアムのような時間だったことになる。

自分が将来、職業作家としてやっていける自信などまるでなかったけれど、それでも今のうちに次の長編を書かなければ、と思った。これは当時、『十角館』の原稿を預かって出版社に持ち込みをかけてくれていたエージェント（キティ・ミュージック・コーポレーションの出版部）からの、同年春に結んだ契約に基づく要請でもあったのだが、キティ関係のこの辺の事情を説明しはじめると長くなるので省略。

——で、さて。

何を書こうか、というところでまず、けっこう頭を悩ませたわけである。

当時はまだ「館」をシリーズ化しようという発想はまったくなくて、さらに云えば「本格」への志向もさほど明確ではなかった。〝縛り〟があったとすれば「推理小説《ミステリ》であること」だけで、あとは「書きたいものを書けばよろしい」という状況だったのだ。そこで——。

何を書きたいのか、書けるのか……と自問自答を続けるうちに出てきたのが、大好きなダリオ・アルジェント監督の映画『サスペリア』（一九七七年）のような、というイメージだったのだと思う。

舞台は全寮制の名門女子高校。主人公は転校してきた美少女。厳格な教師たち。怪しげな学寮のたたずまい。――これらはどれも『サスペリア』を意識したものだった。「魔女」というキーワードも同じで、執筆時のタイトルは『緋色』ではなくて『魔女の囁き』だった。

とはいえ、『サスペリア』のように本物の魔女が登場するオカルト作品にするつもりは、端《はな》からなかった。書きたかったのはあくまでもミステリ。「本格」とは云わないまでも、フーダニットが主軸となる連続殺人の物語だったから、その部分では、同じアルジェント監督作品でも『サスペリアＰＡＲＴ２』（一九七五年）のほうを意識していたようにも思う。オカルトホラーではなく、非オカルトの「ジャッロ」を、という。

映像的なイメージとしてはそれ以外に、あのころビデオで観たニコラス・ローグ監督の『赤い影』（一九七三年）に触発されたところも少しある。小説作品だと、赤川《あかがわ》次郎《じろう》さんの『マリオネットの罠』（一九八一年）のような雰囲気がいいな、という思いもあった。文章の途中に（　）で括られた言葉の断片が割り込んでくる――という手法はたぶん、スティーヴン・キングの『シャイニング』（一九七七年）などを読んだ影響でもあったのだろう。

大学院の研究室に籍を置いて、そちらの仕事というか研究活動も並行して続けながらの執筆だった。どのようにして長編ミステリを書けばいいのか、ということからしてまだよく分かっておらず、いちいちが手探りで、それこそいっぱいいっぱいになってどうにか五〇〇枚ほどの初稿を書き上げた。それをキティの担当氏に読んでもらって、駄目出しを受けて改稿して……という作業を短期間で数度、繰り返しただろうか。ようやくＯＫが出て「ほぼ完成形」の原稿になったのが確か「八七年の春」だった、という記憶がある。

さて、そうこうするうちに『十角館』の原稿が講談社の宇山秀雄《うやまひでお》（＝日出臣《ひでおみ》）さんの手に渡り、出版が本決まりになったのである。デビューが実現したら、では第二作としてこれ（『魔女の囁き』）を——と思っていたところが、実際には違う展開が待っていた。

『十角館の殺人』と『魔女の囁き』では、作品のテイストにずいぶんとギャップがある。新人賞の受賞もなく世に出る無名の新人なのだから、まずは『十角館』系統の本格ミステリ的な長編を続けて発表して「綾辻行人」のイメージを作っていって、しかるのちに別系統のものを、という戦略を採るべきだろう。——と、そのようにエージェントから云われれば、いかんせん出版界の事情など右も左も分からない身なので、「はい」と応じるしかなかった。『魔女の囁き』の原稿はストックとして寝かせておいて、長編第二作は新たに別の作品を書くべし、という話になったわけだが。

そういった状況に置かれた段階で思いついたのが、『十角館』を始まりの一編とする長編連作——しかも「館」シリーズという、当時としては前例のないコンセプトだったのだから、あのときのエージェントの判断は正解だったことになる。

一九八七年九月の『十角館』刊行までに『水車館の殺人』を書き、翌八八年二月に『水車館』が刊行されたころには『迷路館の殺人』に着手していた。半年に長編一作という、後年の自分の仕事ぶりを考えると実に驚異的な執筆ペースだったが、当時はそれでも「遅い！」と鞭を入れられたものだった。

幸い『十角館』および『水車館』が好評を得たこともあり、『迷路館』の刊行後に他社から『魔女の囁き』を出そうか、という運びになる。そこで真っ先に手を挙げてくれたのがノン・ノベルの編集部だった。担当編集者は猪野《いの》正明《まさあき》さん。二〇一四年に他界してしまわれたが、今でも初対面のときの彼との会話が思い出される。渋谷の宮《みや》益坂《ますざか》にあった喫茶店の一席で……と記憶している。

デビューしてまだ一年にもならない若造を相手に、実に丁寧に真摯に話をしてくださった。「私は『館』よりもむしろ、綾辻さんのこういう作品のほうが好きですね」というふうにも云ってくださって、これは二十七歳の新人作家にしてみれば、たいそう励みになる言葉だった。

そんなこんなで、ようやく日の目を見ることになったこの作品。タイトルは編集部の意向もあって『緋色の囁き』に改題され、八八年十月に「長編第四作」としての発表が実現したのだった。

発表後の反響はまずまず、だったと思う。「館」シリーズ三作の直後だったので、「綾辻はこういうタイプのミステリも書けるのか」という意外性が少なからずあったのかもしれない。「こっちの作風のほうが向いているのではないか」と評する向きもあったようである。

売れ行きもまずまず良好だったので、祥伝社からは同系統の次作を、という注文をいただいた。それを受けて翌八九年に発表したのが、「囁き」シリーズの第二作となる『暗闇の囁き』だったのだが、この話はまたの機会に——。

書かずもがなとも思えるお断わりを、次に少し。

『緋色の囁き』はそもそも一九八八年（昭和六十三年）に発表した、昭和六十一年の日本を舞台とする小説である。共学の公立高校から転校してきた十七歳の少女を主要な視点人物にしているので、作中の彼女が持つ語彙や常識、価値観を基軸としながらの〝語り〟によって物語が成立している。従って、たとえ二〇二〇年現在から見て意味が分かりづらかったり、「不適切」ではないかと思われたりする言葉や表現があったとしても、それらを安易に「云い換え」てしまうのは、ものによってはかえって不適切だろう。――と、今回の改訂にあたってもそのように判断した。

また、「館」シリーズの〈新装改訂版〉と同じく本書でも、朝宮運河《あさみやうんが》さんによる新たな「解説」とともに、津《つ》原泰水《はらやすみ》さんによる「旧版解説」を再録させていただくことになった。この解説文中には作品本文からの引用がいくつか含まれているが、それらは当然ながら旧版からの引用である。今回の改訂のせいで若干の相違が生じてしまった部分もあるので、ご了承いただきたい。

さて――。
「囁き」シリーズは『緋色の囁き』を第一作として、『暗闇の囁き』『黄昏《たそがれ》の囁き』と続く三部作である。僕にとっては「館」シリーズと並んで大切な初期作品群なので、この先はあまり時間を置くことなく、残り二作の〈新装改訂版〉を、と思っている。

二〇二〇年　十一月

綾辻　行人

旧版解説

綾辻行人の視覚

津原泰水

ダリオ・アルジェントの『サスペリア』は、これでもかというくらいひたすら緋《あか》い映画で、他のあらゆる色彩はその心理的補色として存在しているに過ぎない。なぜこうも緋い映画を撮ったのかとアルジェント監督に問うたなら、きっとこう答えるに違いない。それが、血の色だから。怪奇的幻想を織り成してそれを世過《よす》ぎとする者たちにとって、血の表現は避けがたい案件といえる。誰のなかにもある最も身近な死との交接点が、あの緋い液体だからだ。名匠アルジェントは潔く映画全体を緋に染めてこの案件をひと跨《また》ぎにし、いまなお画面を見つめる善男善女の頬に血の色を映し続けている。

　そうした緋い映画ならぬ緋い小説を二十代の綾辻氏は志し、実際に書きあげた。映像表現ならば即物的かつ大胆な試みということになろうけれど、小説でとなると事情は異なって遠廻しな操作が必要となる。赤い、紅い、といくら連呼《れんこ》したところで読者の網膜《もうまく》に直接緋色を映しだせるわけではないのだ。もっともこの『緋色の囁き』においても綾辻氏は、よほど肩に力が入っていたのだろう、いささかそう連呼気味ではある。試みがまったく成功している以上それは愛すべき過剰とでも呼ぶべきもので、いきおい熟読する者の心をトランスに誘う結果を生んで作品に魔力を与えてしまっているから、小説というのは面白い。現実の生きものは機能美で人を驚嘆させるが、不要であるはずの角《つの》や鱗《うろこ》を有した幻獣のほうがいっそう人の心を蠱惑《こわく》するものだ。

　とりわけ大詰め、この小説がみごと緋色に染めあがって感じられるのは、冒頭で述べた心理的補色の効果にほかならない。小説だからむろん、言葉による補色、である。犯人探しを主眼とした小説のなかのたとえ一語であっても抜きだして恣意的《しいてき》解釈を述べるのは気が引けるから、せめて第1章からの引用のみとするが、物語の主たる舞台である学寮を初めて訪れた主人公冴子を包む「霧のような雨」にせよ、修道女めいた「学校指定」の衣類にせよ、あるいは校舎の「コールタールでも流したように」黒い廊下にせよ、兇暴なイメージによって切り裂かれ塗りつぶされることを期待しながらそこに存在している。やがて女子寮を襲う酸鼻《さんび》きわまる一連の出来事が、重たい闇のように読者の肩を包みこむというよりも赤い閃光《せんこう》となって脳裡《のうり》を駆け、未解決のうちからカタルシスすら感じさせるのは、こうした用心深い筆運びの成せる業《わざ》だ。ところでさきほどトランス云々と書いていてふと思ったのだが、頻出《ひんしゅつ》する色彩形容の効果はミニマルミュージックによるそれと似ているかもしれない。短いテーマに微妙な変化を加えつつ延々と繰り返してゆく音楽だ。『サスペリア』や『サスペリア2』に鏤《ちりば》められたゴブリンの作品にもその傾向は強い。というか、そのものであるといっていい。もし二十代の綾辻氏が、アルジェント映画の色彩のみならず音響効果まで意識して過剰な筆致を選んだのだとしたら、これは参った。旨《うま》い。脱帽である。

＊

代表的作品群である〝館〟ものからしてそうなのだが、綾辻氏の小説というのは興味深いことに、映像表現への移行がまずもって不可能な仕掛けを内包していながら読みすすめているあいだの印象はきわめて映像的だ。

その時——、冴子はふと、それまで存在していなかった何かが教室の中に流れ出すのを感じた。何か、音には聞こえない（ざわめき？）ざわめき。しかもどこか、白々とうそ寒いような……。

これも第1章からの抜粋《ばっすい》。純然たる心理描写でありながら冴子の表情の変化を刻々と映していて、あたかも字幕付き洋画の一場面のようだ。綾辻氏の筆が、精巧な絡繰《からくり》仕掛よろしく異常なほど時間経過に忠実だからで、氏がまさに物語をフィルムに写しとる感覚で文章を綴っているのがわかる。ここまで徹底したキャメラ的感覚を持つ作家というのは稀有だ。それでいて全編にわたって丁寧な編集が施《ほどこ》されているから、決して取留めのなさを感じさせず、良い意味で安心して個々のイメージに身を委《まか》せられる。数多くの約束ごとで読者の拒絶反応を引き起こしかねない本格推理小説の最右翼にありながら、綾辻氏の小説が幅広い層からの支持を得ている理由の、ひとつがここにあると思う。綾辻行人の小説を読むことは、鮮烈な映像体験に近いのだ。

と、ここまで考察したところで、京都に電話をかけて綾辻氏に訊ねた。

「少年時代、映画監督になりたいと思ってましたか」

「いえ、べつに」

という返事で嬉しくなった。そういえば少年の頃の小説原稿を大切に保管されてい

ると も聞く。乱歩への憧憬が強かったそうだ。一見逆説的なようだが、映像や音楽を感じさせる文章というのは、言葉に対する絶対的信頼感があってはじめて生まれるものだと思う。その存在を忘れてしまうほど使い慣れた言葉という道具で、綾辻行人は場面を撮り、奏《かな》でる。だから現出するイメージは映像的音楽的でありながら、凡百のそれらを凌駕《りょうが》する。

「漫画家になりたいと思ってた時期はありましたけど」

それもわかる。痛いほどわかる。話は逸《そ》れるが綾辻氏の仕事場には楳図かずおさんの色紙が飾ってあり、僕はそれが羨《うらや》ましくてならないのだ。通常はサインの下にまことちゃんの顔がかき添えられるのに、その色紙に限っては猫目小僧。綾辻氏が重度の楳図フリークであるのは有名な話ながら、僕自身も楳図漫画については一家言あり、ふたりして勝手に楳図派を名乗っていたりする。ここで楳図漫画を語りはじめると流れが予定と違ってしまうので、本来語るつもりであったこととの接点にのみ触れるが、楳図氏の漫画も綾辻氏の小説も、そこが作家の内面とだけ連続したミクロコスモスであることを、読者に強く意識させる傾向を持つと思う。たとえ社会問題が取り扱われていても実社会とは穏やかに隔絶して、つまりは閉じている。その感じが、僕はとても好きだ。ある感覚を胸に喚《よ》びさましてくれるからだ。

想像してみてほしい。刻んだ銀紙と液体で満たされた硝子球《ガラスだま》がある。内部に街が見える。見たこともない街だけど、自分の暮らしている街とどこか似ている気もする。球を揺するとその上空を銀紙の雪が舞う。『グレムリン』という映画がたしか、その逆の展開で始まった。どちらでもいい。あの感じだ。硝子のなかの街にはたぶん、あなたに似た人も暮らしている。部屋には書棚もあればテレビもあるだろう。机の上には液体で満たされた硝子球が置かれているかもしれない。その内部には街があり、彼らの知らない街だけどどこか……そこで僕は、あるいはあなたは、はっと立ちあがる。窓を開け、空の彼方《かなた》に厚い硝子の外壁がありはしないかと目を凝らす。無限。円環。極少のなかの無辺大《むへんだい》。そうした観念に気づいたときの驚愕。

多感な年齢を遥《はる》かに過ぎた僕の胸に、綾辻行人の作品が繰り返しこの感覚を甦《よみがえ》らせてくれるのは、綾辻氏もまたそうした無限の構造に偏愛を抱く人だからだと、勝手に思いこんでいる。嬉しいことにこの魔術師《ウイザード》が紡ぎだす陰影に満ちた小宇宙には、必ず突拍子もない仕掛けが用意してあって、住人のみならず外側の我々をも吃驚《びっくり》させてくれる。我々の外側でも巨人が吃驚しているに違いない。無限の吃驚。

驚天動地だの空前絶後といった重厚な謳《うた》い文句より、吃驚とか呆然《ぼうぜん》といったさっぱりした表現のほうが、綾辻作品の機智に富んだ仕掛けには似つかわしいと僕は思う。

この緋い硝子球にも、拗《ね》じくれた無限へと読者を吐きだす吃驚がひそんでいる。そこを潜った者だけが、どこかにいそうでいていそうにない少女たちの息づかいも、彼女らの内を満たした血の匂いも、自分を導いてきたパノラマの計算ずくの幻影であったことを心地よく確信して、長く夢想の余韻《よいん》を噛みしめることができる。

告白すれば、無数の作家志望者と同様、僕だって一度でいいから綾辻行人のように書いてみたくてしようがないのだが、作品の図面を引くのが大の苦手ときてはこの野望は当分叶《かな》いそうにない。いつも僕は、行き当たりばったりで小説を書いてしまう。

ある集まりで、綾辻氏が憂歌団を歌い、僕を含む数人がバックを務めたことがある。彼が歌いながら弾くリズムギターは、シンプルながら正確にバンドを牽引《けんいん》して、僕のギターがひらひらにょろにょろとひたすらアウトサイドしてゆくのと対照的だった。

解説

朝宮運河

今年（二〇二〇年）デビュー三十三年を迎えた綾辻行人氏は、誰もが認める本格ミステリーの巨匠である。〈新本格〉の時代を拓《ひら》いたデビュー作『十角館の殺人』（一九八七年）をはじめとする傑作の数々は、海外にも翻訳紹介され、日々新たな読者を獲得している。ミステリーというジャンルを愛する人にとって、まさに仰ぎ見るべき高峰だろう。

そんな綾辻氏にも、かつて新人作家と呼ばれた時期があった。人気作家が並み居るエンターテインメント界に、自らが信じる本格ミステリーを掲げて参戦したばかりの時代。

本書『緋色の囁き』（一九八八年）は、綾辻氏がそんなデビュー間もない時期に発表した初期の長編ミステリーである。『水車館の殺人』『迷路館の殺人』（同年）に次ぐ四番目の長編であり、デビュー以来書き継いできた「館《やかた》」シリーズとはまた違った形で、著者のミステリーへの情熱やこだわりが感じられる力作に仕上がっている。

綾辻氏がミステリーを執筆するかたわらホラーにも意欲を示し、『殺人鬼』（一九九〇年）、『眼球綺譚』（一九九五年）、『最後の記憶』（二〇〇二年）など、恐怖と幻想にあふれた作品を数多く手がけているのは読者もご存じだろう。全寮制女子高校での連続殺人をサスペンスフルに、ホラー映画的な手法を交えて描いた『緋色の囁き』は、そんな著者のホラー嗜好《しこう》がいち早く表れた例であり、ゼロ年代の代表作『Another』（二〇〇九年）へといたる綾辻ホラーの出発点になった作品ともいえる。


大正元年に創立された全寮制の名門校・聖真女学園に、和泉冴子という少女が転校してくるところから物語は幕を開ける。聖真の校長・宗像千代は冴子の伯母にあたり、地方の名家である宗像家を継がせるため、彼女を東京から呼び寄せたのだ。

独自の教育方針をもつ聖真では、校内や寮での生活態度から使用する日用品にいたるまで、事細かなルールが定められている。冴子は転校早々、高圧的な生活指導の教師に髪の毛を摑まれ、私物を勝手にチェックされて愕然とするのだった。

さらに冴子を驚かせたのは、校内に漂う異様な雰囲気である。教室の中はしんと静まりかえっており、机に向かう生徒たちはまるで命を持たぬ人形のよう。隣の席の城崎綾という少女は「お顔の色がすぐれませんことよ」といった時代がかった口調で話しかけてくる。お嬢様然とした振る舞いをしてみせるのは、綾を取りまく四人の生徒も同様だ。

著者は冒頭百ページほどを費やして、聖真女学園という舞台をじっくりと描写してゆく。〈魔女〉を自称する生徒の出現、閉ざされた〈特別室〉にまつわる噂。ゴシックにして怪奇的なエピソードがひとつ、またひとつと積み上げられてゆくにつれ、物語空間はいよいよ非日常の気配を帯び、読者は不吉な予感を抱くことになるだろう。何かきっと怖ろしいことが起きる、と。

はたして、魔女を自称していた少女が寮の特別室で焼死、ヨーロッパの魔女狩りを連想させるこの事件以降、冴子の周囲では惨劇が相次いでゆく。

本書がホラー映画の名作『サスペリア』(一九七七年)を念頭に置いて書かれたことは、綾辻氏自身が公言しているとおりである(本書は同作の監督ダリオ・アルジェントに捧げられている）。女子寮での連続殺人、事件の鍵となる魔女伝説、物語を染め上げる赤色のイメージと、確かに『サスペリア』と『緋色の囁き』には共通項が多い。

しかし何より両作を深く結びつけているのは、リアリズムよりも美意識を重視し、虚構ならではの面白さを追究した作り手のスタンスではないだろうか。『サスペリア』について述べたエッセイで、綾辻氏はこう述べている。

映画に限らず、小説にせよ漫画にせよ、フィクションにおいて『恐怖』を描く際に重要なのは、変なリアリズムよりもまずは美学である。だからこそ、本来不快なものであるはずの『恐怖』を、僕たちは愉しむことができる。現実世界に遍在する「恐怖」には、リアルなドラマはあっても美学がない。その意味で、両者は基本構造がまったく異なるのである。（「十六歳で出会った映画――『サスペリア』」）

本書が書かれた一九八〇年代後半、ミステリー小説界ではいわゆる社会派的リアリズムの呪縛がまだ強かった。描かれる事件も登場人物も、現実的・日常的であることがよしとされる風潮が支配的だったのである。

しかし『緋色の囁き』は、そうした呪縛からは完全に自由なところにある。修道院を思わせる煉瓦造りの寮、人形めいた少女たち、西洋的な怪奇趣味、血塗られた事件と意外な結末。『サスペリア』を媒介に生まれた本書において、著者は潔いほど自らの美意識を貫いている。自分が信じるミステリーはこれだ、という静かな決意が伝わってくるようだ。

その後、社会派的リアリズムの呪縛は消え去り、現代では非日常・反現実的な設定のミステリーも珍しくはなくなった。本書が刊行後三十二年を経てなお鮮烈さを失わないのは、「変なリアリズムよりもまずは美学である」という著者の毅然としたスタンスによるところが大きいように思う。

本書はミステリーであると同時に、恐怖を描いた小説でもある。そしてその怖さは偏った価値観に縛られる生徒たち、闇を徘徊する殺人鬼といった個々のモチーフよりも、むしろ物語の深層から湧きあがってくるものだ。

高校二年のある日、伯母を名乗る千代が東京の家を訪れたことによって、冴子の人生は一変してしまった。それまで彼女は自分が養子であることも、実の両親と姉が十二年前のある事故で死亡していることも知らずに生きてきたのだ。彼女が現実だと信じていたものは、かりそめの存在に過ぎなかった。

千代が訪ねてきたあの日以来、ずっと夢の中を彷徨《ほうこう》しつづけているような気もする。捉えどころのない世界の中で、捉えどころのない自分が、行く先も分からず流されていく。そんな気が……。

この引用部で述べられているような現実崩壊感覚こそが、『緋色の囁き』という作品の怖さの正体だろう。そして綾辻氏はこうした感覚を、『四〇九号室の患者』（一九九三年）、『暗黒館の殺人』（二〇〇四年）、『深泥丘奇談』（二〇〇八年）などの作品でくり返し描いてゆく。

目の前にある現実はまがい物ではないかという疑念や、自分は自分以外の誰かではないかという不安は、幼い頃誰もが一度は抱いたことがあるはずだ。しかし年齢を重ねるにつれ、私たちはその感覚を忘れ、目の前の現実を唯一絶対のものと信じ込んでしまう。

綾辻氏のミステリーやホラーは、読者のそんな思い込みに揺さぶりをかけ、かつて抱いていた世界への怯えをまざまざと呼び覚ます。綾辻氏の作品が戦慄とともに、昏《くら》いノスタルジーを喚起するのはそのためだ。

　本書では冴子の封印された記憶の底から、さまざまな〈囁き〉が洩れてくる。冴子の意識に届きそうで届かない（　）でくくられた深層心理の声や、クリスマスソング「聖《きよ》しこの夜」の歌詞とともに浮かぶ不気味なビジョンがそれだ。この〈囁き〉は世界の謎を解くための暗号でもあり、冴子をおびやかす亡霊でもある。物語が進むにつれ、〈囁き〉はさらに存在感を増し、冴子の足元を揺るがせてゆく。

　こうしたニューロティックな手ざわりの物語をさらに歪めているのが、頻出する緋色のイメージである。各章に挟みこまれた不吉な断章、生理、被害者の体から噴き出す鮮血――。著者は映画的な場面転換の手法を駆使して、冴子を取りまく世界を血の色に染め上げてゆくのである。

　しばしば指摘されるように、綾辻氏はひとつの精緻《せいち》な世界を作りあげ、それを崩壊させることで大きなカタルシスを生み出す作家である。

　本書のクライマックスでも探偵役の人物によって謎が解かれ、緋色に染まった世界は崩れ去る。明らかにされる事件の真相には多くの人が驚くだろうし、何気ないシーンに伏線が張られていたことに気づき、著者の奸計に舌を巻くはずだ。本書は綾辻氏らしいトリッキーなミステリーとして、高い完成度を誇っている。

しかし真相が明らかにされてもなお、禍々《まがまが》しい緋色のイメージは消えることがない。ここに本書の、そして綾辻ミステリーの大きな特色があるようにも思う。謎が解けても覚めない悪夢。それは周到に用意された、不吉なラストシーンによるものだけではないだろう。

綾辻氏はミステリーでもホラーでも、いびつなもの、異常なものを好んで描いてきた。それらは大概恐怖の対象として登場するが、目を凝らしてみるなら、決して誤ったものや劣ったものという描かれ方をされていないことに気づくだろう。おそらく綾辻氏の中では、正常なものと異常なもの、いびつなものとそうでないものは対等にあり、どちらも存在を許されているのだ。

本書「第10章　暴かれた魔性」の末尾、ある人物の口から事件の真相が語られる。そこで明かされる事実はかなり異常なものだが、それを断罪しようというまなざしは感じられない。それどころか綾辻氏の文章には、消え去ってゆく赤い悪夢に対する、愛惜の念すら漂っているようだ。いびつなものはなくなっても構わない、とする排除の理論と、綾辻氏の世界は対極のところにある。

社会がさまざまな逸脱を許容しえなくなっている昨今、いびつなものがいびつなままに描かれる綾辻氏のミステリーが広く読まれていることは、秘かな意義があるように私には思われる。

ちなみに本作に続いて綾辻氏は、「囁き」のタイトルを冠した作品を二作発表している。謎めいた兄弟の周囲で奇怪な死が次々と起こる『暗闇の囁き』(一九八九年)と、サーカス団の来訪がおぞましい記憶を呼び覚ます『黄昏の囁き』(一九九三年)である。共通しているのは、いずれも封印された記憶からの〈囁き〉を描いていること。三色のフィルターによって歪められた世界が、ノスタルジックな戦慄を呼び覚ましてゆくこのシリーズが、私は「館」シリーズに負けず劣らず好きだ。

今回解説を書くにあたってあらためて気づいたのは、本書の青春小説としての側面だった。本書は謎とその解明を中心としたミステリーであるが、聖真女学園という非日常空間を舞台にした、血まみれの成長物語、残酷なイニシエーションの寓話としても読むことができる。本書が綾辻氏の作品の中でも、ひときわ儚《はかな》げで、危うい魅力を放っているのはそのためだろう。

本書刊行から約二十年後、著者は『Another』を刊行することになる。超自然的な

〈災厄〉に巻き込まれ、次々と命を落としてゆく中学生たちを描いた『Another』は、ホラー・ミステリーの傑作であると同時に、やはり残酷な青春小説という一面がある。『Another』の達成は『緋色の囁き』の延長線上にある、というのは両作を偏愛する私の勝手な推理だが、いかがなものだろうか。

おそらく綾辻氏は「そんなことは考えていなかったなあ」と笑って否定されるだろう。しかし『Another』の正統な続編にあたる『Another 2001』が刊行された今年、血にまみれた思春期を描く『緋色の囁き』が装いも新たに刊行されたことは、愉快な偶然に感じられるのだ。

本書がさらに多くの読者を戦慄させ、驚愕させてゆくことを年来の愛読者として願ってやまない。

綾辻行人著作リスト（2021年8月現在）

【長編】

1『十角館の殺人』
講談社ノベルス／1987年9月
講談社文庫／1991年9月
講談社文庫――新装改訂版／2007年10月
講談社 YA! ENTERTAINMENT
／2008年9月
講談社――限定愛蔵版／2017年9月

2『水車館の殺人』
講談社ノベルス／1988年2月
講談社文庫／1992年3月
講談社文庫――新装改訂版／2008年4月
講談社 YA! ENTERTAINMENT
／2010年2月

3『迷路館の殺人』
講談社ノベルス／1988年9月
講談社文庫／1992年9月
講談社文庫――新装改訂版／2009年11月

4『緋色の囁き』
祥伝社ノン・ノベル／1988年10月
祥伝社ノン・ポシェット／1993年7月
講談社文庫／1997年11月
講談社文庫――新装改訂版／2020年12月

5『人形館の殺人』
講談社ノベルス／1989年4月
講談社文庫／1993年5月
講談社文庫――新装改訂版／2010年8月

6『殺人方程式――切断された死体の問題――』
光文社カッパ・ノベルス／1989年5月
光文社文庫／1994年2月
講談社文庫／2005年2月

7『暗闇の囁き』
祥伝社ノン・ノベル／1989年9月
祥伝社ノン・ポシェット／1994年7月
講談社文庫／1998年6月
講談社文庫――新装改訂版／2021年5月

8『殺人鬼』
双葉社／1990年1月

双葉ノベルズ／１９９４年10月
新潮文庫／１９９６年２月
角川文庫（改題『殺人鬼　――覚醒篇』）／２０１１年８月

9
『霧越邸殺人事件』
新潮社／１９９０年９月
新潮文庫／１９９５年２月
祥伝社ノン・ノベル／２００２年６月
角川文庫――完全改訂版（上）（下）／２０１４年３月

10
『時計館の殺人』
講談社ノベルス／１９９１年９月
講談社文庫／１９９５年６月
双葉文庫（日本推理作家協会賞受賞作全集68）／２００６年６月
講談社文庫――新装改訂版（上）（下）／２０１２年６月

11
『黒猫館の殺人』
講談社ノベルス／１９９２年４月
講談社文庫／１９９６年６月
講談社文庫――新装改訂版／２０１４年１月

12
『黄昏の囁き』

祥伝社ノン・ノベル／１９９３年１月
祥伝社ノン・ポシェット／１９９６年７月
講談社文庫／２００１年５月
講談社文庫――新装改訂版／２０２１年８月

13
『殺人鬼Ⅱ――逆襲篇――』
双葉社／１９９３年10月
双葉ノベルズ／１９９５年８月
新潮文庫／１９９７年２月
角川文庫（改題『殺人鬼　――逆襲篇』）／２０１２年２月

14
『鳴風荘事件――殺人方程式Ⅱ――』
光文社カッパ・ノベルス／１９９５年５月
光文社文庫／１９９９年３月
講談社文庫／２００６年３月

15
『最後の記憶』
角川書店／２００２年８月
カドカワ・エンタテインメント／２００６年１月
角川文庫／２００７年６月

16
『暗黒館の殺人』
講談社ノベルス――（上）（下）／２００４年９月

講談社——限定愛蔵版／２００４年９月
講談社文庫——(一)(二)／２００７年10月
講談社文庫——(三)(四)／２００７年11月

17『びっくり館の殺人』
講談社ミステリーランド／２００６年３月
講談社ノベルス／２００８年11月
講談社文庫／２０１０年８月

18『Another』
角川書店／２００９年10月
角川文庫——(上)(下)／２０１１年11月
角川スニーカー文庫——(上)(下)／２０１２年３月

19『奇面館の殺人』
講談社ノベルス／２０１２年１月
講談社文庫——(上)(下)／２０１５年４月

20『Another エピソードS』
角川書店／２０１３年７月
角川書店——軽装版／２０１４年12月
角川文庫／２０１６年６月

21『Another 2001』
ＫＡＤＯＫＡＷＡ／２０２０年９月

【中・短編集】

1『四〇九号室の患者』(表題作のみ収録)
森田塾出版(南雲堂)／１９９３年９月

2『眼球綺譚』
集英社／１９９５年10月
祥伝社ノン・ノベル／１９９８年１月
集英社文庫／１９９９年９月
角川文庫／２００９年１月

3『フリークス』
光文社カッパ・ノベルス／１９９６年４月
光文社文庫／２０００年３月
角川文庫／２０１１年４月

4『どんどん橋、落ちた』
講談社／１９９９年10月
講談社ノベルス／２００１年11月
講談社文庫／２００２年10月
講談社文庫——新装改訂版／２０１７年２月

5『深泥丘奇談』
メディアファクトリー／２００８年２月
ＭＦ文庫ダ・ヴィンチ／２０１１年12月
角川文庫／２０１４年６月

6 『深泥丘奇談・続』
メディアファクトリー／２０１１年３月
MF文庫ダ・ヴィンチ／２０１３年２月
角川文庫／２０１４年９月

7 『深泥丘奇談・続々』
KADOKAWA／２０１６年７月
角川文庫／２０１９年８月

8 『人間じゃない　綾辻行人未収録作品集』
講談社／２０１７年２月

【雑文集】

1 『アヤツジ・ユキト　１９８７―１９９５』
講談社／１９９６年５月
講談社文庫／１９９９年６月
講談社――復刻版／２００７年８月

2 『アヤツジ・ユキト　１９９６―２０００』
講談社／２００７年８月

3 『アヤツジ・ユキト　２００１―２００６』
講談社／２００７年８月

4 『アヤツジ・ユキト　２００７―２０１３』
講談社／２０１４年８月

【共著】

○漫画

＊『YAKATA①』（漫画原作／田篭功次画）
角川書店／１９９８年12月

＊『YAKATA②』（同）
角川書店／１９９９年10月

＊『YAKATA③』（同）
角川書店／１９９９年12月

＊『眼球綺譚―yui―』（漫画化／児嶋都画）
角川書店／２００１年１月
角川文庫（改題『眼球綺譚―COMICS―』）／２００９年１月

＊『緋色の囁き』（同）
角川書店／２００２年10月

＊『月館の殺人（上）』（漫画原作／佐々木倫子画）
小学館／２００５年10月
小学館――新装版／２００９年２月
小学館文庫／２０１７年１月

＊『月館の殺人（下）』（同）
小学館／２００６年９月
小学館――新装版／２００９年２月

小学館文庫／２０１７年1月
＊『Another ①』（漫画化／清原紘画）
角川書店／２０１０年10月
＊『Another ②』（同）
角川書店／２０１１年３月
＊『Another ③』（同）
角川書店／２０１１年９月
＊『Another ④』（同）
角川書店／２０１２年１月
＊『Another 0巻　オリジナルアニメ同梱版』（同）
角川書店／２０１２年５月
＊『十角館の殺人①』（漫画化／清原紘画）
講談社／２０１９年11月
＊『十角館の殺人②』（同）
講談社／２０２０年８月
＊『十角館の殺人③』（同）
講談社／２０２１年３月

○絵本
＊『怪談えほん８　くうきにんげん』（絵・牧野千穂）
岩崎書店／２０１５年９月

○対談
＊『本格ミステリー館にて』（vs.島田荘司）
森田塾出版／１９９２年11月
角川文庫（改題『本格ミステリー館』）／１９９７年12月
＊『セッション──綾辻行人対談集』
集英社／１９９６年11月
集英社文庫／１９９９年11月
＊『綾辻行人と有栖川有栖のミステリ・ジョッキー①』（対談＆アンソロジー）
講談社／２００８年７月
＊『綾辻行人と有栖川有栖のミステリ・ジョッキー②』（同）
講談社／２００９年11月
＊『綾辻行人と有栖川有栖のミステリ・ジョッキー③』（同）
講談社／２０１２年４月
＊『シークレット　綾辻行人ミステリ対談集in京都』
光文社／２０２０年９月

○エッセイ
＊『ナゴム、ホラーライフ　怖い映画のススメ』

メディアファクトリー／２００９年６月（牧野修と共著）

○オリジナルドラマＤＶＤ

＊『綾辻行人・有栖川有栖からの挑戦状①

安楽椅子探偵登場』（有栖川有栖と共同原作）

メディアファクトリー／２００１年４月

＊『綾辻行人・有栖川有栖からの挑戦状②

安楽椅子探偵、再び』（同）

メディアファクトリー／２００１年４月

＊『綾辻行人・有栖川有栖からの挑戦状③

安楽椅子探偵の聖夜〜消えたテディ・ベアの謎〜』（同）

メディアファクトリー／２００１年11月

＊『綾辻行人・有栖川有栖からの挑戦状④

安楽椅子探偵とＵＦＯの夜』（同）

メディアファクトリー／２００３年７月

＊『綾辻行人・有栖川有栖からの挑戦状⑤

安楽椅子探偵と笛吹家の一族』（同）

メディアファクトリー／２００６年４月

＊『綾辻行人・有栖川有栖からの挑戦状⑥

安楽椅子探偵　ＯＮ　ＡＩＲ』（同）

メディアファクトリー／２００８年11月

＊『綾辻行人・有栖川有栖からの挑戦状⑦

安楽椅子探偵と忘却の岬』（同）

ＫＡＤＯＫＡＷＡ／２０１７年３月

＊『綾辻行人・有栖川有栖からの挑戦状⑧

安楽椅子探偵　ＯＮ　ＳＴＡＧＥ』（同）

ＫＡＤＯＫＡＷＡ／２０１８年６月

【アンソロジー編纂】

＊『綾辻行人が選ぶ！　楳図かずお怪奇幻想館』（楳図かずお著）

ちくま文庫／２０００年11月

＊『贈る物語　Mystery』

光文社／２００２年11月

光文社文庫（改題『贈る物語　Mystery　九つの謎宮《めいきゅう》』）／２００６年10月

＊『綾辻行人選　スペシャル・ブレンド・ミステリー　謎009』（日本推理作家協会編）

講談社文庫／２０１４年９月

＊『連城三紀彦　レジェンド　傑作ミステリー集』（連城三紀彦著／伊坂幸太郎、小野不由美、米澤穂信と共編）

講談社文庫／２０１４年11月

＊『連城三紀彦　レジェンド2　傑作ミステリー集』（同）
講談社文庫／２０１７年９月

【ゲームソフト】

＊『黒ノ十三』（監修）
トンキンハウス（PS用）／１９９６年９月

＊『ナイトメア・プロジェクト　YAKATA』（原作・原案・脚本・監修）
アスク（PS用）／１９９８年６月

【書籍監修】

＊『YAKATA―Nightmare Project―』（ゲーム攻略本）
メディアファクトリー／１９９８年８月

＊『綾辻行人　ミステリ作家徹底解剖』（スニーカー・ミステリ倶楽部編）
角川書店／２００２年10月

＊『新本格謎夜会《ミステリー・ナイト》』（有栖川有栖と共同監修）
講談社ノベルス／２００３年９月

＊『綾辻行人殺人事件　主たちの館』（イーピン企画と共同監修）
講談社ノベルス／２０１３年４月

初刊、一九八八年十月祥伝社ノン・ノベル。
本書は一九九七年十一月に刊行された講談社文庫版を全面改訂した新装改訂版です。

|著者|綾辻行人　1960年京都府生まれ。京都大学教育学部卒業、同大学院修了。'87年に『十角館の殺人』で作家デビュー、〝新本格ムーヴメント〟の嚆矢となる。'92年、『時計館の殺人』で第45回日本推理作家協会賞を受賞。『水車館の殺人』『びっくり館の殺人』など、〝館シリーズ〟と呼ばれる一連の長編は現代本格ミステリを牽引する人気シリーズとなった。ほかに『殺人鬼』『霧越邸殺人事件』『眼球綺譚』『最後の記憶』『深泥丘奇談』『Another』などがある。2004年には2600枚を超える大作『暗黒館の殺人』を発表。デビュー30周年を迎えた'17年には『人間じゃない　綾辻行人未収録作品集』が講談社より刊行された。'18年度、第22回日本ミステリー文学大賞を受賞。

緋《ひ》色《いろ》の囁《ささや》き〈新装改訂版《しんそうかいていばん》〉

綾辻行人《あやつじゆきと》

2020年12月15日第1刷発行
2022年3月30日第2刷発行

発行者——鈴木章一
発行所——株式会社　講談社
東京都文京区音羽2-12-21　〒112-8001
電話　出版　(03) 5395-3510
　　　販売　(03) 5395-5817
　　　業務　(03) 5395-3615

Printed in Japan

講談社文庫
定価はカバーに
表示してあります

KODANSHA

デザイン—菊地信義
本文データ制作—講談社デジタル製作
印刷———豊国印刷株式会社
製本———加藤製本株式会社

ISBN978-4-06-520164-0

講談社文庫刊行の辞

二十一世紀の到来を目睫に望みながら、われわれはいま、人類史上かつて例を見ない巨大な転換期をむかえようとしている。

世界も、日本も、激動の予兆に対する期待とおののきを内に蔵して、未知の時代に歩み入ろうとしている。このときにあたり、創業の人野間清治の「ナショナル・エデュケイター」への志を現代に甦らせようと意図して、われわれはここに古今の文芸作品はいうまでもなく、ひろく人文・社会・自然の諸科学から東西の名著を網羅する、新しい綜合文庫の発刊を決意した。

激動の転換期はまた断絶の時代である。われわれは戦後二十五年間の出版文化のありかたへの深い反省をこめて、この断絶の時代にあえて人間的な持続を求めようとする。いたずらに浮薄な商業主義のあだ花を追い求めることなく、長期にわたって良書に生命をあたえようとつとめるところにしか、今後の出版文化の真の繁栄はあり得ないと信じるからである。

同時にわれわれはこの綜合文庫の刊行を通じて、人文・社会・自然の諸科学が、結局人間の学にほかならないことを立証しようと願っている。かつて知識とは、「汝自身を知る」ことにつきていた。現代社会の瑣末な情報の氾濫のなかから、力強い知識の源泉を掘り起し、技術文明のただなかに、生きた人間の姿を復活させること。それこそわれわれの切なる希求である。

われわれは権威に盲従せず、俗流に媚びることなく、渾然一体となって日本の「草の根」をかたちづくる若く新しい世代の人々に、心をこめてこの新しい綜合文庫をおくり届けたい。それは知識の泉であるとともに感受性のふるさとであり、もっとも有機的に組織され、社会に開かれた万人のための大学をめざしている。大方の支援と協力を衷心より切望してやまない。

一九七一年七月

野間省一

芥川龍之介 藪の中
有吉佐和子 新装版 和宮様御留
阿刀田 高 ナポレオン狂
阿刀田 高 新装版 ブラック・ジョーク大全
相沢忠洋 「岩宿」の発見〈幻の旧石器を求めて〉
鮎川哲也 りら荘事件
赤川次郎 偶像崇拝殺人事件
赤川次郎 人間消失殺人事件
赤川次郎 三姉妹探偵団
赤川次郎 三姉妹探偵団2〈キャンパス篇〉
赤川次郎 三姉妹探偵団3〈珠美・初恋篇〉
赤川次郎 三姉妹探偵団4〈怪奇篇〉
赤川次郎 三姉妹探偵団5〈復讐篇〉
赤川次郎 三姉妹探偵団6〈危機一髪篇〉
赤川次郎 三姉妹探偵団7〈駈け落ち篇〉
赤川次郎 三姉妹探偵団8〈人質篇〉
赤川次郎 三姉妹探偵団9〈青ひげ篇〉
赤川次郎 三姉妹探偵団10〈父恋し篇〉
赤川次郎 死が小径をやってくる〈三姉妹探偵団11〉

赤川次郎 死神のお気に入り〈三姉妹探偵団12〉
赤川次郎 次女と野獣〈三姉妹探偵団13〉
赤川次郎 心地よい悪夢〈三姉妹探偵団14〉
赤川次郎 ふるえて眠れ、三姉妹〈三姉妹探偵団15〉
赤川次郎 三姉妹、呪いの道行〈三姉妹探偵団16〉
赤川次郎 三姉妹、初めてのおつかい〈三姉妹探偵団17〉
赤川次郎 恋の花咲く三姉妹〈三姉妹探偵団18〉
赤川次郎 月もおぼろに三姉妹〈三姉妹探偵団19〉
赤川次郎 三姉妹、ふしぎな旅日記〈三姉妹探偵団20〉
赤川次郎 三姉妹、清く貧しく美しく〈三姉妹探偵団21〉
赤川次郎 三姉妹と忘れじの面影〈三姉妹探偵団22〉
赤川次郎 三姉妹、舞踏会への招待〈三姉妹探偵団23〉
赤川次郎 三人姉妹殺人事件〈三姉妹探偵団24〉
赤川次郎 三姉妹、さびしい入江の歌〈三姉妹探偵団25〉
赤川次郎 静かな町の夕暮に
赤川次郎 キネマの天使〈レンズの奥の殺人者〉
泡坂妻夫 花火と銃声
新井素子 グリーン・レクイエム〈新装版〉
安能務 訳 封神演義 全三冊

安西水丸 東京美女散歩
綾辻行人 殺人方程式〈切断された死体の問題〉
綾辻行人 鳴風荘事件 殺人方程式II
綾辻行人 十角館の殺人〈新装改訂版〉
綾辻行人 水車館の殺人〈新装改訂版〉
綾辻行人 迷路館の殺人〈新装改訂版〉
綾辻行人 人形館の殺人〈新装改訂版〉
綾辻行人 時計館の殺人〈新装改訂版〉
綾辻行人 黒猫館の殺人〈新装改訂版〉
綾辻行人 暗黒館の殺人 全四冊
綾辻行人 びっくり館の殺人
綾辻行人 奇面館の殺人(上)(下)
綾辻行人 どんどん橋、落ちた〈新装改訂版〉
綾辻行人 緋色の囁き〈新装改訂版〉
綾辻行人 暗闇の囁き〈新装改訂版〉
綾辻行人 黄昏の囁き〈新装改訂版〉
綾辻行人ほか 7人の名探偵
我孫子武丸 探偵映画
我孫子武丸 新装版 8の殺人

講談社文庫　目録

あさのあつこ NO.6〔ナンバーシックス〕#8
あさのあつこ NO.6〔ナンバーシックス〕#9
あさのあつこ NO.6beyond〔ナンバーシックス・ビヨンド〕
あさのあつこ 待　っ　て　る〈橘屋草子〉
あさのあつこ さいとう市立さいとう高校野球部(上)(下)
あさのあつこ 甲子園でエースしちゃいました〈さいとう市立さいとう高校野球部〉
あさのあつこ おれが先輩？〈さいとう市立さいとう高校野球部〉
阿部夏丸 泣けない魚たち
朝倉かすみ 肝、焼ける
朝倉かすみ 好かれようとしない
朝倉かすみ ともしびマーケット
朝倉かすみ 感応連鎖
朝倉かすみ たそがれどきに見つけたもの
朝比奈あすか 憂鬱なハスビーン
朝比奈あすか あの子が欲しい
天野作市 気高き昼寝
天野作市 みんなの旅行
青柳碧人 浜村渚の計算ノート
青柳碧人 浜村渚の計算ノート 2さつめ〈ふしぎの国の期末テスト〉

青柳碧人 浜村渚の計算ノート 3さつめ〈水色コンパスと恋する幾何学〉
青柳碧人 浜村渚の計算ノート 3と1/2さつめ〈ふえるま島の最終定理〉
青柳碧人 浜村渚の計算ノート 4さつめ〈方程式は歌声に乗って〉
青柳碧人 浜村渚の計算ノート 5さつめ〈鳴くよウグイス、平面上〉
青柳碧人 浜村渚の計算ノート 6さつめ〈パピルスよ、永遠に〉
青柳碧人 浜村渚の計算ノート 7さつめ〈悪魔とポタージュスープ〉
青柳碧人 浜村渚の計算ノート 8さつめ〈虚数じかけの夏みかん〉
青柳碧人 浜村渚の計算ノート 8と2分の1さつめ〈つるかめ家の一族〉
青柳碧人 浜村渚の計算ノート 9さつめ〈恋人たちの必勝法《マーチンゲール》〉
青柳碧人 霊視刑事夕《ゆ》雨《う》子《こ》1〈誰かがそこにいる〉
青柳碧人 霊視刑事夕雨子2〈雨空の鎮魂歌《レクイエム》〉
朝井まかて 花《はな》競《くら》べ〈向嶋なずな屋繁盛記〉
朝井まかて ちゃんちゃら
朝井まかて すかたん
朝井まかて ぬけまいる
朝井まかて 恋歌
朝井まかて 阿《お》蘭《らん》陀《だ》西《さい》鶴《かく》
朝井まかて 藪《やぶ》医《い》ふらここ堂
朝井まかて 福袋

朝井まかて 草々不一
歩《あゆみ》りえこ ブラを捨て旅に出よう〈貧乏乙女の“世界一周”旅行記〉
安藤祐介 営業零課《ぜろか》接待班
安藤祐介 被取締役《とりしまられやく》新入社員
安藤祐介 おい！山田〈大翔製菓広報宣伝部〉
安藤祐介 宝くじが当たったら
安藤祐介 一〇〇〇ヘクトパスカル
安藤祐介 テノヒラ幕府株式会社
安藤祐介 本のエンドロール
青木理 絞首刑
麻見和史 石の繭〈警視庁殺人分析班〉
麻見和史 蟻《あり》の階段〈警視庁殺人分析班〉
麻見和史 水晶の鼓動〈警視庁殺人分析班〉
麻見和史 虚空の糸〈警視庁殺人分析班〉
麻見和史 聖者の凶数〈警視庁殺人分析班〉
麻見和史 女神の骨格〈警視庁殺人分析班〉
麻見和史 蝶の力学〈警視庁殺人分析班〉
麻見和史 雨色の仔羊〈警視庁殺人分析班〉
麻見和史 奈落の偶像〈警視庁殺人分析班〉

講談社文庫　目録

五木寛之　旅の幻燈
五木寛之　他力
五木寛之　こころの天気図
五木寛之　新装版 恋歌
五木寛之　百寺巡礼 第一巻 奈良
五木寛之　百寺巡礼 第二巻 北陸
五木寛之　百寺巡礼 第三巻 京都Ⅰ
五木寛之　百寺巡礼 第四巻 滋賀・東海
五木寛之　百寺巡礼 第五巻 関東・信州
五木寛之　百寺巡礼 第六巻 関西
五木寛之　百寺巡礼 第七巻 東北
五木寛之　百寺巡礼 第八巻 山陰・山陽
五木寛之　百寺巡礼 第九巻 京都Ⅱ
五木寛之　百寺巡礼 第十巻 四国・九州
五木寛之　海外版 百寺巡礼 インド1
五木寛之　海外版 百寺巡礼 インド2
五木寛之　海外版 百寺巡礼 朝鮮半島
五木寛之　海外版 百寺巡礼 中国
五木寛之　海外版 百寺巡礼 ブータン

五木寛之　海外版 百寺巡礼 日本・アメリカ
五木寛之　青春の門 第七部 挑戦篇
五木寛之　青春の門 第八部 風雲篇
五木寛之　青春の門 第九部 漂流篇
五木寛之　親鸞 青春篇(上)(下)
五木寛之　親鸞 激動篇(上)(下)
五木寛之　親鸞 完結篇(上)(下)
五木寛之　五木寛之の金沢さんぽ
五木寛之　海を見ていたジョニー 新装版
井上ひさし　モッキンポット師の後始末
井上ひさし　ナイン
井上ひさし　四千万歩の男 全五冊
井上ひさし　四千万歩の男 忠敬の生き方
井上ひさし
司馬遼太郎　新装版 国家・宗教・日本人
池波正太郎　私の歳月
池波正太郎　よい匂いのする一夜
池波正太郎　梅安料理ごよみ
池波正太郎　わが家の夕めし
池波正太郎　新装版 緑のオリンピア

池波正太郎　新装版 殺しの四人〈仕掛人・藤枝梅安㈠〉
池波正太郎　新装版 梅安蟻地獄〈仕掛人・藤枝梅安㈡〉
池波正太郎　新装版 梅安最合傘〈仕掛人・藤枝梅安㈢〉
池波正太郎　新装版 梅安針供養〈仕掛人・藤枝梅安㈣〉
池波正太郎　新装版 梅安乱れ雲〈仕掛人・藤枝梅安㈤〉
池波正太郎　新装版 梅安影法師〈仕掛人・藤枝梅安㈥〉
池波正太郎　新装版 梅安冬時雨〈仕掛人・藤枝梅安㈦〉
池波正太郎　新装版 忍びの女(上)(下)
池波正太郎　新装版 殺しの掟
池波正太郎　新装版 抜討ち半九郎
池波正太郎　新装版 娼婦の眼
池波正太郎　近藤勇白書(上)(下)〈レジェンド歴史時代小説〉
井上靖　楊貴妃伝
石牟礼道子　新装版 苦海《がい》浄《じょう》土《ど》〈わが水俣病〉
いわさきちひろ　ちひろのことば
いわさきちひろ
松本猛　いわさきちひろの絵と心
いわさきちひろ
絵本美術館編　ちひろ・子どもの情景〈文庫ギャラリー〉
いわさきちひろ
絵本美術館編　ちひろ・紫のメッセージ〈文庫ギャラリー〉
いわさきちひろ
絵本美術館編　ちひろの花ことば〈文庫ギャラリー〉

講談社文庫　目録

上田秀人　竜は動かず　奥羽越列藩同盟顛末（上）万里波濤編（下）帰郷奔走編
内田　樹　下流志向〈学ばない子どもたち　働かない若者たち〉
内田　樹／釈　徹宗　現代霊性論
上橋菜穂子　獣の奏者〈Ⅰ闘蛇編〉
上橋菜穂子　獣の奏者〈Ⅱ王獣編〉
上橋菜穂子　獣の奏者〈Ⅲ探求編〉
上橋菜穂子　獣の奏者〈Ⅳ完結編〉
上橋菜穂子　獣の奏者〈外伝　刹那〉
上橋菜穂子　物語ること、生きること
上橋菜穂子　明日は、いずこの空の下
海猫沢めろん　愛についての感じ
海猫沢めろん　キッズファイヤー・ドットコム
冲方　丁　戦の国
上田岳弘　ニムロッド
上野　歩　キリの理容室
遠藤周作　ぐうたら人間学
遠藤周作　聖書のなかの女性たち
遠藤周作　さらば、夏の光よ
遠藤周作　最後の殉教者

遠藤周作　反逆（上）（下）
遠藤周作　ひとりを愛し続ける本
遠藤周作　周作塾〈読んでもタメにならないエッセイ〉
遠藤周作　新装版　海と毒薬
遠藤周作　新装版　わたしが・棄てた・女
遠藤周作　深い河《ディープ・リバー》〈新装版〉
江波戸哲夫　新装版　銀行支店長
江波戸哲夫　集団左遷
江波戸哲夫　新装版　ジャパン・プライド
江波戸哲夫　起業の星
江波戸哲夫　ビジネスウォーズ〈カリスマと戦犯〉
江波戸哲夫　リストラ事変〈ビジネスウォーズ2〉
江上　剛　頭取無惨
江上　剛　企業戦士
江上　剛　リベンジ・ホテル
江上　剛　起死回生
江上　剛　瓦礫の中のレストラン
江上　剛　非情銀行
江上　剛　東京タワーが見えますか。

江上　剛　慟哭の家
江上　剛　家電の神様
江上　剛　ラストチャンス　再生請負人
江上　剛　ラストチャンス　参謀のホテル
江上　剛　一緒にお墓に入ろう
江國香織　真昼なのに昏《くら》い部屋
江國香織・文／松尾たいこ・絵　ふりむく
江國香織他　100万分の1回のねこ
円城　塔　道化師の蝶
江原啓之　スピリチュアルな人生に目覚めるために〈心に「人生の地図」を持つ〉
江原啓之　トラウマ　あなたが生まれてきた理由
大江健三郎　新しい人よ眼ざめよ
大江健三郎　取り替え子《チェンジリング》
大江健三郎　憂い顔の童子
大江健三郎　晩年様式集《イン・レイト・スタイル》
小田　実　何でも見てやろう
沖　守弘　マザー・テレサ〈あふれる愛〉
岡嶋二人　解決まではあと6人〈5W1H殺人事件〉
岡嶋二人　99％の誘拐

岡嶋二人 クラインの壺
岡嶋二人 ダブル・プロット
岡嶋二人 新装版焦茶色のパステル
岡嶋二人 チョコレートゲーム 新装版
岡嶋二人 そして扉が閉ざされた〈新装版〉
太田蘭三 殺《さつ》・風《ぷう》・景《けい》〈警視庁北多摩署特捜本部〉
大前研一 企業参謀 正・続
大前研一 やりたいことは全部やれ！
大前研一 考える技術
大沢在昌 野獣駆けろ
大沢在昌 相続人TOMOKO
大沢在昌 ウォームハート コールドボディ
大沢在昌 アルバイト探偵《アイ》
大沢在昌 調毒師を捜せ アルバイト探偵《アイ》
大沢在昌 女王陛下のアルバイト探偵《アイ》
大沢在昌 不思議の国のアルバイト探偵《アイ》
大沢在昌 拷問遊園地 アルバイト探偵《アイ》
大沢在昌 帰ってきたアルバイト探偵《アイ》
大沢在昌 雪蛍
大沢在昌 夢の島
大沢在昌 新装版氷の森
大沢在昌 暗黒旅人
大沢在昌 新装版走らなあかん、夜明けまで
大沢在昌 新装版涙はふくな、凍るまで
大沢在昌 語りつづけろ、届くまで
大沢在昌 罪深き海辺 (上)(下)
大沢在昌 やぶへび
大沢在昌 海と月の迷路 (上)(下)
大沢在昌 鏡の顔〈傑作ハードボイルド小説集〉
大沢在昌 覆面作家
大沢在昌 ザ・ジョーカー 新装版
大沢在昌 亡命者〈ザ・ジョーカー 新装版〉
大沢在昌／藤田宜永／堂場瞬一／井上夢人／今野敏／月村了衛／東山彰良 激動 東京五輪1964
逢坂剛 十字路に立つ女
逢坂剛 重《じゅう》蔵《ぞう》始《し》末《まつ》
逢坂剛 じぶくり伝兵衛〈重蔵始末(二)〉
逢坂剛 猿曳遁兵衛〈重蔵始末(三)〉
逢坂剛 嫁盗み〈重蔵始末(四)長崎篇〉
逢坂剛 陰の声〈重蔵始末(五)長崎篇〉
逢坂剛 北門の狼〈重蔵始末(六)蝦夷篇〉
逢坂剛 逆浪《げきろう》果つるところ〈重蔵始末(七)蝦夷篇〉
逢坂剛 奔流恐るるにたらず〈重蔵始末(八)完結篇〉
逢坂剛 新装版カディスの赤い星 (上)(下)
逢坂剛 さらばスペインの日日 (上)(下)
オノ・ヨーコ 飯村隆彦編 ただの私《あたし》
オノ・ヨーコ 南風椎訳 グレープフルーツ・ジュース
折原一 倒錯の死角〈201号室の女〉
折原一 倒錯の帰結
折原一 倒錯のロンド〈完成版〉
小川洋子 ブラフマンの埋葬
小川洋子 最果てアーケード
小川洋子 琥珀のまたたき
小川洋子 密やかな結晶〈新装版〉
乙川優三郎 霧の橋
乙川優三郎 喜知次
乙川優三郎 蔓の端々
乙川優三郎 夜の小紋

2021年12月15日現在